Pour l'amour d'un chevalier

MERIEL FULLER

Pour l'amour d'un chevalier

LES HISTORIQUES

*éditions*Harlequin

Titre original : THE WARRIOR'S PRINCESS BRIDE

Traduction française de BLANCHE VERNEY

HARLEQUIN®
est une marque déposée par le Groupe Harlequin

LES HISTORIQUES®
est une marque déposée par Harlequin S.A.

Photo de couverture
Sceau : © ROYALTY FREE / FOTOLIA
Paysage : © ROBERT HARDING / MASTERFILE

83/85 boulevard Vincent-Auriol 75646 PARIS CEDEX 13.
Service Lectrices — Tél. : 01 45 82 47 47
www.harlequin.fr

ISBN 978-2-2808-1000-5 —ISSN 1159-5981

1

Dunswick, Ecosse, non loin de la frontière, 1157

— Dieu nous aide ! Les revoilà ! Fuyons, par Jésus-Christ ! Fuyons ou ils vont tous nous tuer !

Tavia de Mowerby regarda, éberluée, le coin de la place du marché d'où venait de s'élever ce cri de terreur.

— Allons, dépêche-toi grogna Dunstan, son père, encore plus rougeaud qu'à l'ordinaire dans la lumière du petit matin. On ne gagnera rien si la marchandise reste dans le chariot…

Il l'avait réveillée avant l'aube, la secouant durement sur son grabat, puis n'avait cessé de la houspiller tandis qu'elle ranimait les braises du feu et mettait un chaudron d'eau à bouillir. Il n'était jamais trop de bonne humeur, les jours de marché, surtout depuis que la mère de Tavia était trop malade pour faire sa part du travail.

— Mais… que se passe-t-il ? balbutia-t-elle en recevant des mains de son père un coupon de tissu soyeux, qu'il était allé extraire de la caisse de leur chariot à bœufs.

Elle alla disposer le rouleau chatoyant sur les tréteaux, ses vives couleurs, bleu, pourpre et vert brillant au soleil. Tavia était toujours fascinée par le processus qui transformait la laine de ses moutons en de telles merveilles. Elle déploya une bonne longueur de tissu et l'étala sur les planches, pour présenter l'élégant drapé de la façon la plus flatteuse. Son père hocha la tête, le visage fermé. C'était tout ce que la jeune fille pouvait espérer en fait d'approbation.

En levant les yeux vers les épaisses murailles de la ville, elle vit les gardes et hommes d'armes du roi Malcolm courir sur le chemin de ronde, prendre position aux créneaux ou derrière les meurtrières, arcs et arbalètes prêts à entrer en action. Un frisson de peur la parcourut. Il se passait bel et bien quelque chose.

Son père répondit au regard terrifié de ses yeux bleus par un haussement d'épaules.

— Bah, probablement encore une fausse alerte, grommela-t-il. Depuis qu'Henry est monté sur le trône d'Angleterre, ils tremblent tous dans leurs chausses. Des poules mouillées, voilà ce qu'ils sont !

— Ce n'est un secret pour personne qu'Henry veut cette terre…

— Qu'est-ce que tu en sais, péronnelle ? rétorqua-t-il avant de cracher sur les pavés. Malcolm a juré que le Northumbria resterait entre des mains écossaises. Il n'y a pas à s'inquiéter.

Tavia regarda les hommes d'armes postés derrière les remparts, puis les rares passants qui se hâtaient, sans même jeter un coup d'œil sur les étals. D'ordinaire, à cette heure-ci, la place du marché de Dunswick était noire de monde, marchands et chalands discutant âprement les prix, tandis que les chars à bœufs peinaient à se frayer un passage dans la foule. La musique des ménétriers se mêlait aux appels joyeux des commerçants qui invitaient les passants à voir la marchandise, à la toucher et surtout, à l'acquérir. A présent, on n'entendait que des cris d'alarme, qui augmentaient encore la peur et l'émoi.

Tavia essaya de se rasséréner un peu en scrutant le visage buté de son père.

Le roi Malcolm, qui ne comptait pas encore seize printemps, n'était guère en mesure de rassurer un peuple habitué à la sage et ferme férule du feu roi, son père. C'était donc au régent, Ferchar, comte de Strathearn, qu'il revenait de défendre la frontière de son royaume.

Il y eut soudain un sifflement dans l'air et une flèche enflammée vint se planter dans la laine d'un coupon. En jurant férocement, Dunstan l'arracha à mains nues.

— La marchandise, sauve la marchandise ! cria-t-il.

Tavia tira à elle le coupon qui avait commencé de brûler pour le faire tomber sur les pavés. Elle regarda avec dépit les vives couleurs souillées et ternies. Tout le travail de tissage de sa mère gâché en une seconde. Elle prit son père par le bras.

— C'est trop dangereux, il faut partir !

— Pas question, nous n'avons encore rien vendu.

— Sans clients, peu de chances de vendre quoi que ce soit.

Les yeux du marchand s'assombrirent de colère.

— Tiens un peu ta langue, lui dit-il d'un ton bref, si tu ne veux pas sentir le poids de ma main sur ta joue.

— Au moins, laisse-moi aller voir ce qui se passe.

Dunstan haussa les épaules.

— Si ça te fait plaisir, grogna-t-il, en se penchant pour ramasser le coupon de tissu dans la poussière.

Tandis que Tavia se hâtait vers la grande porte, le long des façades aux volets hâtivement refermés, l'odeur âcre de la fumée emplissait ses narines. Plusieurs toits de chaume brûlaient déjà et une fumée noire obscurcissait le ciel. L'épaisse semelle de ses rudes bottes lui permit de ne pas glisser sur les pavés luisants, lorsqu'elle enjamba le ruisseau malodorant qui coulait au centre de la ruelle.

A l'approche de l'été, il faisait chaud et l'atmosphère du bourg devenait irrespirable, du fait de la population entassée entre ses murailles. Rien à voir, songea-t-elle, avec la simple chaumière de ses parents, perdue dans les collines, où elle pouvait se griser d'air pur, écouter bêler ses moutons et boire l'eau limpide des torrents.

Parvenue devant le châtelet qui défendait la grande porte, elle s'arrêta un instant pour reprendre son souffle, la main contre la muraille. Des cris au-dessus d'elle lui firent lever les yeux et elle recula vivement. Seigneur !

De menaçantes silhouettes escaladaient les murailles, se détachant sur le bleu du ciel. L'écusson or d'Henry II d'Angleterre, brodé sur les cottes et les étendards, semblait flamboyer au soleil. Les épées tintaient, claires, au milieu des cris des hommes qui combattaient pour leur vie. Tavia sursauta, terrifiée, quand une masse grise tomba lourdement à ses pieds — un corps ensanglanté dont les membres brisés formaient un angle hideux et obscène.

Horrifiée, Tavia sentit ses jambes se dérober sous elle et elle vacilla, nauséeuse, avant de tomber à genoux à côté de l'homme pour essayer de lui porter secours.

— Va-t'en, jeune fille, ne reste pas là, c'est dangereux !

Un soldat l'avait saisie aux épaules et la forçait à se relever. Il lui montra la direction de la place, d'où elle venait.

— Sauve-toi ! Avant peu, ils seront dans la ville...

Elle montra le corps disloqué qui gisait à leurs pieds.

— Inutile. Il était déjà mort avant de tomber des remparts, grogna le soldat. Nous ne sommes pas de taille devant ces diables d'Anglais. Et maintenant, hâte-toi !

Alors, elle se mit à courir, poussée par la panique. Il lui

fallait trouver un abri et vite. Trop tard pour quitter la ville, qui était encerclée. Plus le temps non plus de rejoindre son père. Elle ne pouvait qu'espérer qu'il se soit, lui aussi, mis en quête d'une cachette. Malheureusement, elle avait laissé son arbalète dans le char à bœufs qui les avait amenés en ville. Elle n'avait pris la décision d'emporter cette arme que tout juste avant de partir, pour assurer leur protection durant le trajet. Si elle l'avait eue en main en ce moment, elle aurait pu se chercher une position en hauteur et tenter d'éliminer ces barbares les uns après les autres.

Derrière elle, les cris montaient de plus belle, entrecoupés par le bruit sourd des coups de bélier contre la porte. Elle se retourna et failli hurler de terreur en apercevant des chevaliers à l'écu d'Angleterre qui déjà, poussaient leurs destriers par les rues. Ils avaient dû pénétrer par une autre porte.

— Mon Dieu, ayez pitié de moi ! murmura-t-elle à bout de souffle, tandis que, le sang lui battant aux tempes, elle s'engouffrait dans une ruelle étroite, en espérant trouver un endroit où se réfugier en attendant la fin de ce cauchemar.

C'est alors qu'elle entrevit une issue. Un endroit que même ces barbares n'oseraient violer : l'église. Avec un sanglot de peur et de soulagement mêlés, elle gravit les marches du porche, en se prenant les pieds dans l'ourlet de son bliaud. Elle arracha la frange de tissu pour aller plus vite. Cette église était son seul salut. La lourde porte en chêne grinça sur ses gonds et Tavia se précipita dans l'ombre de la travée, ne s'arrêtant que pour tomber à genoux devant l'autel, dans une fervente prière.

Derrière elle, la porte se rouvrit avec fracas. Tavia garda les mains jointes et les paupières closes, tout son corps frémissant et tremblant de terreur tandis que le bruit se répercutait longuement dans la nef. Si elle n'ouvrait pas les yeux, se dit-elle, tout cela ne serait peut-être qu'un horrible cauchemar.

Un coup de botte la projeta contre les marches de l'autel. La douleur irradia aussitôt, tout au long de son échine. Choquée, tremblante, elle essaya de se redresser, en appui sur ses mains et sur ses genoux, puis de se remettre debout, mais un nouveau coup de pied, plus brutal encore, la rejeta au sol. Elle se mordit la lèvre pour ne pas crier. Elle ne voulait pas offrir cette satisfaction à ces brutes. Comment osaient-ils la traiter ainsi ?

Toujours prostrée, elle tourna la tête. Cinq ou six hommes d'armes anglais l'entouraient, le devant de leur casque ombrant leur visage d'une façon effrayante. La vision du soldat écossais mort à ses pieds devant le châtelet de la grande porte passa devant ses yeux et la rage l'envahit.

— Comment osez-vous ? s'écria-t-elle en se relevant sur ses paumes. Comment osez-vous profaner ce lieu sacré ?

Les hommes d'armes échangèrent des regards surpris, puis ils s'esclaffèrent. L'un deux se pencha et la saisit par son bliaud. Tavia sentit, à travers le tissu, les gros doigts s'enfoncer dans sa chair, tandis que la brutalité du geste faisait basculer sa tête en arrière.

— Pour ça, il faudrait qu'on te tue, grogna l'homme, son souffle chaud contre le visage de la jeune fille. Et on n'en a pas l'intention... Pas tout de suite...

Il la repoussa et la tête de la jeune femme alla heurter violemment l'autel.

— A toi l'honneur, Geraint, dit-il, avec un geste vers l'un de ses camarades, et fais vite, on veut notre part, nous aussi.

Celui qu'il désignait ainsi, un tout jeune homme, le regarda d'un air hésitant.

— Mais… messire de Vallières a dit…

— Il ne le saura pas, grogna l'autre en se grattant la barbe. On l'a bien mérité, non ?

Tavia se mit à trembler de plus belle. Jamais elle ne s'était sentie aussi vulnérable. Elle tentait désespérément de ne pas céder à la panique et d'essayer de comprendre ce qui lui arrivait. Comme le jeune soldat désigné s'avançait déjà, elle se força à réfléchir et à chercher une issue. Ses doigts étaient crispés sur l'autel, une simple table de pierre recouverte d'un linge brodé et surmontée d'une lourde croix d'argent gravée de motifs celtiques. Dans un mouvement désespéré, elle se projeta en avant pour s'en saisir et, avec une force décuplée par la terreur, la lança au visage du jeune homme, qui se baissa pour l'éviter. La croix alla rouler avec fracas sur les dalles de pierre de la travée.

— Un petit chat sauvage…, murmura l'un des hommes d'armes.

— Tu auras peut-être besoin d'aide, pour celle-là, plaisanta un autre.

Le plus jeune la saisit par sa lourde tresse, qu'il tira en arrière, et appliqua la pointe de sa dague sur sa gorge délicate.

— On peut te faire ça de deux façons, lui dit-il, son visage tout luisant de sueur après la bataille. La douce ou la violente. Mais le résultat sera le même. Ta ville brûle et tout le monde a fui. Il n'y aura personne pour t'aider.

— J'aimerais mieux perdre la vie que d'ouvrir les jambes à des rustauds comme vous, cracha-t-elle.

Mais sa voix tremblait, sous l'effet d'une très intense frayeur.

— Assez !

Furieux, le jeune homme retira sa dague et d'un coup de sa botte au creux des genoux de Tavia, la fit s'écrouler à terre. Sa tête heurta les dalles et, à demi étourdie, elle vit dans une sorte de brouillard son agresseur défaire fébrilement ses chausses. Une nausée lui tordit l'estomac et elle ferma les yeux. Etait-ce donc là son destin ? Finir violée par des soldats anglais et laissée pour morte ?

Du haut de son destrier alezan, le chevalier Benoît de Vallières, connétable de l'armée du nord, observait d'un œil froid l'horrible spectacle qui l'entourait. L'odeur de brûlé emplissait les rues qui, peu de temps auparavant, résonnaient encore du tumulte de la bataille. La ville à présent semblait vide. Calfeutrés chez eux, les habitants de Dunswick tremblaient derrière leurs portes closes et leurs volets entrebâillés, inquiets du sort qui leur serait réservé. Très peu de défenseurs avaient péri dans l'attaque et c'était très bien ainsi : l'intention du roi Henry était simplement d'effrayer le jeune Malcolm et de lui montrer la puissance anglaise, afin de l'amener à la table des négociations où se jouerait le sort de cette province frontalière. Pour mener ce raid décisif, Henry avait mandaté son meilleur chevalier-mercenaire. Benoît avait toute sa confiance et serait grassement payé, si le jeune roi d'Ecosse acceptait de se soumettre.

Se redressant, il fit rouler ses larges épaules sous le haubert, afin d'apaiser un peu la tension de ses muscles. Il ne parvenait pas à se souvenir depuis quand il n'avait pas dormi dans un vrai lit et posé la tête sur un oreiller garni d'herbes parfumées. Chaque nuit, il s'installait à même le sol, enroulé dans une couverture auprès de ses compagnons d'armes, mangeait ce qu'on dénichait pour lui, quand toutefois on trouvait quelque chose. Cela ne lui coûtait guère, du reste : il aimait ce genre de vie et n'en connaissait point d'autre. Guerroyer sans cesse dans ces provinces du nord le maintenait vif, alerte et chassait momentanément les sombres pensées qu'il essayait désespérément d'oublier.

Un cri déchira l'air. D'une main gantée de cuir et d'acier, il tira sur les rênes pour tenir son cheval qui bronchait sur les pavés. Puis il se mit debout sur ses étriers, déployant sa haute silhouette et regarda autour de lui pour tenter de localiser l'endroit d'où l'on avait pu crier. Il avait, par précaution, donné l'ordre à ses troupes de se retirer hors des remparts, aussitôt après la réussite de leur assaut.

Pourtant, il entendait distinctement des bruits confus venant de la gauche. Intrigué, il mit pied à terre d'un seul et souple mouvement des hanches, puis, sans bruit, guida son cheval vers une ruelle étroite et sombre, qui débouchait sur une église. Sur le parvis, il laissa son cheval et gravit rapidement les marches de l'entrée. De son large poing, il poussa le lourd battant de chêne garni de ferronneries.

Les rires gras qu'il entendait cessèrent instantanément à sa vue. Plusieurs de ses hommes d'armes étaient là, le regardant, bouche bée. A leurs pieds, gisait une jeune fille, que plusieurs d'entre eux maintenaient sur le sol. Son sang ne fit qu'un tour.

— Laissez-la !

L'ordre, bref et impérieux, résonna sous la voûte. Les quatre hommes s'immobilisèrent. Le plus jeune resta les bras ballants, sa ceinture débouclée. Il laissa tomber sur les dalles la dague qu'une seconde auparavant, il tenait à la main. Un silence pesant retomba sur la nef.

Sur le seuil, le connétable bouillait de fureur et de réprobation. Ses larges épaules occupaient toute la largeur de la porte. Il s'écarta lentement.

— Sortez d'ici !

L'homme qui était le plus proche de Tavia se pencha pour ramasser la dague.

— Tu peux faire tes prières, à présent, pucelle ! lui chuchota-t-il au passage.

Puis, la tête basse, ils quittèrent tous l'église, sans oser soutenir le regard de leur chef.

Comme Benoît de Vallières, livide de colère, allait leur emboîter le pas, il se retourna vers la nef. Dans la pâle lumière d'un vitrail, il vit la jeune fille, pelotonnée contre l'autel, son visage d'une pâleur spectrale se détachant à peine sur la pierre grise. Elle le regardait, mais ne faisait aucun effort pour fuir, se cacher ou simplement se couvrir. Benoît fronça les sourcils, excédé par la situation autant que par sa propre sollicitude. Il n'avait guère de temps pour le sauvetage de vierges en péril. Mais si ses hommes étaient allés plus loin ?

Pour l'heure, ils attendaient, ces rustres, penauds, au bas des marches, clignant des yeux sous le soleil, un air de culpabilité et de repentance sur le visage. Car ils lui avaient désobéi. N'avait-il pas donné l'ordre formel d'épargner le sang autant que possible et strictement interdit le viol et le pillage ?

Le bon sens dictait à Benoît de tourner les talons. Ses troupes se rassemblaient près des portes, prêtes à se replier sur Chester, comme il l'avait ordonné. Mais quelque chose, dans ce visage livide, le poussa à s'approcher de l'autel. Il s'avança dans la travée centrale en retirant ses gantelets de métal.

La fille était une paysanne, à en juger par ses vêtements. Ses pieds bottés dépassaient d'un bliaud rapiécé dans lequel sa silhouette menue disparaissait comme dans un sac. Le foulard de toile qui couvrait sa chevelure s'était défait au cours de sa lutte avec les hommes d'armes et révélait une étonnante chevelure rousse aux reflets fauves. Ses yeux très clairs le regardaient sans sembler le voir, alors qu'il se penchait au-dessus d'elle, indécis sur la conduite à tenir. Depuis qu'il était au service d'Henry, il évitait les femmes, se contentant de visites furtives à des catins. Tellement bien qu'à présent, lui, le très redouté chef de guerre aux ordres du roi d'Angleterre et duc de Normandie, ne savait tout bonnement pas ce qu'il devait faire.

Il lui tapota la joue, mais n'obtint aucune réaction. La saisissant alors par l'épaule, il la secoua sans trop de ménagement. Toujours rien. Il la secoua plus fort…

Et, soudain, elle se mit à hurler. Un cri perçant, hystérique, semblable à celui d'un animal blessé. Surpris, Benoît recula, l'oreille déchirée par ce son strident qui lui vrillait les tympans.

— Va-t'en, laisse-moi, espèce de barbare ! cria-t-elle à pleins poumons, en se redressant soudain.

De ses deux mains, elle tenta de le repousser, se tortillant comme une anguille pour lui échapper et il la lâcha, affaibli par la position accroupie où il se trouvait.

— Paix, jeune fille, je ne veux pas te faire de mal, lui dit-il doucement, étonné du grain lumineux de sa peau et de l'ovale parfait de son visage.

Elle le regarda bien en face, cette fois, les yeux agrandis d'horreur. Des larmes perlèrent à ses cils et elle cacha son visage dans ses mains, comme si elle ne pouvait supporter la vue du chevalier en armure. Ses larmes jaillissaient, à présent, coulaient entre ses doigts et s'écrasaient sur les dalles de pierre.

Embarrassé, ses muscles commençant à s'ankyloser, Benoît changea de position. Elle semblait avoir eu plus de peur que de mal ; peut-être ferait-il mieux de s'en aller.

— Vous… vous n'êtes pas humains, balbutia la jeune fille entre deux sanglots.

Elle montra la porte d'un doigt tremblant.

— Ces hommes… ils sont pires que des animaux !

Tout son corps tremblait de terreur.

— Est-ce qu'ils vous ont fait du mal ?

Benoît la regarda attentivement. Il ne voyait sur elle nulle trace de violence, rien qui puisse expliquer l'état de désespoir où elle se trouvait. Ses sanglots le mettaient étrangement mal à l'aise. Il y avait bien longtemps qu'il n'avait réconforté une femme. Il ne savait plus comment s'y prendre et n'en avait pas la moindre envie.

— Non, répondit-elle enfin.

Cette réponse lui suffisait. Il se remit debout, pressé de partir, sa haute et large silhouette dominant, telle une tour de chair, la frêle forme de Tavia, toujours tassée au pied de l'autel. Le connétable d'Henry II d'Angleterre n'avait pas de temps à perdre en badinages avec une paysanne.

Elle tourna ses grands yeux bleus vers lui, les flamboyantes vagues de son extraordinaire chevelure offrant un étrange et lumineux contraste avec son expression terrifiée.

— Oui, ils m'ont fait mal, mais pas au sens où vous l'entendez.

— Bon, lui rétorqua-t-il assez sèchement, en s'inclinant légèrement. Comme vous semblez vous en sortir sans dommages, je vais prendre congé…

Les yeux de saphir le regardèrent avec étonnement, comme si elle ne comprenait pas ce qu'il lui disait.

— Sans dommages ? balbutia-t-elle. Puis sa voix s'éleva d'un ton. Etes-vous fou, messire ? Regardez !

Elle pencha la tête, montrant sa gorge délicate où coulait un mince filet de sang, là où l'homme d'armes avait appliqué sa dague. Son doigt à l'ongle rose tremblait en le lui désignant.

Il haussa ses larges épaules.

— J'ai vu bien pire.

Dans le même temps, ses lèvres se pincèrent de colère. Ces quatre rustauds allaient lui payer cela. Il voulait des hommes disciplinés et de sang-froid, pas des ribauds tout juste bons à trousser les filles et à désobéir aux ordres.

Tavia le regardait toujours, éberluée que la conduite des siens ne paraisse pas lui inspirer le moindre remords. Il ne lui avait toujours pas présenté la plus petite excuse pour leur odieuse attitude. Dans la faible lumière, c'était à peine si elle pouvait discerner les traits de son visage, à part la ligne mince et cruelle de sa bouche. Il faut dire que son heaume à nasal en dissimulait une grande partie. Au-dessus de son haubert, il portait une cape d'hermine bordée de soie rouge et sur son surcot, les armes de son maître, les trois lions d'or sur fond rouge de la famille Plantagenêt.

La jeune fille noua ses mains autour de ses genoux, pour tenter de faire cesser leur tremblement convulsif. Sa voix, quand elle en retrouva l'usage, était un murmure accusateur.

— Ainsi, vous vous souciez comme d'une guigne que vos soudards poursuivent une femme jusque dans une église, la jettent au sol et veuillent la violer sous la menace d'une dague ?

— Ils seront punis.

Le ton était ferme, sans réplique. Mais cela ne parvint pas à calmer son sentiment de révolte.

— Je croyais être en sécurité, ici, murmura-t-elle.

Tavia rejeta sa tête en arrière, montrant de nouveau le filet de sang sur la ligne gracile de son cou.

— Mais ils m'ont suivie, m'ont pourchassée comme si j'étais une proie…

Sa voix trembla et elle parut ravaler de nouveaux sanglots, voulant peut-être et malgré tout faire bonne figure.

— Vos hommes sont des bêtes.

Elle mit dans ce dernier mot tout le mépris du monde.

— Ceux-là le sont, en effet, répondit Benoît d'un air sombre.

Toute son armure tinta tandis qu'il se penchait pour l'aider à se remettre sur ses pieds. Il lui tendit la main, une large main tannée par le soleil. Ses doigts étaient étonnamment fins et déliés pour un homme d'une telle stature. Tavia eût aimé pouvoir refuser son aide, mais toute sa force semblait l'avoir quittée, comme l'eau s'écoule d'un tonneau percé.

— Allons, la pressa-t-il, irrité, j'ai peu de temps.

L'âpreté de son ton la cingla comme l'eût fait un coup de cravache et elle regarda sa main tendue avec dégoût.

— Je n'ai pas besoin de votre aide, répliqua-t-elle. Laissez-moi !

Benoît poussa un soupir agacé, saisit la jeune femme par le poignet et la remit d'autorité sur ses pieds. Puis il tourna les talons et sortit de l'église, sa cape virevoltant autour de lui.

Encore sous le choc, Tavia s'appuya contre l'autel, son sang bouillonnant furieusement dans ses veines. Elle ferma un instant les paupières avec soulagement. Sa peau brûlait encore du contact de cet homme, de l'étrange dureté de sa paume contre la sienne, comme si sa main avait subi quelque mutilation.

Une sensation qu'elle n'oublierait jamais, dût-elle vivre cent ans…

2

Tavia se réveilla en sursaut, le cœur battant à un rythme précipité. Dans les recoins les plus enfouis de sa conscience, un cauchemar avait pris forme : elle voyait des hommes d'armes la poursuivre dans les travées d'une église et celui qui les menait avait les yeux gris d'une bête féroce. Elle cligna rapidement les siens, s'efforçant de chasser de son esprit la terrifiante image et contempla autour d'elle le décor rassurant de la chaumière familiale. En avançant la main pour toucher la pierre froide et rugueuse du mur contre lequel elle avait sa couche, elle comprit enfin, avec soulagement, qu'elle était saine et sauve.

Durant tout son voyage de retour vers le nord, Tavia avait ressenti une sourde angoisse, se figeant à chaque ombre aperçue entre les arbres, à chaque bruit insolite sur le chemin. Elle tremblait à l'idée que les Anglais puissent resurgir.

Après la tentative de viol, elle était restée tapie de longues heures dans l'église sombre et silencieuse, ne sortant enfin de sa cachette qu'à la nuit tombante. Alors, elle s'était faufilée par les ruelles les plus retirées vers une poterne qui s'ouvrait sur la lande et elle avait couru à travers les collines jusqu'à chez elle.

Un faible gémissement lui parvint de la couche où dormait

sa mère, à l'autre bout de la pièce unique. La paille de son oreiller crissant sous sa tête, Tavia se retourna pour scruter la demi-obscurité. Elle ne discernait que quelques mèches de cheveux gris émergeant des couvertures que le corps amaigri de la pauvre femme soulevait à peine.

Mordillant nerveusement sa lèvre sous l'effet de l'inquiétude, elle pria pour que sa mère aille mieux, ce matin. Maintes fois dans la nuit, elle s'était éveillée en l'entendant s'agiter sur sa paillasse. Quand elle se levait pour tenter de l'apaiser, la malheureuse la fixait longuement, le regard vide, comme si elle était devenue incapable de reconnaître sa propre fille.

— Quoi ! Encore au lit, à cette heure ? gronda son père dans l'encadrement de la porte.

Il retira son chapeau en projetant des gouttes de pluie, puis alla secouer Tavia sans ménagement pour la forcer à se réveiller.

— Le pot sur le feu et vite !

La jeune fille s'assit sur le lit en tirant les couvertures sur sa chemise de nuit en lin et se frotta les yeux pour tenter de dissiper sa torpeur.

— Pardon, père, murmura-t-elle, ne souhaitant pas entamer une énième dispute alors que sa mère dormait encore.

Normalement, elle devait être debout à l'aube et allumer le feu, puis cuire une marmite de porridge avant que son père ne rentre des pâturages.

— Si tu ne te lèves pas maintenant, tu vas le regretter, crois-moi, menaça Dunstan.

Et il tira vicieusement la longue tresse flamboyante qui pendait dans le dos de la jeune fille.

Tavia poussa un cri étouffé et tourna vers lui ses grands yeux, en frottant sa nuque endolorie.

— Debout ! ordonna sèchement Dunstan en montrant le foyer ouvert, au centre de la pièce.

La jeune fille secoua la tête pour finir de dissiper sa lassitude, puis, ayant rejeté les couvertures de laine, bascula les jambes hors du lit et glissa les pieds dans ses pantoufles de cuir. La droite avait perdu sa boucle d'attache, ce qui était bien gênant. Elle chercha à tâtons sa chemise, pliée sur un tabouret près de son lit, en remerciant mentalement sa mère d'avoir tissé pour elle ce vêtement de toile fine, le seul qu'elle possédât qui pouvait représenter un certain luxe. Elle en aimait beaucoup la douceur diaphane ; quand elle la portait, la rude étoffe de son bliaud ne risquait pas de lui irriter la peau. Elle passa ce dernier vêtement par-dessus sa tête, et noua le laçage de cuir sur les côtés.

— Où étais-tu passée, hier ? lui demanda son père, toujours aussi revêche, tandis qu'un peu plus tard, elle déposait devant lui un bol de porridge.

Elle se tut, les bras serrés contre sa poitrine, ne voulant pas lui révéler ce qui s'était passé, d'autant qu'elle se sentait incapable de trouver les mots pour le lui raconter.

— A l'église, finit-elle par articuler avec effort, en se mordant la lèvre. J'ai pensé que c'était le meilleur endroit pour se mettre à l'abri et attendre la fin de l'attaque.

— Tu aurais pu revenir m'aider à atteler les bœufs…

Son père engouffra une cuillère de porridge en lui lançant, de ses petits yeux porcins, un regard méchant.

— Ça n'a pas été facile de les mener seul…

— Je voulais être bien sûre qu'il n'y avait plus de danger, expliqua-t-elle.

Elle lui tourna le dos pour lui dissimuler son trouble, tremblante qu'elle était encore au souvenir des heures horribles qu'elle avait passées, blottie dans un recoin de la nef, à redouter de voir la lourde porte de chêne se rouvrir sur d'autres soudards.

— Encore ! ordonna Dunstan en poussant son bol vide sur les planches mal jointes de la table.

Elle versa le grumeleux mélange et le lui présenta, heureuse, malgré tout, que ces petites tâches quotidiennes puissent la ramener dans un monde « normal » et sans trop de violence. Pour un peu, elle aurait même été reconnaissante à son père de sa brusquerie envers elle.

— Nous irons à Kelso demain, annonça-t-il. Il faudra recharger la laine sur le chariot. Je n'ai rien gagné hier, avec cette fichue attaque.

Ses yeux s'étrécirent.

— Mais, cette fois, pas question de te laisser filer !

Tavia sursauta et se retourna vivement vers lui. La cuillère à pot, dans sa main, projeta quelques gouttes de porridge sur le sol en terre battue.

— Oh non, père, pas maintenant, c'est dangereux ! s'écria-t-elle, terrifiée à l'idée de devoir se rendre bientôt dans une autre ville. Avec toutes ces attaques !

Dunstan abattit son poing sur la table.

— Tu feras ce que je te dis ! J'ai toujours su que tu n'étais qu'une poule mouillée, comme l'autre bouche inutile, là-bas…

Il désignait du menton la forme étendue sur la paillasse, de l'autre côté de la pièce.

Scandalisée par cette accusation, Tavia posa précautionneusement la cuillère et s'en fut, la tête haute en signe de défi, au chevet de sa mère, dont elle toucha le front. La sensation glacée au bout de ses doigts la surprit, alors que la malheureuse avait brûlé de fièvre toute la nuit. La jeune fille fronça les sourcils. Etait-ce le signe que la maladie s'aggravait ?

Soudain, sa mère se dressa à demi et s'accrocha à elle, ses doigts décharnés l'agrippant par les épaules.

— Chasse-les, hurla-t-elle, ils vont m'emmener, ils vont m'emmener !

— Chut, maman, calme-toi, il n'y a personne, murmura Tavia en l'entourant de ses bras et en essayant de la faire se recoucher.

— Tout mon corps est en feu, se plaignit la malade. Je brûle. Aide-moi, Tavia, je t'en prie !

Terrifiée par l'évidente dégradation de son état, Tavia se tourna vers son père.

— Elle a besoin d'un médecin. On ne peut pas la laisser ainsi !

— Cela coûte de l'argent, grogna Dunstan, la bouche pleine de porridge, et nous n'en avons pas.

Il la regarda, un air réprobateur sur son visage couperosé.

— Si tu t'étais mieux débrouillée avec maître Greaves, nous n'en serions pas là. Nous pourrions vivre comme une famille noble, si tu l'avais épousé.

Maître Greaves ! En pensée, Tavia revit le vieillard chenu et courbé par l'arthrite qui l'avait regardée avec concupiscence lors de plusieurs marchés. Il était le dernier en date des nombreux maris potentiels envisagés par son père, tous de riches marchands qui fréquentaient régulièrement l'étal du tisserand.

— Il n'aimait pas la couleur de mes cheveux, répliqua Tavia en prenant le bol et la cuillère de Dunstan pour les plonger dans un baquet d'eau froide qui lui gerçait les mains tandis qu'elle frottait les restes de porridge.

— Il n'y avait pas que cela… Regarde-toi : tu es maigre comme un clou ! Un homme veut une femme qui a un peu de chair sur les os. Tous veulent des fils aussi, et tu n'as pas l'air faite pour pouvoir en porter.

La malade se mit à gémir sur sa paillasse et Tavia se tourna vers elle, au désespoir.

— Nous devons bien avoir un peu d'argent quelque part ? demanda-t-elle, inquiète et suppliante, sa lavette coulant sur le sol.

— Non, rien du tout, répliqua sèchement son père. Pourquoi ne lui donnes-tu pas de tes herbes ?

Tavia haussa les épaules en pensant à toutes les décoctions qu'elle avait essayé de faire boire à sa mère, ces derniers jours.

— Rien de tout cela n'est suffisamment efficace.

— Cette catin peut bien mourir, cela ne me fait ni chaud, ni froid.

— Que dis-tu ?

Tavia blêmit, ne pouvant croire ce qu'elle venait d'entendre. Elle laissa tomber la lavette dans le baquet d'eau et marcha vers la table, où elle abattit son petit poing.

— Comment oses-tu parler de ma mère — de ton épouse — ainsi ? Il nous faut de l'argent, père, pour un médecin et il nous le faut aujourd'hui, tout de suite !

Dunstan eut un sourire mauvais et la considéra du regard mort de ses yeux pâles.

— Vous n'aurez pas un sou de moi. Ni l'une ni l'autre.

Tavia s'appuya contre le tronc rugueux d'un arbre et se mit à pleurer, le désespoir la submergeant comme une vague glacée. Muette de colère, elle avait claqué la porte de la chaumière après avoir pris son arbalète et son carquois suspendus à un clou sur le mur, puis avait marché jusqu'au petit bouquet d'arbres, au coin de la pâture à moutons. Comment osait-il les traiter ainsi ? Comment pouvait-il leur refuser les quelques pièces nécessaires au paiement du médecin dont son épouse avait si désespérément besoin ?

Toute tremblante, Tavia respira profondément, essayant de recouvrer son calme et d'imaginer une solution, les doigts crispés sur la crosse de son arbalète, l'étrier reposant sur le sol. Il devait bien y avoir une issue.

Désireuse d'apaiser sa colère, elle défit son voile blanc et l'attacha au tronc. S'entraîner au tir avait toujours eu pour effet de calmer ses nerfs, en raison de l'effort de concentration et du contrôle respiratoire que la visée nécessitait. De temps en temps, quand elle avait trop de mal à supporter le caractère de son père, elle partait dans les bois et envoyait ses traits l'un après l'autre dans une cible improvisée. Sa précision, de plus en plus grande au fil des entraînements, lui redonnait calme et confiance en elle.

C'était l'hostilité de son père qui l'avait poussée à apprendre le maniement de cette arme. Très tôt, en effet, elle avait compris que ni sa mère ni elle ne pourraient compter sur lui en cas de danger et qu'elle avait donc tout intérêt à savoir se défendre seule. Sans parler des colères de son père. Pour l'instant, cependant, elle n'avait pas eu à l'utiliser pour se protéger de lui. Pas encore…

Elle fit un nœud à son voile pour figurer un cœur de cible, puis tourna les talons et compta vingt-cinq pas dans l'herbe humide du pâturage. Son visage délicat montrait une expression déterminée et sa bouche était contractée, signe d'intense concentration. La veille, elle s'était sentie si faible et sans défense, devant ces barbares d'Anglais, qu'elle se jurait bien de ne plus jamais courir un tel risque. Quelle sotte elle avait été d'abandonner son arme dans le char à bœufs de son père ! Si elle l'avait prise avec elle, elle aurait pu flécher tous ces porcs l'un après l'autre et même leur chef, le chevalier effrayant aux yeux de loup.

Du court carquois dont elle avait pris le temps de boucler la ceinture avant de quitter la chaumière, elle tira un premier carreau empenné de plumes d'oie. Elle le plaça dans la rainure du fût, puis, basculant l'arme vers le sol, mit le pied dans l'étrier de charge et tira la corde à elle, jusqu'au cran d'arrêt du ressort.

Les yeux grands ouverts et toujours dirigés vers la cible, elle leva l'arme, se projetant déjà mentalement vers le but, visa soigneusement, bloqua sa respiration et appuya sur le levier du cranequin. La corde se détendit d'un coup sec et le carreau fila se planter au centre du nœud de toile.

Instantanément, Tavia mit la main à son carquois, en tira un nouveau carreau, le mit en place, recommença. Il alla se planter tout contre le premier, le suivant vint le rejoindre, puis un autre et un autre encore.

— Quand tu auras fini de perdre ton temps, tu viendras terminer ton travail !

Dérangée dans sa concentration, la jeune fille sursauta au son de la voix aigre de son père, que le vent lui portait.

Crispée, tendue, elle abaissa son arme et se retourna.

Dunstan venait vers elle. S'étant approché, il regarda avec une sorte de dégoût le faisceau emplumé des carreaux plantés en plein cœur de cible et cracha dans l'herbe en signe de désapprobation.

— Toujours à perdre ton temps avec cette chose ! siffla-t-il, la bouche tordue en rictus de mépris.

— Elle pourrait bien un jour sauver ma vie, lui rétorqua Tavia, ou celle d'autrui !

— Dommage que tu ne sois pas un homme, ricana-t-il, tu pourrais gagner pas mal d'argent avec ce machin-là, de la façon dont tu t'en sers…

Du menton, il montrait la gerbe de carreaux plantés dans le nœud de toile.

Au-dessus d'eux, une douce brise faisait bruisser les feuilles, comme le chant d'une fontaine.

— Que veux-tu dire ? demanda Tavia, soudain intéressée.

Dunstan eut de nouveau un ricanement bref.

— Le roi Malcom est prêt à payer très cher de bons tireurs. Avec ces attaques incessantes des Anglais, il perd des archers tous les jours. Les arbalétriers sont bien plus efficaces.

— Et comment entre-t-on au service du roi ? demanda-t-elle en s'efforçant de ne pas trop montrer sa fébrilité.

Son père la regarda avec méfiance.

— Il organise un tournoi d'archerie, chaque semaine, pour les sélectionner. Si le roi et ses officiers remarquent un des concurrents, ils l'engagent sur-le-champ.

— Et combien payent-ils ?

— Neuf pence par jour.

Les yeux de Tavia s'agrandirent de surprise et son cœur se mit à battre plus vite.

— Mais c'est une petite fortune !

— Oui, mais en attendant, nous ne gagnerons pas un sou si tu continues à béer aux corneilles. Allons, au travail, et vite !

Les imposantes murailles de la citadelle de Dunswick s'élevaient sur un promontoire de rocs basaltiques, au-dessus des toits de chaume de la ville. Les épais remparts, construits en blocs de pierre plus larges que la taille d'un homme, semblaient jaillir des roches comme s'ils en étaient une excroissance naturelle et imposaient le respect aux voyageurs qui les découvraient.

Abritant ses yeux de la lumière d'avril, Tavia observa un vol de corbeau au-dessus de l'une des tours d'angle. Leur cri mélancolique ne l'aida guère à reprendre confiance.

Sur le pont fixe qui menait à l'entrée principale, la jeune fille avala nerveusement sa salive, la gorge serrée, hésitant à faire un pas de plus. Intimidée, elle regardait sans la voir une touffe de lichen qui avait poussé sur le granit du parapet.

Lorsqu'elle s'était levée, longtemps avant l'aube, alors qu'une pâle lumière perçait à peine, soulignant le contour sombre des collines à l'horizon, sa détermination à entreprendre ce qu'elle avait décidé était encore intacte. Elle s'était hâtivement vêtue de quelques hardes masculines appartenant à son père, qu'elle avait découvertes au fond d'un coffre de bois, puis avait activé le feu et cuit le porridge, afin de ne pas s'attirer les foudres paternelles. Enfin, elle avait déposé un baiser, en guise d'au revoir, sur le front fiévreux de sa mère. C'est ainsi qu'elle avait pu constater que les mains de la malheureuse s'étaient couvertes de cloques au cours de la nuit.

A présent, un capuchon rabattu sur la tête pour dissimuler un peu son visage, elle s'interrogeait sur ses chances de succès. Lorsque son père avait parlé du tournoi organisé pour trouver des arbalétriers, il ne s'était pas douté que ses paroles pleines d'ironie avaient enfin donné à sa fille l'idée d'un moyen de payer les soins de sa mère. Elle participerait à la compétition, travestie en garçon et, avec un peu de chance, attirerait l'attention par son habileté au tir. Une fois entrée au service du roi, il lui faudrait à peine une quinzaine pour réunir de quoi payer un savant médecin. Alors, elle s'en retournerait dans ses collines.

La basse-cour de la citadelle était pleine d'une foule bigarrée et bruyante. Le vert et l'or des livrées royales le disputaient aux élégants bliauds des dames. Des pelisses de renard, d'hermine et même d'ours contrastaient avec les hardes des paysans, dont certains étaient quasiment en haillons. Avisant un escalier contre la muraille, qui accédait au chemin de ronde, Tavia monta quelques marches pour jouir d'une vue plus étendue. De là, elle pouvait voir l'estrade et le dais de brocart qui abritait les spectateurs de marque. Au premier rang, elle distingua le frais minois du jeune roi Malcolm, ses cheveux roux étincelant au soleil et, à côté de lui, le sombre visage de son régent, Ferchar de Strathearn. Tavia se souvenait de l'émoi populaire, lorsque le père de Malcolm, le comte Henry, fils cadet du feu roi David d'Ecosse, était mort avant de pouvoir lui-même accéder au trône. Heureusement, avant de quitter ce monde, le roi David avait confié à Ferchar les affaires du royaume, jusqu'à ce que Malcolm soit assez âgé pour régner sans partage.

Une grande cible ronde à cercles concentriques avait été installée face à l'estrade et déjà, archers et arbalétriers prenaient place, tournant le dos à la tribune royale pour qu'on puisse bien juger de leurs tirs. Leurs performances faisaient monter de la foule des rires moqueurs à l'encontre des plus maladroits et des murmures d'admiration pour les plus habiles.

Tavia dévala les marches, son arme en bandoulière, et se fraya un chemin parmi la foule, vers la file des postulants qui attendaient de s'inscrire auprès des hérauts d'armes.

— Ton nom ? lui demanda l'un d'eux en la regardant à peine, quand son tour arriva enfin.

— William le Saxon, répondit-elle en essayant de prendre la voix la plus grave qu'il lui était possible.

Le héraut leva les yeux de son parchemin et son visage se fendit d'un sourire moqueur.

— Tu as l'air bien jeune, mon garçon. Ta mère sait que tu es là ?

Tavia préféra ignorer la remarque et se concentrer sur le concurrent qui allait entrer en lice. L'homme, qui portait un surcot court de laine grise sur des chausses fatiguées, mesurait plus de six pieds. Sa silhouette, à la fois athlétique et élancée, était impressionnante malgré les pauvres hardes qu'il portait. Tandis qu'elle étudiait son profil à la dérobée, elle se dit qu'il était beau. Comme il levait son grand arc droit et l'armait d'un geste souple, le capuchon de son surcot laissa entrevoir une souple et abondante chevelure châtain, de hautes pommettes, un nez droit et fier, une bouche mince.

On entendait monter de la foule des murmures féminins approbateurs. Tavia se mit à rougir et elle baissa la tête, l'air coupable, honteuse de la complaisance avec laquelle elle admirait l'archer. Elle n'était pas venue là pour rêvasser à la mâle beauté d'un concurrent, mais pour participer à un tournoi d'archerie. D'ailleurs, en règle générale, elle ne s'intéressait guère aux hommes ou, plus exactement, c'étaient eux qui ne s'intéressaient pas à elle. Les hommes voyaient dans sa flamboyante chevelure le signe d'un tempérament rebelle, quand ce n'était pas la marque du démon, et sa fine silhouette la faisait dédaigner de tous ceux qui préféraient les femmes bien en chair. Malgré les efforts déployés par son père pour la marier à quelque riche marchand, l'attraction que les éventuels galants pouvaient d'abord ressentir pour sa beauté ne tenait pas longtemps devant son esprit d'indépendance et sa détermination à agir comme bon lui semblait. Le plus souvent, en effet, elle se moquait de leurs avances comme d'une guigne, ayant de toute façon peine à croire que quiconque puisse tomber amoureux d'elle et, plus encore, vouloir l'épouser.

Le bel archer lâcha sa flèche qui alla se planter à deux pouces du centre de la cible. Un murmure flatteur monta de la foule.

« Un assez joli tir, se dit Tavia, mais je peux faire beaucoup mieux. »

Elle le regarda tirer une nouvelle flèche de son carquois, l'encocher, armer l'arc jusqu'à son point d'ancrage et fronça les sourcils : elle ne pouvait s'empêcher de lui trouver quelque chose de familier dans la tournure. Tavia songea qu'il aurait dû pourtant lui être facile de se souvenir où elle avait déjà vu un homme de cette stature…

L'archer alla regarder la cible — il n'avait pas fait mieux — puis, après avoir retiré ses flèches du bloc de paille compressée où elles étaient fichées, tourna les talons et se dirigea droit vers la jeune fille. Comme il s'approchait, Tavia sentit une faiblesse coupable s'emparer de ses genoux. Baissant les yeux, elle feignit d'étudier les pavés disjoints, en priant pour qu'il passe sans s'arrêter.

— Bonne chance, jeune homme, lui lança-t-il d'un ton cordial. J'espère que vous en aurez plus que moi !

Alors, en un éclair, un instant terrifiant, elle sut où elle l'avait rencontré et qui il était. Il lui serra vigoureusement la main et elle en eut la confirmation au contact rêche de sa paume contre la sienne. Levant le menton, elle scruta son visage sous son capuchon. Les yeux terribles, la bouche dure…

— Non, murmura-t-elle. Pas vous !

Au son de sa voix, la large main se figea un instant dans la sienne.

— Allons, petit, il y en a des dizaines qui attendent

leur tour, presse-toi un peu ! intervint un héraut d'armes en la poussant en avant.

Elle retira prestement sa main. Au nom du ciel, que faisait-il ici ? Lui, un ennemi, en pleine cour royale d'Ecosse ! Elle aurait voulu crier, révéler l'identité de l'intrus. Mais, du même coup, on découvrirait qu'elle était une femme et toute chance de participer au concours serait perdue.

Il la retint par la manche, la forçant à se retourner vers lui. Sa voix grave et mélodieuse résonna à son oreille comme une menace.

— Je vous connais.

3

Ces mots, prononcés à voix basse, firent passer un frisson glacé dans les veines de Tavia. Son cœur se mit à battre follement contre ses côtes. Elle regarda avec fureur l'homme qui la retenait par le bras.

— A moi, la garde !

Sa voix mourut dans sa gorge tandis qu'elle luttait pour échapper à la poigne de fer de Benoît de Vallières, bien trop faible pour attirer l'attention du cordon d'hommes d'armes qui sécurisaient la manifestation, d'autant que la foule trépignait, lassée d'attendre le concurrent suivant.

Un bras musclé lui coupa le souffle, en s'enroulant autour de sa poitrine et en la ramenant brutalement au contact du corps dur de l'archer. Avant même qu'elle ait pu réagir, il la faisait virevolter et la jeune fille se retrouva le nez contre le mur de sa poitrine.

— Mon jeune ami plaisante, dit-il d'une voix calme et assurée qui la fit vibrer de colère jusque dans ses veines.

Elle poussa un soupir de rage impuissante dans la toile rêche du surcot de Benoît.

Une bonne odeur de cuir et de cheval montait de son torse et Tavia pouvait sentir sa chaleur à travers ses vêtements.

— Je crois qu'il est trop intimidé pour concourir, je vais le ramener chez lui.

Quel aplomb ! Et quelle insolence ! La peur qu'elle avait éprouvée un instant auparavant se muait en une rage brûlante et irrépressible.

Elle se tortilla en tous sens, sans résultat, pour échapper à l'étau de ses bras, mais il la tenait toujours. Alors elle leva un pied qu'elle abaissa vivement et eut la satisfaction de sentir qu'elle écrasait des orteils sous sa botte.

— Assez ! grogna-t-il en relâchant un peu la pression de sa main sur sa nuque.

— Lâchez-moi ! protesta-t-elle, le nez toujours contre la poitrine de Benoît. Je ne peux pas respirer !

En réponse, il la souleva de terre et la jeta sur son épaule, comme un vulgaire sac de grains, la tenant fermement derrière les genoux pour prévenir tout mouvement intempestif. Le sang affluant à sa tête, qui ballottait inconfortablement dans le dos du chevalier, Tavia entendit s'esclaffer la foule. Ceux qui observaient la scène étaient apparemment persuadés qu'ils assistaient à la conclusion d'une plaisante escarmouche entre deux joyeux compères. Comment faire comprendre à tous ces imbéciles que la situation était bien différente ? Que cet archer si jovial allait tous les faire égorger dans leurs lits, s'ils ne réagissaient pas très vite ? Il s'était mis en marche, avançant trop rapidement pour qu'elle puisse seulement relever la tête et appeler à l'aide, ballottée qu'elle était dans son dos comme une poupée désarticulée. Il portait trois flèches dans un carquois de ceinture rejeté derrière son dos. Dans la position où elle se trouvait, leur empennage en plumes de perdrix lui chatouillait les narines. En un instant, Tavia comprit le parti qu'elle pourrait en tirer. Alors que l'homme se penchait légèrement pour passer sous le linteau d'une porte, elle tira doucement à elle une des flèches.

— Et maintenant, morbleu, qui es-tu ?

Elle n'eut que le temps de faire disparaître le trait derrière son dos, tandis qu'il la faisait glisser de son épaule. Une odeur forte de foin et de crottin flottait dans l'air. Encore un peu étourdie, Tavia regarda autour d'elle : il l'avait emmenée dans les écuries du château.

Dans la demi-pénombre, les traits anguleux du mystérieux chevalier paraissaient menaçants, et ses yeux froids comme de la glace, tandis qu'il l'examinait. Bien qu'elle tremblât de tous ses membres ou bien à cause précisément de sa peur et de sa colère mêlées, elle répliqua :

— Comment avez-vous pu oublier? lui cria-t-elle en brandissant soudain la flèche telle une furie, pointe en avant, en se jetant sur lui.

La double lame d'acier, qui étincela un instant dans un rayon de lumière, n'atteignit jamais Benoît de Vallières. Avec la fulgurante rapidité acquise par une vie de combats incessants, il bloqua la main de Tavia, lui arracha la flèche et la jeta dans la paille. Puis il lui tordit le bras dans le dos.

— Vous me faites mal ! cria-t-elle.

— Dis-moi qui tu es.

— Mon nom est Tavia de Mowerby et maintenant, lâchez-moi !

Pris de court, il obéit.

— Vous… vous êtes une femme ?

Il repoussa le capuchon de Tavia, ses longs doigts effleurant la flamboyante chevelure rousse. Le visage d'une pâleur de marbre de la jeune fille, dans la faible lumière, lui donnait quelque chose d'angélique, comme le contraste saisissant entre la perfection de ses traits éthérés et la laine grossière du capuchon à présent tassé autour de son cou gracile. Ses yeux, tels des saphirs, semblaient inviter à plonger en leur profondeur comme au fond d'un lac. Troublé, Benoît avala sa salive, soudain frappé d'un surprenant sentiment de culpabilité. C'était elle… La fille de l'église. Celle qui hantait ses nuits depuis l'incident. L'image de sa frêle silhouette dans la nef déserte tourmentait sa conscience et bien des fois, il s'était demandé ce que la jeune fille était devenue.

— Ah, vous me reconnaissez à présent ! lui lança-t-elle d'une voix de défi, mais il voyait bien, à son attitude, qu'elle tremblait de peur.

Ses poses bravaches inspiraient le respect, autant qu'elles donnaient envie de rire, tant il y avait de contraste entre elle et lui. Le haut de sa tête couronnée de cheveux roux arrivait à peine à la hauteur de la poitrine de Benoît et il devait peser au moins deux fois plus lourd qu'elle.

— Oui, je me souviens de vous, pour mon malheur, dit-il en soupirant, mais cela ne me dit pas ce que vous faites ici.

— Ce serait plutôt à moi de vous le demander, répliqua la jeune fille, les bras croisés sur sa poitrine.

— Le costume d'homme, pourquoi ? interrogea-t-il brièvement, son œil gris s'étrécissant.

— Cela n'est en rien votre affaire.

— Ça l'est devenu quand vous avez failli révéler mon identité à tout le château.

— Vous ne vous attendiez pas à me trouver là, n'est-ce pas ? Désolée d'avoir contrarié vos manigances. Que veniez-vous faire, à propos ? Assassiner notre roi de sang-froid ?

— Seriez-vous devenue son garde du corps ? demanda-t-il avec une tranquille ironie, plus amusé qu'impressionné par ses sarcasmes.

Quand il souriait, comme à présent, des petites fossettes apparaissaient au coin de ses lèvres, le faisant paraître beaucoup plus jeune.

Un petit frisson d'excitation passa dans les veines de Tavia, qui se raidit, mal à l'aise d'éprouver ce genre d'émotions alors qu'elle essayait de paraître parfaitement calme et maîtresse d'elle-même. Mais sans son heaume à nasal et tout son horrible harnachement de guerre, il paraissait différent, moins menaçant et, surtout, plus humain. Tavia se mordit nerveusement la lèvre et secoua la tête. Par la sainte mère de Dieu, cet homme était un ennemi, un Anglais — ou, plus vraisemblablement, un mercenaire à la solde de l'Angleterre, car son léger accent laissait plutôt penser qu'il venait du continent. Il fallait appeler à la garde, le faire arrêter… Mais comment le pourrait-elle, alors que de ses larges épaules, il bloquait la porte des écuries ?

— Ceux de votre sorte attaquent nos villes et nos châteaux, brûlent nos maisons, violent les femmes… Et d'abord, qui êtes-vous ?

Il s'inclina légèrement, sans cesser de sourire.

— Je m'appelle Benoît de Vallières, je viens d'Anjou et ma famille est originaire du Brabant.

— J'ai déjà entendu ce nom, dit lentement Tavia, intriguée.

Dans un geste inconscient, elle alla toucher d'un doigt nerveux la fine cicatrice qu'avait laissée sur sa gorge la dague de son agresseur, à l'église.

Il haussa les épaules.

— C'est bien possible. Je suis au service du roi Henry d'Angleterre et je commande son armée du nord.

Dieu du ciel ! Benoît de Vallières en personne, l'un des plus redoutés parmi les compagnons d'Henry. Elle avait maintes fois entendu son père et d'autres hommes parler de lui. Il était de ces chevaliers mercenaires venus de leur lointain Brabant pour mettre leur épée au service du plus offrant.

— Mais que faites-vous ici, alors ? s'écria-t-elle, une sueur glacée suintant sur ses paumes.

Il passa la main dans les vagues souples de sa chevelure et son surcot se tendit sur sa puissante musculature.

— Je suis venu voir le concours, laissa-t-il tomber négligemment.

— Voir le concours ! répéta-t-elle. Vous espérez que je vais croire cela ?

— Mais oui. Pourquoi pas ?

Il fit un pas vers elle.

— N'approchez pas !

Elle posa la main à plat sur sa poitrine, pour le tenir à distance. Il ne broncha pas.

Au-dehors, une rumeur enthousiaste monta de la foule, puis des vivats. Tavia savait que sa chance de participer au tournoi s'éloignait à chaque seconde. Aussi longtemps que ce Benoît de Vallières la retiendrait, elle ne pourrait pas prendre son tour dans la compétition.

— Laissez-moi m'en aller, plaida-t-elle. Vous n'avez nul besoin de moi.

Les yeux gris glissèrent sur elle, de ses cheveux roux jusqu'à la pointe de ses bottes de cuir. Tavia en ressentit une étrange chaleur, assez plaisante, mais elle repoussa l'idée même de plaisir. D'ailleurs, c'était la peur qui à présent prenait le relais.

— Qu'y a-t-il ? demanda-t-elle avec une ironie provocante, pour tenter de dissimuler sa frayeur. Est-ce que vous allez achever ce que vos hommes ont commencé ?

Il la regarda un instant avec un air de surprise, puis rejeta la tête en arrière et éclata de rire.

— Que je... ? Ah ça, vous badinez, pucelle ! Croyez-vous que je puisse vouloir vous prendre, vous, une paysanne à peine décrassée ? Et avec si peu de chair sur les os ? Ah, c'est trop drôle !

Puis il s'interrompit brusquement et tâta du doigt la pointe de la flèche qu'il avait arrachée à la jeune fille.

— En fait, j'étais en train de me dire que si je vous relâchais, vous alliez courir tout droit me dénoncer aux gens de votre roi.

Tavia était toute rouge de ce qu'elle venait d'entendre sur son compte. Mais elle essayait toujours, contre vents et marées, de faire bonne figure.

— Non, vous vous trompez. Si vous n'avez pas de mauvaises intentions, je ne vous dénoncerai pas.

— A mon tour de vous demander si vous espérez que je vais avaler cela.

— Il le faudra bien.

Elle s'approcha.

— Voyez-vous, je dois participer à ce tournoi...

— Et pourquoi donc ? demanda-t-il, son regard s'attardant sur les hanches rondes de la jeune fille, mises en valeur par ses chausses moulantes.

— Parce qu'il faut que je devienne arbalétrier au service du roi, répliqua-t-elle, exaspérée, et que je n'y parviendrai pas si vous me gardez ici.

*
* *

Benoît dut étouffer un subit éclat de rire à la vue de l'air sérieux et pénétré avec lequel elle prononçait cette étrange déclaration et détailla avec attention sa silhouette menue. Comment avait-il pu la prendre pour un garçon ? Dire qu'elle croyait vraiment pouvoir réussir une prouesse de cet ordre : battre les hommes dans une compétition d'archerie.

— Vous avez raison, je vais devoir vous faire confiance, lui dit-il, mais vous devez me promettre que vous ne recommencerez pas votre petit jeu.

Tavia acquiesça avant même qu'il eût achevé sa phrase.

— Je vous le jure !

— Vous feriez mieux de rabattre ceci, alors. Cela pourrait accroître vos chances…

Benoît avança sa main pour lui remettre son capuchon, éprouvant au passage la douceur de sa joue d'albâtre. Tavia eut l'air gênée.

— J'ai confiance en mon habileté à l'arbalète, lui répondit-elle fermement.

Il leva un sourcil amusé.

— L'aplomb ne vous fait pas défaut, en tout cas, constata-t-il.

Il la poussa doucement vers la sortie, où elle cligna des yeux pour s'accommoder à la lumière.

— Et rappelez-vous, lui murmura-t-il à l'oreille. Si vous rompez votre promesse, vous m'en rendrez raison, tôt ou tard. Et croyez-moi, l'expérience ne sera pas plaisante.

Les mains encore tremblantes de sa confrontation avec ce barbare, Tavia reprit place dans la longue file de concurrents qui s'étirait sur les pavés humides et glissants de la cour du château. Elle gardait la tête obstinément baissée, ne voulant pas donner à Benoît de Vallières, qui devait certainement la surveiller, la moindre raison de croire qu'elle allait le trahir. Mais elle priait ardemment pour que les gardes du roi remarquent celui-ci et vérifient son identité. Hélas, elle était d'ores et déjà certaine que le chevalier mercenaire déjouerait sans peine leur molle surveillance.

Lorsque vint son tour de s'approcher de la ligne de tir, elle plaça posément ses pieds bien écartés sur la marque au sol, décrocha son arbalète, tira un carreau de son carquois, l'engagea, arma le mécanisme, leva l'arme vers la cible les deux yeux bien ouverts, calma sa respiration, puis la bloqua et appuya doucement sur le levier de détente. La corde se détendit et le carreau partit se ficher droit au centre de la cible.

Des vivats montèrent de la foule. Peu nombreux étaient ceux, parmi les concurrents qui l'avaient précédée, à avoir réussi un aussi joli coup.

Tavia leva les yeux vers le dais royal, anxieuse de voir quelle était la réaction des officiels. Le jeune roi Malcolm applaudissait et lui souriait aimablement. Ferchar, le régent, lui fit signe de rejoindre ceux qui avaient passé avec succès cette première épreuve. Elle acquiesça et eut un coup au cœur en réalisant qu'il lui ordonnait de venir sous le dais. Elle alla chercher son carreau et monta les marches de l'estrade, en espérant que Benoît de Vallières ne la voyait pas, car il pourrait penser qu'elle allait rompre sa promesse et le dénoncer.

— Beau tir, jeune homme, lui dit Ferchar en s'avançant vers elle, alors qu'elle s'inclinait devant la noble assemblée.

— Merci, messire régent, répondit-elle avec une petite hésitation, se demandant si elle était bien autorisée à lui répondre ou si elle devait attendre pour cela d'avoir reçu une question directe.

Ferchar esquissa un sourire en pinçant ses lèvres minces et continua :

— Malheureusement, ce que personne ici ne semble avoir remarqué ne m'a pas échappé…

Tavia sentit un froid glacé la saisir, tandis qu'au-dessus du dais de brocart claquaient les étendards aux vives couleurs.

— A… ah, et quoi donc ? bredouilla-t-elle, les bras serrés autour de sa poitrine.

— Le fait que vous êtes une femme, répondit Ferchar en avançant la main pour rabattre son capuchon en arrière.

Le jeune roi poussa une exclamation de surprise et se leva à demi sur son siège.

— Oh, regardez, Ferchar. C'est incroyable comme elle ressemble à…

— J'ai vu, coupa le régent.

Tavia garda le silence, n'ayant pas la moindre idée de ce dont ils pouvaient bien parler.

— Les cheveux, surtout, dit tranquillement Ferchar. Il y a… d'autres indices, mais c'est le plus saisissant.

— Je… je peux les couper, répondit précipitamment Tavia. Vos gardes m'ont vue et ils n'ont rien soupçonné, rien du tout !

Elle devait les convaincre. Elle ne pouvait laisser mourir sa mère.

Ferchar eut un rire bref.

— Les imbéciles ! Il faut dire que vous avez eu une drôle d'idée ! Pourquoi avoir fait ça, damoiselle ? Mais peu importe. J'ai quelque chose à vous demander. Une faveur, précisa-t-il.

Un peu hébétée, Tavia hocha la tête, l'invitant à continuer.

Le jeune roi lui souriait aimablement, bien qu'il fût évident que lui non plus n'avait aucune idée de ce que le régent allait demander à la jeune fille.

— En tant que femme, il vous est impossible de porter les armes pour le roi, vous savez cela, je pense ?

Tavia, mal à l'aise, esquissa un sourire penaud qui pouvait passer pour un assentiment.

— Mais vous pouvez néanmoins le servir.

Le regard perçant et arrogant du régent passa sur les pauvres hardes de la jeune fille.

— Et nous vous paierons bien pour cela, mieux que ce que gagne un simple arbalétrier.

— Expliquez-moi, bredouilla Tavia, subjuguée.

Après tout, ce n'était peut-être pas une mauvaise chose que d'avoir été découverte.

— Cet homme, qui vous emportait sur son épaule, tout à l'heure, qui était-il ? Votre mari ?

Tout en parlant, il scrutait la cour, comme s'il tentait d'apercevoir cet archer de haute taille qui avait attiré son regard.

— Oui, répondit Tavia précipitamment. Il ne voulait pas que je participe au tournoi.

Il n'était pas si difficile de mentir.

Ferchar laissa de nouveau échapper un rire bref, bien qu'il n'y eût aucune gaieté dans ses yeux.

— Il a eu raison. Un homme doit faire respecter ses droits d'époux. S'il ne l'avait pas fait, je ne vous aurais d'ailleurs pas remarquée.

Tavia serra nerveusement ses mains l'une contre l'autre.

— Que voulez-vous vous que je fasse ?

— Avez-vous déjà remarqué votre ressemblance avec la princesse Ada, la sœur du roi ?

— Je n'ai jamais eu l'honneur de la rencontrer, messire.

— Dans ce cas, suivez-moi.

Ferchar se pencha par-dessus la balustrade ouvragée et ordonna aux hérauts d'armes d'interrompre momentanément le tournoi. Puis il descendit de la plateforme et se dirigea vers le donjon. Après une courte hésitation et une mimique d'encouragement du roi Malcolm, Tavia lui emboîta le pas.

La grande salle du château paraissait fort sombre, après la vive clarté du dehors. De plus, pour une raison ou pour une autre, le feu qui avait été allumé dans la grande cheminée tirait mal et de la fumée stagnait dans la pièce, qui était déserte, à l'exception d'une silhouette menue, installée à l'extrémité noble de la grande table, celle qu'on appelle le haut bout. Tavia cligna des yeux pour les accommoder à la pénombre. Son regard fut d'abord accroché par le dais armorié qui recouvrait la table.

Ferchar s'avança vers la table et lui désigna la jeune fille qui grignotait un morceau de pain.

— Ada de Huntington, annonça-t-il. La sœur aînée du roi.

— Altesse, dit Ferchar en faisant signe à Tavia de s'approcher, je voudrais vous présenter quelqu'un…

Ada se retourna dans son fauteuil de bois gravé, puis se leva avec grâce. Elle ajusta d'une main son voile de soie diaphane que retenait un cercle d'or. Son bliaud, habilement coupé pour mettre en valeur sa taille fine, était de soie vert pâle, l'ourlet et l'encolure brodés d'un motif de fleurs et de feuilles d'un goût exquis et d'une admirable facture.

Terriblement intimidée, Tavia frotta ses mains sur son surcot grossier avant de les dissimuler derrière son dos.

— Et maintenant, comprenez-vous ? lui dit Ferchar. Regardez la princesse.

La jeune fille ne comprenait rien du tout.

— Son altesse est vraiment très belle, balbutia-t-elle, alors qu'Ada s'approchait en souriant.

— Elle vous ressemble, trait pour trait, expliqua Ferchar avec une pointe d'exaspération. Une fois que l'on vous aura lavée et habillée décemment, je doute que quiconque y voie une différence.

— Mais… pourquoi feriez-vous ça ? balbutia Tavia, éberluée qu'on pût la comparer à une telle beauté.

Ferchar prit la main d'Ada dans la sienne, la tapota doucement et ce simple geste d'apaisement parut l'adoucir lui-même quelque peu.

— La princesse est en danger, expliqua-t-il. D'après nos informateurs, les Anglais projettent de l'enlever et de l'échanger contre rien moins que les comtés du Northumbria et du Cumbria tout entiers. Nous devons la mettre en lieu sûr et, pour cela, créer une diversion, un leurre. Cette illusion, ma chère, ce sera vous. Vous devrez tromper les espions anglais et les attirer assez loin du château pour nous laisser le temps d'emmener la princesse Ada dans une cachette sûre.

C'était donc cela qu'était venu faire Vallières. Il comptait enlever Ada au nez et à la barbe de la cour d'Ecosse !

— Nous vous paierions très bien pour cela et les Anglais ne vous feront pas de mal.

Le ton de Ferchar se teinta de respect.

— Au reste, vous avez prouvé que vous étiez de taille à vous défendre.

L'image de sa mère, gisant malade et sans forces sur une pauvre paillasse, passa devant les yeux de Tavia.

— J'accepte, dit-elle d'une voix ferme.

4

— Merci d'avoir accepté de nous aider.

Ada montait avec une grâce presque aérienne les marches de l'escalier en colimaçon qui desservait l'une des tours d'angle du donjon.

— Ferchar s'inquiète de ma sécurité depuis quelque temps déjà, expliqua-t-elle, mais les Anglais surveillent si étroitement la ville qu'il était presque impossible de m'en faire sortir pour me mettre en lieu sûr.

Tavia remarqua la chaleur qui perçait dans la voix de la princesse quand elle parlait du régent. Cela signifiait-il qu'il existait un lien secret entre eux, un tendre sentiment ? Elle avait un peu honte aussi, car Ada semblait croire qu'elle avait accepté la proposition de Ferchar par pure générosité, comme quand l'on rend service à des amis. Alors que l'amère réalité était qu'elle avait un criant besoin d'argent et au plus vite.

— Je suis heureuse d'avoir pu me trouver au bon endroit, au bon moment, répondit-elle prudemment en suivant Ada dans sa gracieuse ascension.

Elle avait honte de n'être qu'une pauvre paysanne, à côté d'une telle beauté, surtout fagotée dans ces grossières hardes de garçon.

— Mais je ne suis pas certaine que vous parviendrez à me faire vous ressembler.

Tavia admirait d'un air dubitatif la silhouette élégante de la princesse, ses beaux vêtements, les joyaux étincelant autour de sa gorge gracile.

Parvenue sur le palier, Ada se tourna vers elle, la soie de son bliaud brillant à la lumière de la seule torche murale allumée, qui rendait également sa rousse chevelure, ordonnée autour de sa tête en deux lourdes tresses, plus flamboyante encore qu'au grand jour.

— Non, vraiment, vous ne croyez pas ?

Elle eut un rire léger.

— Il faut que je trouve un miroir d'argent, que nous mettions nos deux visages l'un à côté de l'autre et vous verrez alors combien nous sommes semblables. Une fois que vous serez baignée et habillée, nul ne pourra plus nous différencier.

La princesse plaça sa blanche main sur le battant de chêne d'une porte, qu'elle poussa. Alors, la lumière du jour illumina le palier aveugle, révélant jusqu'aux toiles d'araignée entre les poutres du plafond.

Tavia retint un cri d'admiration.

La tour sud-ouest du donjon de Dunswick abritait la chambre des dames, en fait un vaste et magnifique appartement où les femmes de la cour, épouses, filles ou sœurs des hauts barons du roi d'Ecosse, passaient leurs journées. Après le sombre granit du dehors et l'escalier obscur, les lieux offraient un magnifique arc-en-ciel de tissus précieux dont la gaieté s'accordait aux rires cristallins qui résonnaient dans la pièce. Partout où elle posait les yeux, les toilettes, chatoyantes comme des joyaux, l'émerveillaient.

Dans un coin, l'une des dames était assise devant un métier à tisser. Ses doigts agiles poussaient sans répit la navette de bois qui liait à la trame les beaux fils de laine pourpres et verts. D'autres, habillées de magnifiques bliauds, filaient la laine teinte au rouet et à la quenouille.

Quand elles s'aperçurent de la présence d'Ada, elles se levèrent l'une après l'autre pour la saluer avant de se remettre à l'ouvrage. Si elles durent remarquer la similitude des traits de leur princesse avec ceux du jeune paysan qui l'accompagnait, aucune n'en laissa rien paraître, ni ne fit le moindre commentaire.

Ada présenta Tavia avec un ample geste du bras et toutes la saluèrent courtoisement d'une gracieuse inclinaison de la tête. Elle leur répondit de la même manière, avec un sourire reconnaissant pour leur discrétion.

Emerveillée, Tavia observait ce monde tout nouveau pour elle, un univers de luxe et de richesse, si diamétralement éloigné de sa propre existence laborieuse qu'il était bien tentant de se laisser absorber dans la contemplation de tous ses détails. Toutefois elle se souvint avec amertume qu'elle n'était pas là en visite d'agrément, mais pour accomplir une mission et gagner une grosse somme d'argent, avant de s'en retourner bien vite à sa vie terne et besogneuse dans les collines.

— Béatrice va vous trouver des vêtements convenables, dit Ada en montrant une dame d'âge mûr qui, se voyant désignée, posa son ouvrage dans une corbeille et vint examiner minutieusement Tavia de la tête aux pieds.

— Il faut l'habiller pour qu'elle ressemble à une princesse… à moi, en fait, expliqua Ada.

Béatrice, qui s'était agenouillée devant la jeune fille pour prendre ses mesures, se redressa avec un soupir d'effort.

— Cette personne est un peu plus petite que vous, altesse, mais je vais voir ce que je peux trouver.

— Il faut aussi lui préparer un bain, précisa la princesse

tandis que la suivante disparaissait derrière une tapisserie.

Elle se tourna vers Tavia avec un sourire d'excuse et lui chuchota :

— Elle ronchonne toujours un peu, mais elle a un cœur d'or. Elle est auprès de moi depuis mon enfance.

Tavia voulut s'excuser de sa piteuse apparence.

— Je dois avoir un air affreux, j'ai fait exprès de mettre un peu de boue sur mon visage.

Comme Ada la regardait avec surprise, elle ajouta :

— Pour avoir davantage l'air d'un garçon.

— Vous êtes très brave, murmura Ada. Je ne crois pas que j'aurais eu le courage de me travestir ainsi.

Tavia secoua la tête, nauséeuse au souvenir de l'appréhension qui l'avait saisie au moment de passer le pont-levis du château.

— Je ne crois pas que je le sois, dit-elle doucement. Simplement les circonstances vous forcent parfois à faire certaines choses.

— Mais, votre mari ?

— Je n'en...

Elle s'interrompit, se souvenant du mensonge qu'elle avait dû utiliser pour expliquer la présence auprès d'elle de Benoît de Vallières.

— Ah oui..., murmura-t-elle, honteuse.

— Il n'avait pas l'air content, lorsqu'il vous a emmenée hors du pas de tir.

La princesse prit le bras de Tavia et la conduisit dans l'embrasure d'une fenêtre, loin des oreilles des autres dames.

— Que lui avez-vous donc dit pour le convaincre de vous laisser revenir ?

— Je... je vous demande pardon, altesse ?

Confuse, la jeune fille essayait de comprendre comment la princesse pouvait bien être au courant de tout cela. Ada éclata de rire.

— J'ai tout vu depuis ma fenêtre, expliqua-t-elle. Un bien bel homme que votre mari…

— Oui… euh… et assez accommodant, quand on sait s'y prendre avec lui.

Tavia sourit, en espérant secrètement ne plus jamais avoir à « s'y prendre » avec cet homme. Deux rencontres avec ce déplaisant personnage lui suffisaient.

— J'espère que je serai aussi heureuse en mariage que vous paraissez l'être, dit Ada avec ferveur, le visage soudain plein d'espoir.

Elle considéra un instant Tavia et acheva dans un murmure :

— Ce sera peut-être plus tôt que l'on ne pense.

— Ah ?

— Je crois que je peux bien vous le dire, Tavia.

Ada se mit soudain à parler sur un ton précipité, d'excitation, qui faisait se bousculer les mots qu'elle prononçait.

— Nous nous connaissons à peine, mais je pense que nous allons devenir amies et je sais que je peux vous faire confiance.

C'était une affirmation, certes, mais qui semblait attendre une confirmation de sa part et Tavia en était embarrassée, peu désireuse qu'elle était de recueillir si tôt les confidences de la princesse. Certes, elle trouvait Ada sympathique, mais… amies, déjà ? Il était un peu trop tôt pour le dire.

Pourtant il y avait dans les yeux d'Ada comme un besoin désespéré de se confier, une soif d'être comprise, un manque que Tavia doutait pouvoir jamais combler. Ne sachant que répondre, elle lui sourit.

— Ferchar va m'épouser. Il m'aime et je l'aime aussi.

— J'en suis heureuse pour vous.

Les mots d'Ada ne signifiaient rien pour elle.

— Il est si décidé, si plein de résolution !

Le ton de la princesse monta encore, en une sorte de frénésie d'adulation.

— Voyez, dit-elle en passant la main sur la somptueuse toilette qu'elle arborait, c'est même lui qui a voulu que je porte ce bliaud, aujourd'hui.

— C'est un excellent régent, approuva Tavia, surprise de voir à quel point la princesse d'Ecosse vouait un culte à celui qui administrait les affaires du royaume.

— Il ferait un roi meilleur encore.

Soudain, Ada s'interrompit et rougit violemment, consciente d'en avoir trop dit. Elle posa presque timidement sa main sur la manche de Tavia.

— Je parle trop, dit-elle avec un regard nerveux autour de la pièce, pour tenter de vérifier qu'on ne l'avait pas entendue. Je vous en prie, oubliez ce que je viens de vous dire.

Voilà qui expliquait l'attitude hyperprotectrice de Ferchar envers la princesse. Il la voulait pour épouse et prétendait assurer sa sécurité. Il avait en tout cas visiblement réussi à la séduire. Car elle était, à l'évidence, éprise de lui, bien qu'il ait au moins vingt ans de plus qu'elle.

— Je ne m'en souviens déjà plus, altesse, lui dit Tavia avec chaleur. N'ayez crainte.

Sous les magnifiques poutres de chêne de la grande salle du château de Langley, Benoît se découpa un morceau de jambon braisé à l'aide de son couteau, le piqua pour le porter à sa bouche et le mâcha pensivement. Tout au long de l'immense table seigneuriale, dames et chevaliers, puis paysans et hommes d'armes dévoraient les monceaux de nourriture que l'on apportait des cuisines en un ballet incessant et bien réglé.

— Ah, Benoît ! Déjà de retour ? J'espère que tu apprécies notre hospitalité…

Le sire de Langley, un autre partisan d'Henry II, le rejoignit au haut bout de la table et appuya ses paroles d'une cordiale claque dans le dos, avant de s'asseoir près de lui.

— Au plus haut point !

Benoît se cala contre le dossier de son fauteuil.

— Après toutes ces nuits passées à bivouaquer et à dîner d'une soupe claire assortie d'un pauvre morceau de viande, je loue le Seigneur d'être ici.

— Remercie-le également d'avoir permis que j'hérite d'un domaine de ce côté de la frontière, mais point trop éloigné de Dunswick, plaisanta Amaury de Langley avec un sourire en coin, tandis qu'il garnissait son tranchoir d'une demi-volaille.

— Pour cela aussi, en effet, admit Benoît dans un rire qui révélait ses fossettes.

— Et qu'as-tu appris, là-bas ? Car il semble évident que ta véritable identité n'a pas été découverte.

— J'ai eu de la chance, car en fait quelqu'un m'a bel et bien repéré.

— Comment est-ce possible ? Nul n'a jamais vu ton visage, en Ecosse.

— Personne sans mon heaume, en effet, à part une jeune paysanne, une irritante pucelle à demi sauvage…

Deux yeux de saphir dans un visage d'ange lui revinrent à la mémoire.

— Elle a failli tout faire rater.

— Mais comment diable la connaissais-tu ?

Benoît poussa un lourd soupir en avançant sa main

pour se saisir d'une pomme dans la coupe de fruits qui trônait sur la table.

— Quatre pendards de mes hommes d'armes l'avaient capturée lors de notre raid sur Dunswick et voulaient s'en amuser. Je suis arrivé juste à temps. Evidemment, elle ne m'avait pas oublié.

— Pas de chance, reconnut Langley, mais tu ne t'es pas fait prendre, malgré tout.

— Non, bien que la péronnelle ait voulu m'embrocher avec l'une de mes propres flèches. Un fléau, te dis-je !

Langley rejeta sa tête en arrière et rugit de rire.

— Jour de Dieu, j'aurai voulu voir cela ! Le magnifique preux du Brabant terrassé par une bergère !

— Presque, mais pas tout à fait, corrigea Benoît en souriant.

Il se souvenait du corps souple de cette fille contre le sien, quand il lui avait arraché la flèche des mains, et comme il l'avait aisément maîtrisée.

Langley l'observait attentivement.

— D'après ton expression, on dirait que la rencontre n'a pas été si désagréable.

— Pas désagréable, c'est vrai, mais surtout surprenante. Ce n'est pas tous les jours que l'on croise une jeune fille qui prétend devenir arbalétrier du roi…

Le Brabançon remit son couteau à sa ceinture.

— … et qui entreprend cette carrière sur la seule foi de la confiance qu'elle a en ses talents au tir.

Depuis qu'il avait quitté Dunswick, Benoît se demandait si Tavia avait finalement réussi à aller jusqu'au bout des épreuves du concours.

— Oh, mais voilà qui est parfaitement captivant ! s'exclama Langley. J'aimerais faire sa connaissance.

— Il y a bien peu de chances qu'elle parvienne à ses

fins. Même si elle entre au service du roi, ils la congédieront dès qu'ils s'apercevront qu'elle est une femme.

Bien sûr, ils la congédieraient. Le sourcil froncé, Benoît repoussa son tranchoir. Que lui importait, après tout ? Pourquoi cette petite peste occupait-elle autant ses pensées ?

— Et pour le reste, qu'as-tu donc découvert ? demanda Langley avant de mordre à belles dents dans le pilon qu'il venait d'arracher à sa volaille. Jour de Dieu, je meurs de faim !

Avec un soupir d'aise, il carra sa silhouette plutôt replète dans son fauteuil.

Benoît passa son doigt sur le bois poli de la table.

— Les Ecossais veulent faire sortir la princesse Ada de Dunswick, dès demain matin, pour que nous ne puissions pas l'enlever.

— Que comptes-tu faire, alors ?

— Retourner là-bas avant leur départ. Malcolm et Ferchar parlaient de ce projet à une ou deux toises de moi, tandis que je prenais mon tour sur le pas de tir.

Il secoua la tête.

— J'aurais d'ailleurs cru qu'ils prendraient plus de précautions…

— Tu penses que ton plan va fonctionner ?

— J'enlèverai la princesse, oui, si c'est ce que tu veux dire. Mais cela décidera-t-il Malcolm à céder ses terres ? Cela, je n'en sais rien.

— Henry l'a ordonné et le jeune Malcolm adore sa grande sœur. Il fera n'importe quoi pour qu'on la lui rende, dit Langley en remplissant sa coupe d'hydromel.

— Peut-être…

Benoît regarda pensivement couler le liquide doré, puis haussa les épaules.

— Nous verrons bien. Pour ce qui me concerne, je ne vois nul avantage à jouer le rôle de geôlier et à supporter les crises de larmes d'une princesse éplorée pendant d'interminables semaines.

— Cela ne sera sans doute pas si long.

Langley souleva le hanap.

— Un peu d'hydromel ?

— Non, merci.

Benoît étendit sa large main au-dessus de sa coupe.

— Je préfère l'eau.

Langley le regarda avec un sourire narquois.

— Tu m'intrigues, ami Benoît, lui dit-il. Depuis que nous nous connaissons, je ne t'ai jamais vu boire une goutte de vin, de cervoise ou d'hydromel. Serais-tu une sorte de moine ?

Les doigts de Benoît se crispèrent presque imperceptiblement sur sa coupe, et un muscle joua nerveusement sur sa joue tannée par le soleil et le grand air.

— C'est une longue histoire, finit-il par articuler.

Puis il avala une gorgée d'eau avant de reprendre :

— J'ai quelque chose à te demander, Amaury.

— Parle.

— J'ai besoin que tu viennes avec moi et mes hommes enlever la princesse. Tu l'as déjà vue. Moi, je ne sais pas à quoi elle ressemble.

A l'est de Dunswick s'étendait un doux vallonnement de collines couvertes de bruyères et de forêts, un paysage riant, bien différent des barres rocheuses et de la lande aride, battue par les vents, du nord de la ville. Des torrents rapides y couraient, entrecoupés de magnifiques cascades nichées dans la verdure. On était là dans le domaine des hardes de cerfs, qui y paissaient à découvert, mais regagnaient le couvert protecteur des bois à la moindre alerte.

C'était une belle et chaude journée, sans nuages, qui portait déjà les promesses de l'été. Le soleil perçait les frondaisons, éclairant les troncs d'arbres de ses rayons obliques. Tavia, les dents serrées, oscillait, inconfortablement assise sur la selle d'une jument pourtant docile, peu habituée qu'elle était à ce mode de transport. Elle gardait les mains crispées sur les rênes, en essayant de se concentrer sur le pas lent des chevaux le long du sentier. Tous ses muscles tendus lui faisaient mal et elle n'en était pourtant encore qu'au début du trajet.

Ferchar avait insisté pour la faire voyager en selle et non dans une litière, car Ada était connue pour être une cavalière enthousiaste : voir la princesse circuler dans un char tiré par des bœufs aurait immanquablement suscité le doute. Par chance, la jument se contentait de suivre paisiblement le cheval qui la précédait.

Une fois que la jeune fille eut accepté la proposition de Ferchar, elle dut se soumettre à de nombreuses recommandations. Durant des heures, le jour précédent, le régent lui avait appris comment passer aux yeux de tous pour une princesse écossaise, lui nommant des dizaines de faits et de noms qu'il lui fallait mémoriser sans faire la moindre faute.

Tavia poussa un lourd soupir. A présent, elle avait bien l'air d'une princesse, quoiqu'elle se sentît quelque peu empruntée dans les vêtements d'Ada. On lui avait permis de garder, à même la peau, sa propre chemise en lin, qu'elle aimait tant, mais tout le reste de son costume lui avait été prêté. Ses bas, de la soie la plus fine, étaient comme une caresse sur ses jambes, de même que ses chaussures, faites du plus souple des cuirs de veau. Elle eut une pensée pour ses vieilles bottes trouées, qui prenaient l'eau quand elle parcourait les pâtures à moutons avec son père ou qu'elle binait le potager.

Sa cotte était de laine fine, couleur de lichen, et l'enveloppait comme une seconde peau, soulignant la gracile beauté de sa silhouette. Elle portait, par-dessus, une houppelande d'une nuance plus sombre, dont les manches tombaient presque jusqu'au sol. C'était là le seul détail vraiment gênant de son costume. Peu habituée à de tels ornements, elle marchait continuellement dessus, pour le plus grand amusement du jeune roi et de sa sœur, mais aussi au visible agacement de Ferchar.

Le cavalier qui commandait la petite escorte leva la main pour ordonner une halte, puis il mit pied à terre lourdement, maladroitement, comme s'il se sentait mal, lui aussi, d'avoir passé trop de temps en selle. Il semblait que Ferchar avait choisi, délibérément, les plus abrutis parmi tous ses hommes d'armes, afin sans doute d'aider discrètement les Anglais à mener à bien l'enlèvement de celle qu'ils croiraient être la princesse Ada. La situation eût été risible, si elle n'avait pas été aussi lourde de menaces.

La jument de Tavia, toujours aussi grégaire, ne fit aucune difficulté pour s'arrêter. La jeune fille allait se glisser hors de sa selle, quand elle vit un autre homme d'armes s'approcher pour l'aider à mettre pied à terre. Elle avait failli oublier qu'elle était princesse. Ses jambes n'en faillirent pas moins se dérober sous elle quand elle toucha le sol et elle dut s'accrocher à l'épaule du soldat pour ne pas tomber. C'est donc avec gratitude qu'elle s'installa sur une cape que l'on avait déployée sur le sol humide à cet effet.

*
* *

— Combien sont-ils ? murmura Langley, ses traits dissimulés sous le nasal de son heaume.

Benoît, qui était monté dans un arbre, se laissa glisser le long du tronc humide avant de répondre :

— Quatre ou cinq, pas plus.

Il mit un doigt impérieux sur ses lèvres, ordonnant de faire silence. Le cri lointain, mais bien reconnaissable du coucou résonna dans la forêt. Alors, son visage s'éclairant d'un sourire, il se glissa entre les arbres vers son ami et ses hommes.

— Mes excuses, dit-il à Langley, je t'ai fait venir pour rien : la princesse est aisément identifiable, on dirait une rose parmi les mauvaises herbes.

— Eh bien j'aurai au moins l'honneur de l'escorter, répondit son ami, pince-sans-rire. Tu n'es pas tellement renommé pour ta galanterie envers le beau sexe…

Benoît l'approuva sans l'ombre d'une hésitation.

— Et je t'en saurai gré, quoique je me demande comment tu peux passer ton temps à parader ainsi devant les dames.

— Mais c'est que c'est fort agréable, parbleu ! répondit Langley, un sourcil ironiquement levé. Tu es tellement obnubilé par tes missions au service d'Henry que tu ne prends même plus le temps de te détendre, de profiter d'une agréable compagnie, voire de penser…

— C'est très exactement la vie qu'il me faut.

Langley secoua la tête, plein d'incompréhension. Benoît n'était décidément pas fait du même bois que lui-même ; sa détermination, son indomptable énergie qui lui faisait accepter toujours plus de missions au service d'Henry, tout cela offrait un contraste saisissant avec sa propre indolence et la philosophie souriante qui lui servait de règle de vie.

— Tu me connais, dit-il en reprenant la main sur les

rênes de son cheval, qui renâclait un peu et avançait d'un pas hésitant sur le sol à la fois rocailleux et moussu de la forêt. J'ai toujours préféré me trouver dans un bon fauteuil au coin du feu plutôt que sur la selle d'un cheval au cœur de la bataille.

— Eh bien alors, finissons-en, suggéra Benoît en enfourchant son étalon noir et en le poussant vers le fond de la vallée, en direction de la clairière où l'escorte de la princesse avait fait halte. Et souviens-toi : dès que nous nous serons assurés d'elle, tu la conduis à ton château tandis que nous nous occupons des gardes, pour vous laisser le temps de fuir.

Quand les premiers cris de guerre résonnèrent sous les frondaisons, Tavia jeta au sol l'outre de cuir à laquelle elle buvait et bondit sur ses pieds. Cette fois, ça y était ! Son cœur se mit à battre, de peur ou d'excitation, elle ne savait trop. Les hauberts des Anglais étincelaient au soleil tandis que leurs chevaux dévalaient la pente en hennissant. L'instinct ordonnait à Tavia de prendre ses jambes à son cou, mais elle s'immobilisa en pensant aux ordres de Ferchar. Il lui avait maintes fois répété de se conduire comme une dame de qualité, en princesse qu'elle était censée être. C'est-à-dire, de façon folle et inconsciente, ne put-elle s'empêcher de penser. Quel être doué d'un peu de bon sens resterait impavide en face de ces barbares ?

— Abritez-vous derrière nous, altesse, l'abjura le vieux soldat qui commandait son escorte.

Elle obéit et recula, amusée que même les gardes pussent la prendre, elle, une simple paysanne, pour la princesse d'Ecosse. Elle eut pitié de ces pauvres diables, qui tiraient précipitamment l'épée et se rassemblaient pour repousser l'attaque.

Et puis soudain, elle le vit. Oh, mon Dieu, non, pas lui ! Benoît de Vallières chargeait en tête, penché sur l'encolure de son destrier noir comme la nuit, dont les sabots projetaient de la boue et des brins de mousse en gerbe autour de lui. En dépit de la distance, elle l'aurait reconnu entre mille. Le menton relevé en signe de défi, les pommettes hautes sous le heaume et puis cette haute silhouette qui faisait ressembler à des nains tous ceux qui l'approchaient. La peur noua l'estomac de la jeune fille et elle se tordit les mains, les paumes soudain moites. Il allait la reconnaître, elle en était certaine. L'homme était loin d'être stupide. Il s'apercevrait de la supercherie et retournerait à Dunswick sur-le-champ, enlever la véritable princesse. Or Tavia savait qu'il faudrait bien une journée à Ferchar pour mettre Ada en lieu sûr. S'il n'y parvenait pas, le régent ne lui verserait pas le salaire promis. A moins que…

Gênée par le poids de sa cape, elle recula doucement, puis tourna les talons et se mit à courir droit devant elle, dans la forêt.

L'épée de Benoît tintait lugubrement en s'entrechoquant contre celle d'un Ecossais. Une fois encore il la souleva et fit osciller la longue lame à gauche et à droite avec une grâce mortelle et toute la science acquise par une vie entière vouée au combat. Par comparaison, chaque geste de parade et de contre-attaque de son adversaire paraissait désespérément lent et malhabile, toute l'énergie dépensée ne produisant aucun résultat. En quelques instants, Benoît l'avait réduit à n'être plus qu'un animal traqué, terrifié et haletant.

— Langley ! Laisse-le-moi ! Occupe-toi de la princesse ! cria-t-il en voyant, sur sa droite, son ami engagé lui aussi dans un combat au corps à corps contre un garde écossais.

Simultanément, il fit voler à cinq pas l'épée de son adversaire. Celui-ci tomba à genoux dans la mousse, les bras levés en signe de reddition. D'un geste, Benoît lui intima l'ordre de rejoindre ceux de ses camarades qui, la tête basse, avaient déjà abandonné toute résistance et s'étaient regroupés, assis sur le sol, vaincus. Un instant plus tard, l'adversaire de Langley se rendit également et rejoignit les autres, en marchant à genoux.

Benoît remit l'épée au fourreau et déboucla d'un geste irrité la jugulaire de cuir qui retenait son heaume, avant de jeter un regard circulaire autour de lui. Au même moment, Langley sortit des fourrés, une expression de surprise hébétée sur le visage.

— Eh bien, où est la princesse ? lui demanda Benoît, excédé.

— Elle était là il n'y a pas une minute, j'en jurerais ! répondit son ami à bout de souffle, le visage ruisselant de sueur. Mais je ne la retrouve pas !

Benoît poussa un juron.

— Elle se cache probablement derrière un arbre. De toute façon, elle n'a pas pu aller bien loin. Assieds-toi, pour l'amour de Dieu, avant de t'écrouler !

Il retira tout à fait son heaume et le lança à son ami, heureux de sentir le vent dans ses cheveux enfin libérés de la contrainte du cuir et du métal.

— Pas la peine de garder ça, dit-il en souriant. Je doute que la tremblante princesse veuille nous fendre le crâne !

*
* *

En tremblant, en effet, mais d'épuisement, Tavia se forçait à avancer plus vite, à faire de plus grands pas sur le sol spongieux et encombré de la forêt. La végétation ralentissait sa progression et ses délicates chaussures, si fines et si souples, offraient peu de protection contre l'eau qui stagnait par flaques dans la mousse. Les ronces s'agrippaient à sa houppelande, griffant au passage son visage ou ses mains tandis qu'elle tentait de s'enfoncer toujours plus profondément dans les fourrés. Les branches basses des arbres s'accrochaient si souvent à son voile qu'exaspérée, elle l'arracha d'un geste vif, étouffant un cri de douleur lorsque les épingles d'or qui retenaient sa chevelure lui égratignèrent le cuir chevelu.

Pourquoi fallait-il que ce fût Benoît de Vallière qui ait été chargé d'enlever la princesse ? Pourquoi lui ? Il eût été tellement plus simple de semer dans la forêt un quelconque soudard au crâne vide, qu'elle aurait pu faire tourner en rond entre les arbres suffisamment longtemps pour que les Anglais continuent d'ignorer l'identité réelle de leur prisonnière.

Au passage d'un buisson, elle se prit une fois encore le pied dans la longue manche de sa robe, puis glissa sur une plaque de boue et, perdant l'équilibre, dut se raccrocher à une branche. Forcée de s'immobiliser un instant, elle entendit, entre ses propres halètements, des bruits légers derrière elle, des branches écrasées sous un pied rapide. « On » la suivait. Une peur panique la saisit, mais, au même moment, le chant d'un oiseau dans le feuillage, au-dessus d'elle, lui fit lever la tête.

Elle tenait son idée.

Retroussant sa robe, elle se hissa jusqu'aux premières branches d'un arbre proche, puis se mit à escalader les suivantes, toujours plus haut. Ses poursuivants auraient bien du mal à l'attraper, d'autant que n'importe quel homme d'armes, surtout avec son harnois, pesait considérablement plus lourd qu'elle.

Là-haut, dans les plus hautes branches, son identité réelle serait d'autant plus préservée qu'elle-même serait hors d'atteinte et elle pourrait continuer à conserver son secret un peu plus longtemps.

— Princesse Ada ?

Les doigts de Tavia se crispèrent sur l'écorce de l'arbre en reconnaissant la voix de Benoît. Refusant de regarder en bas, elle leva le menton d'un air de défi et tendit les bras pour continuer sa progression.

— Princesse Ada, je suggère que vous descendiez, à présent.

En dépit de la formalité du ton, la voix était impatiente et quelque peu impérieuse. Pour toute réponse, Tavia attrapa vivement la branche au-dessus d'elle et s'y hissa. Le bois craqua sous son poids. Elle se retint de justesse, le corps traversé par une violente décharge d'adrénaline. Du pied, elle chercha désespérément une autre prise, qu'elle finit par trouver tandis que la branche brisée tombait au sol. L'estomac noué, elle ferma les yeux, au bord des larmes, mais se refusant toujours à admettre qu'il était fou de vouloir grimper davantage.

— Puis-je me permettre de vous faire remarquer, altesse, qu'il serait dangereux de monter encore plus haut ?

A sa grande surprise, une certaine inquiétude perçait dans la voix du chevalier. Il est vrai que l'avenir des relations anglo-écossaises risquait de s'assombrir pour de bon si la sœur du roi venait à mourir, même accidentellement, durant son enlèvement.

Essayant d'oublier sa peur, Tavia enserra le tronc de ses bras, pour assurer sa stabilité, tandis que du bout du pied, elle écartait un peu le feuillage, afin de voir ce qui se passait en bas. La tête lui tourna vertigineusement lorsqu'elle découvrit jusqu'à quelle hauteur elle était montée. Loin, très loin en dessous, elle aperçut l'homme qui lui inspirait une terreur sacrée, son visage froid et sévère à l'expression impénétrable et ses cheveux châtains agités par le vent. Les yeux clos, la jeune fille tenta de lutter contre le vertige. Elle ne pouvait croire qu'elle était montée aussi haut.

— Princesse Ada, vous n'avez rien à craindre de nous. Descendez, je vous en prie…

Le ton était cette fois patient et un peu résigné, comme lorsque l'on s'adresse à un enfant désobéissant.

— Je… je ne peux pas, répondit Tavia, le regard fixé sur l'écorce rugueuse, à quelques centimètres de ses yeux.

Ses membres tétanisés par la peur, elle était certaine de tomber si elle bougeait d'un pouce.

— Je vous demande pardon ?

Cette fois, il y avait plus d'inquiétude que d'exaspération dans la voix de Benoît.

— Je dis que je ne peux pas descendre, expliqua-t-elle, la gorge serrée par la panique.

Elle entendit un soupir excédé, puis les branches qui craquaient sous le poids du géant. Il grimpait dans l'arbre à son tour. Un moment plus tard, une large main lui entourait le pied. Elle faillit s'évanouir de soulagement.

— Ne bougez pas, ordonna-t-il, comme s'il devinait que la tension de la jeune fille se relâchait. Je ne vous tiens pas encore très bien.

Tavia soupira. Ce n'était pas ainsi qu'elle avait espéré que les choses se passent. Elle aurait souhaité pouvoir tenir plus longtemps, mais brûlait plus encore de se sortir de cette horrible situation, dût-elle être secourue par un ennemi.

— Lâchez-vous, altesse et je vous rattraperai.

— Je… je ne peux même pas bouger, avoua-t-elle, le vent s'engouffrant sous sa houppelande.

— Pourquoi grimper à une telle hauteur, si vous avez le vertige ? grommela Benoît, en essayant de détourner les yeux de l'aperçu charmant qu'il avait sur les fines chevilles et les mollets galbés pris dans la soie arachnéenne.

Pourquoi donc les femmes avaient-elles le génie de rendre toutes choses si absurdement compliquées ? N'avait-il pas raison de préférer les champs de bataille aux fastes de la cour et à la vie émolliente des châteaux ?

— Je ne savais pas que j'y étais sujette, admit-elle piteusement.

— Je ne puis grimper plus haut, altesse, les branches ne supporteraient pas mon poids.

Benoît tenait toujours fermement la fine cheville de celle qu'il croyait être la princesse. Considérée de là où il se tenait, la position de la jeune fille paraissait fort précaire. Au-dessus de ses chaussures égratignées et tachées de boue, ses bas déchirés laissaient apparaître sa peau blanche et délicate. La tentation était grande, pour le chevalier, d'y glisser son doigt pour en éprouver la douceur. Benoît ne pouvait pas même se rappeler quand, pour la dernière fois, il avait bien pu éprouver ce genre de désirs fantasques. Hormis pour assouvir, de loin en loin, des besoins strictement physiques, les femmes n'étaient pour lui que source d'ennuis et d'inconvénients divers. Aussi était-il quelque peu gêné du plaisir trouble qu'il ressentait à tenir la cheville de la princesse sous sa main.

A travers les frondaisons, on pouvait voir que le jour commençait à baisser. Le crépuscule survenait encore tôt, à cette époque de l'année. Déjà, la fraîcheur du soir s'installait à mesure que le ciel s'assombrissait.

Benoît sentit son estomac se creuser. Lui et ses hommes s'étaient passés de déjeuner pour monter leur embuscade et à présent, il avait grand-faim.

Cédant à l'impatience, il tira sur la cheville de l'imprudente. Il n'avait nullement l'intention de rester encore longtemps dans cet arbre. Les bons conseils de Langley sur la manière de traiter une princesse de sang royal n'allaient pas tarder d'être jetés aux orties. La présente situation prouvait simplement que les délicatesses de cour étaient inefficaces en certaines occasions.

Résistant à la traction sur sa cheville, Tavia enlaça plus étroitement encore la grosse branche la plus proche d'elle. Il fallait qu'elle tienne le plus longtemps possible si elle ne voulait pas que le chevalier découvre la supercherie et parte enlever la vraie princesse.

— Si vous redescendez, proposa-t-elle d'un air ingénu, je vous suivrai.

— Je croyais que vous ne pouviez pas, remarqua-t-il, les yeux levés sur la fragile silhouette accrochée à sa branche.

Décidément, cette pucelle, toute princesse qu'elle fût, semblait n'avoir aucune suite dans les idées ! Ne se connaissait-elle pas suffisamment pour savoir ce qu'elle était capable de faire, ou non ?

— Je me sens mieux, expliqua-t-elle, je crois que je pourrai descendre seule… dans un petit moment.

— Pas question, répliqua-t-il sèchement. Je suis déjà resté suffisamment longtemps dans cet arbre et n'ai nulle envie d'y passer la nuit en attendant que vous preniez une décision. Vous allez descendre, et tout de suite.

Dans une puissante détente, il l'agrippa par le mollet, assura sa prise au creux de ses genoux et tira vers lui. Elle se mit à vaciller dangereusement sur ses pieds.

— Mais non ! Qu'est-ce que vous faites ? s'écria-t-elle, tandis qu'il l'attirait vers lui.

Ses doigts s'accrochèrent désespérément à la branche qui était devenue sa seule planche de salut, mais la poigne du géant était trop puissante ; elle sentit bientôt les larges mains de Benoît se poser sur ses hanches et ses fesses, puis autour de sa taille, et se retrouva serrée contre lui, ses pieds battant inutilement dans les airs.

— On dirait que vous ne tenez pas tellement à redescendre, fit-il observer, son souffle chaud contre son oreille. On peut se demander pourquoi…

— Parce que je ne veux pas venir avec vous, lui répliqua-t-elle du tac au tac, mais l'effet de cette réplique cinglante fut passablement atténué par le fait qu'elle dut la prononcer le nez contre la laine de la cotte d'armes qui couvrait le haubert de Benoît.

Les bras d'acier du chevalier la maintenaient par la taille comme un étau et il lui était impossible de s'échapper.

— Lâchez-moi, ordonna-t-elle impérieusement.

— Si je vous lâche, vous tomberez, lui répliqua-t-il tranquillement. Il n'y a que moi qui vous retiens, pour le moment.

Le timbre grave de sa voix avait un étrange effet sur elle et produisait des ondes de chaleur jusqu'au creux de son ventre.

— Vous outrepassez les bornes de la décence, protesta-t-elle, l'air pincé. Ce n'est pas une façon de traiter une princesse. Un simple chevalier prisonnier est mieux traité que cela. Attendez un peu que je parle de vous à mon frère, le roi Malcolm.

Un rire sonore jaillit de la poitrine de Benoît, agitant son torse de soubresauts et, comme elle était toujours pressée contre lui, elle en perçut chaque secousse dans son propre corps. La retenant d'une seule main, il tira sur sa lourde tresse pour la forcer à lever vers lui son visage. Elle en eut les larmes aux yeux.

— Vous n'êtes pas plus princesse que moi, énonça-t-il calmement, ses yeux gris brillant d'une lueur amusée. N'est-ce pas ?

Tavia se mordit nerveusement la lèvre, la gorge soudain sèche. Son cœur se mit à battre très fort dans sa poitrine. Allait-il la tuer ?

— N'est-ce pas ? répéta-t-il, en tirant de nouveau sur sa tresse.

— Bien sûr que je le suis ! protesta-t-elle.

Mais le son de sa voix n'était guère convaincant.

La brise soufflait, soulevant doucement la chevelure châtaine du chevalier, qui prenait un éclat doré dans les derniers rayons du soleil. Quelques mèches folles sur son front adoucissaient la sévérité de ses traits.

— Et, bien entendu, nous ne nous sommes jamais rencontrés auparavant ?

— En effet.

— Vous mentez.

Il aurait reconnu cette fille entre mille. Le menton haut, toujours prêt au défi, les grands yeux de cobalt et puis ces cheveux d'un roux sombre et profond, qui l'identifiaient plus sûrement qu'un étendard.

— Comment avez-vous pu croire que vous pourriez jamais passer pour une princesse ?

Le ton était franchement moqueur…

Admettre la supercherie eût été manquer à son devoir et Tavia ne l'entendait pas de cette oreille. Pour le bien de sa mère, pour la réussite du plan mis en œuvre, elle devait le convaincre. En essayant d'ignorer la pression de son corps massif contre le sien, elle lui répliqua avec autorité :

— Parce que je le suis, sot que vous êtes !

Les yeux du chevalier-mercenaire s'étrécirent, devenant deux fentes de granit.

— Ainsi, il est donc d'usage, pour une princesse, de se promener dans sa bonne ville habillée en paysan, et de se montrer exceptionnellement habile dans le maniement de l'arbalète ?

Il leva un sourcil ironique.

— Allons, « altesse », accordez-moi, s'il vous plaît, un tout petit peu de bon sens…

Tavia se sentait de moins en moins à son aise. Cela n'allait pas être facile.

— J'admets que mon comportement est un peu… inhabituel pour une personne de mon rang, répondit-elle, refusant de se laisser intimider. Mais mon frère Malcolm m'a appris à tirer. Et puis, rester tranquillement dans la chambre des dames est si ennuyeux ! Je préfère de beaucoup parcourir la ville habillée en homme.

— Même au risque d'être violée par quelques soudards anglais ? insinua-t-il, sarcastique.

Elle trembla au rappel de ce mauvais souvenir, mais elle entrevit une lueur d'espoir : elle avait cru percevoir une nuance de doute dans la voix du chevalier.

Malgré leur inconfortable posture, Benoît poussa un soupir d'aise, comme s'il savourait la proximité des tendres courbes féminines pressées contre lui. Il la regardait intensément, se délectant à l'évidence de la situation et essayant de la percer à jour.

Face à cet examen, Tavia s'efforça de continuer à conserver une attitude offensée et hautaine.

— Peut-être pourrions-nous discuter de tout ceci au sol ? Je ne me sens pas tout à fait en sécurité, ici.

Elle leva vers lui ses yeux de saphir sous leurs longs

cils, essayant de le convaincre de la nécessité de la laisser descendre et s'efforçant d'ignorer l'étrange excitation que provoquait, dans son ventre, ce corps viril contre le sien. Une lueur prédatrice passa dans l'œil du chevalier. Tavia la vit et tout de suite, elle comprit.

— Arrêtez, je vous l'ordonne, lui cria-t-elle, essayant sans succès de s'écarter de ses bras. Vous ne pouvez faire cela... Je suis la princesse !

Benoît la serra presque imperceptiblement de plus près. Il y avait longtemps qu'il n'avait tenu une femme ainsi. Il ne pouvait manquer de s'apercevoir de la façon dont son propre corps réagissait à ce contact inhabituel : avec un appétit soudain féroce, exigeant. Sa peau de pêche l'excitait, la courbe de sa lèvre... Elle le charmait comme une sirène attire le nautonier.

— Je m'en moque, grogna-t-il, la voix devenue rauque de désir.

Il approcha sa bouche de la sienne, se disant qu'il méritait bien ce baiser. Non seulement cette fille se moquait de lui et enflammait ses sens, mais elle lui avait fait manquer son déjeuner et l'obligerait probablement à se passer également de souper. Rien, pourtant, en elle, n'était fait pour l'attirer. Elle était petite et menue, ses bras étaient graciles, son apparence était complètement à l'opposé de celle des femmes qu'il recherchait généralement pour satisfaire un besoin physique. Les drôlesses qui hantaient les camps et suivaient les armées en campagne dans l'espoir d'amasser rapidement des pièces d'argent, voire d'or, étaient en général grandes et bien bâties, même si leur beauté se fanait vite en raison de leur métier.

La douceur de ses lèvres le surprit. Quand elles se joignirent aux siennes, toute raison disparut, remplacée par la rage vibrante de prendre, de goûter davantage. Electrisé, il plaqua la jeune fille contre lui, hanches contre hanches, cuisses contre cuisses. Elle laissa échapper un soupir sous sa bouche. Encouragé, il poussa un grognement rauque et enfouit sa main dans la soie de ses cheveux, prenant sa nuque pour l'attirer plus près encore.

Mais alors qu'il affermissait son étreinte, elle se mit soudain à résister, donnant furieusement des petits coups de pieds dans ses tibias.

— Non…, murmura-t-il en relevant la tête, ses yeux gris brillants de désir. Non, ne bougez pas…

La force et l'énergie de ce corps délicat le surprirent et soudain, il la sentit avec horreur glisser vers le sol. Il l'agrippa précipitamment par sa houppelande, mais ce mouvement lui fit perdre l'équilibre et les précipita tous deux dans le vide, à travers les frondaisons. Une seconde plus tard, ils s'écroulaient dans la mousse, bras et jambes mêlées.

La chute avait un peu étourdi Benoît, mais, par chance, les branches cassées sous le poids de leurs deux corps avaient amorti le choc. Bien qu'il se fût efforcé de ne pas tomber sur la jeune fille, il craignait de lui avoir fait mal. Il se souleva sur ses poignets au-dessus d'elle et scruta son pâle visage avec inquiétude. Etait-elle évanouie ? Ou pire ?

C'est alors que Langley fit irruption dans la clairière, suivi de ses hommes d'armes.

— Au nom du ciel, bredouilla-t-il éberlué, que lui as-tu fait ?

5

Benoît s'écarta de la jeune fille et s'assit sur ses talons, très inquiet de ne pas la voir reprendre connaissance.

Ils n'étaient tombés que d'environ deux fois la hauteur d'un homme et tant la mousse qui recouvrait le sol que les branches cassées avaient considérablement amorti leur chute.

Il comprit toutefois, en tâtant sa propre tempe, que leurs deux fronts s'étaient heurtés à l'impact. Un vilain bleu se développait au-dessus de l'arcade sourcilière de la jeune fille, marbrant son front.

Etendue ainsi contre lui, elle semblait un ange tombé du ciel, si pâle, si éthérée que Benoît avait du mal à reconnaître en elle l'intraitable péronnelle qui le défiait encore un instant plus tôt. L'ample tissu de sa houppelande relevée jusqu'à la taille révélait sa silhouette menue que la cotte épousait comme un gant et les manches immenses, retroussées elles aussi par le choc, dévoilaient les attaches si fines de ses poignets, d'un blanc de neige sur les feuilles vertes.

Il fronça les sourcils. Un ange, vraiment ! Quelle folie avait pu lui inspirer une idée pareille ? Cette Tavia de Mowerby était une charge, une nuisance, dont il avait bien l'intention de se débarrasser, le plus tôt possible.

— Tu… tu l'as tuée ? Tu as tué la princesse ?

Langley restait en bordure de la clairière, comme s'il craignait, en s'approchant, d'avoir confirmation de ce qu'il redoutait. Au-dessus d'eux, le vent qui forcissait avec la tombée du soir agitait les branches. Benoît surveillait le mouvement de la poitrine de la jeune fille, qui se soulevait presque imperceptiblement. Du doigt, il chercha son pouls sur sa gorge : il était parfaitement régulier, ce qui le rassura. Il suivit du pouce la ligne de sa lèvre, encore chaude de leur baiser.

Il retira sa main et se redressa. Etait-il devenu fou ? Comment cette frêle créature avait pu échapper à son contrôle ? Son sang-froid était celle de ses qualités à laquelle il se fiait le plus. Depuis toujours, depuis…

— Non, elle n'est pas morte.

Benoît se tourna vers la silhouette de Langley, sombre sur la lumière du couchant.

— Et si tu regardes d'un peu plus près, tu verras que nous avons bel et bien été dupés : cette fille n'est pas la princesse Ada.

— Ne sois pas stupide, bien sûr que c'est elle !

Langley s'approcha et manqua de s'étaler de tout son long, son pied se prenant dans une racine.

— Le Tout-Puissant nous protège, quand Henry apprendra ce que tu lui as fait !

— Elle s'est mise toute seule en danger, protesta son ami. Où as-tu déjà vu une princesse fuyant comme un lapin quand on veut l'attraper et se réfugiant en haut d'un arbre, comme un chat ?

La mâchoire de Langley se mit à béer de surprise.

— Ce n'est pas banal, je le reconnais.

Il vint, lui aussi, s'agenouiller près d'elle.

— Elle a bien les cheveux de la princesse, en tout cas. Je ne connais que les membres de la famille royale d'Ecosse pour les avoir de cette couleur. Le roi Malcolm, feu son père le comte Henry et bien sûr, le feu roi David.

Langley regarda plus attentivement la forme étendue dans la mousse.

— Toutefois, elle me paraît un peu plus petite qu'Ada. Quelle taille fait-elle ?

— Elle m'arrive à peu près là, répondit Benoît en plaçant sa main sur sa poitrine, un peu en dessous de son épaule.

Langley acquiesça.

— Regarde, sa houppelande est un peu trop longue. Cette fille porte des vêtements qui n'ont pas été faits pour elle.

— Parce qu'ils ont été taillés pour la princesse et qu'elle n'est pas la princesse, conclut Benoît avec humeur.

— La question, dit Langley en levant les yeux vers son ami, est : qu'allons-nous faire d'elle ?

Au fond de l'épais brouillard qui recouvrait sa conscience, Tavia entendait l'écho assourdi de voix masculines. Où était-elle ? Elle sentait le froid et l'humidité pénétrer ses vêtements. Son dos était mouillé, comme si elle reposait sur un sol détrempé. Sa mémoire lui revenait par bribes, formant dans son cerveau des images de plus en plus cohérentes. La poursuite à travers la forêt, l'arbre, le baiser ; c'était le déroulement des événements tout entier qui lui apparaissait. Se forçant à respirer lentement, elle garda les yeux fermés. Elle pouvait entendre la voix de Benoît et celle d'un autre homme. Pourquoi étaient-ils encore là ?

Elle ne put s'empêcher de frissonner. Le froid commençait à la glacer jusqu'aux os.

— Elle se réveille, annonça l'une des voix.

Posant ses mains à plat sur les feuilles mouillées, Tavia se redressa, puis écarta ses cheveux de son front. Benoît se tenait au-dessus d'elle, imposant et réprobateur, une présence sombre et menaçante qui donnait à la malheureuse jeune fille l'envie de bondir sur ses pieds et de fuir à toutes jambes, une fois encore. Même ainsi, immobile, il irradiait d'énergie et de vitalité indomptable. En comparaison, Tavia se sentait faible et vulnérable. Elle tourna son regard vers l'autre homme, blond, replet et de plus petite taille, qui lui souriait courtoisement. Elle regarda son visage avenant avec soulagement.

— Comment vous sentez-vous, damoiselle ? lui demanda l'inconnu blond.

— Pas trop mal... mais ce n'est pas grâce à lui, répondit-elle avec rancune, en montrant Benoît. Pourquoi êtes-vous tombé sur moi, espèce de... balourd ! Et pourquoi m'avoir embrassée, d'abord ?

La question resta sans réponse. Benoît eut un sourire ironique.

— Langley, permets-moi de te présenter la très charmante Tavia de Mowerby.

Le ton était plus que sarcastique...

— Je suis ravi.

Langley s'avança et tendit sa main gantée de mailles.

— Si vous voulez bien me permettre...

Il l'aida courtoisement à se relever. Elle tituba un peu. Elle avait la tête lourde, mais ne voulait pas montrer la moindre faiblesse devant ses ravisseurs.

— Il faut que je parte, annonça-t-elle.

Elle avait rempli son contrat envers Ferchar, il lui fallait à présent rentrer à Dunswick, réclamer son dû et trouver un médecin pour sa mère.

Benoît croisa les bras sur sa poitrine, les mailles de son

haubert étincelant dans les derniers rayons du soleil qui filtraient à travers les arbres.

— Pour aller où, exactement ? demanda-t-il d'une voix volontairement plate et atone.

— Mais… à Dunswick !

— Vous n'irez nulle part.

— Vous ne pouvez pas me garder ici ! s'indigna Tavia, en décrochant d'un geste impatient une brindille restée sur sa houppelande.

— Je n'en ai pas l'intention, répliqua sèchement Benoît. Je ne tiens pas à m'exposer à une nouvelle facétie de votre cru.

— Doucement, tempéra Langley. Tu lui fais peur.

Le chevalier mercenaire eut un rire bref.

— Peur ? Je me permets d'en douter.

Ses yeux semblaient de granit et d'argent à la fois.

— C'est pour votre bien, expliqua patiemment Langley, sa voix calme et apaisante contrastant fortement avec les intonations sarcastiques de son ami. Il va bientôt faire trop noir pour voyager en sécurité. Nous devons bivouaquer et voyager demain matin.

Tavia sentit son estomac se nouer. Elle regarda les deux hommes, comme si elle espérait que l'un d'eux au moins pourrait lui manifester un peu de compréhension.

— Mais je dois rentrer, murmura-t-elle, l'image de sa mère gisant, malade, au fond de son lit, s'imposant toujours davantage à son esprit. Il le faut.

— Vous auriez dû y penser quand vous vous êtes prêtée à cette petite supercherie, répliqua Benoît. C'était l'idée de Ferchar, je suppose ? Il a dû bénir sa bonne étoile, quand il vous a vue arriver avec votre arbalète, vivant portrait de la princesse Ada !

— Mais vous n'avez rien à faire de ma personne,

protesta-t-elle. Je ne sers plus à rien, maintenant que je suis découverte. Pourquoi ne pas me laisser partir ? Donnez-moi un cheval et vous n'entendrez plus jamais parler de moi.

— Si nous vous relâchons, ironisa Benoît, personne n'entendra plus parler de vous, en effet. Croyez-vous vraiment pouvoir rejoindre Dunswick sans encombre et vivante ?

— Bien sûr, assura-t-elle. J'ai mon arbalète et je sais me défendre.

— J'ai vu cela avec mes hommes d'armes.

— Ce n'était pas la même chose, dit-elle en essayant de temporiser.

— Si, Tavia, c'est tout à fait pareil.

Il referma sa main sur son bras.

— Venez, nous devons établir le camp pendant qu'il fait encore un peu jour.

Tavia n'avait pas d'autre choix que d'accompagner les deux hommes vers la clairière où ils avaient tenu leur embuscade. Elle suivit la silhouette trapue de Langley, les pieds mis à mal par le cuir détrempé de ses élégantes chaussures, à présent informes et tachées de boue. Que pouvait-elle faire ? Même si elle volait un cheval et essayait de fuir dans la direction de Dunswick, elle ne savait pas seulement quelle route prendre, ni même si elle pourrait tenir sur le dos de l'animal.

Langley lui avait dit avoir déjà renvoyé à Dunswick les hommes de son escorte, elle n'avait donc rien à attendre de ce côté.

Elle s'arrêta net, regardant autour d'elle, et Benoît dut piler à son tour pour ne pas la percuter. Il poussa un juron.

— Quoi encore ? grommela-t-il, mal à son aise parce que, d'instinct, il avait avancé sa main pour la protéger. Ne pouvez-vous faire deux pas sans vous rebeller ?

— Ce n'est pas une rébellion, mais une prière que je vous fais.

Elle le regardait d'un œil implorant.

— Je vous en prie, ramenez-moi à Dunswick ce soir, il le faut, plaida-t-elle, hantée par l'image de sa mère malade.

— Il le faut ? répéta-t-il, abasourdi que cette péronnelle trouve encore le ressort de lui donner des ordres et il regarda les deux yeux de saphir posés sur lui pour l'implorer.

— Messire Ferchar vous paiera bien, si vous me ramenez.

Benoît lui prit le menton entre le pouce et l'index, sans précaution particulière. Elle pouvait sentir une odeur de cuir et de feu de bois monter de ses doigts.

— Je ne savais pas que vous étiez si importante pour lui, lui fit-il remarquer sèchement. Je croyais que vous n'étiez qu'une petite paysanne.

Ces mots la cinglèrent comme s'il l'avait cravachée. Elle se redressa de toute sa taille.

— Je suis la fille d'un fermier, lui répliqua-t-elle.

Il émit un bref ricanement dépréciateur, lui marquant par là, à n'en pas douter, qu'il la considérait de la plus basse extraction.

— Il vous récompensera, insista-t-elle, au désespoir.

Les lèvres fines se pincèrent.

— Que voulez-vous dire ?

Tavia avala sa salive avec difficulté et expliqua :

— Il vous récompensera, si vous me ramenez.

— Et comment cela ?

Il la considérait, la tête un peu penchée. Rêvait-elle ou bien s'était-il avancé d'un pas ?

— Je vous paierai, articula-t-elle finalement, en se demandant bien comment diable elle le pourrait.

Benoît eut un rire bref.

— Je n'ai pas besoin d'argent. Trouvez donc autre chose.

Elle baissa les yeux, confuse, anticipant sa réaction avant même qu'il eût ouvert la bouche. Mais elle aurait fait n'importe quoi pour sauver sa mère.

— Pas avec de l'argent, bredouilla-t-elle.

Son estomac se tordit et un goût de bile amère monta dans sa gorge. Elle leva les yeux avec hésitation et vit clairement la fureur s'afficher sur le visage du chevalier. Elle venait de commettre une lourde erreur.

— Vous m'offrez votre corps ?

La voix était cruelle et pleine de mépris. Elle détruisit le peu de confiance que Tavia avait encore en elle.

— Faut-il que vous soyez désespérée, pour penser vous prostituer à moi !

— C'est tout ce que j'ai, murmura-t-elle humblement.

Elle eût voulu disparaître dans quelque terrier, pour y cacher son chagrin et sa honte.

L'acier gris des yeux de Benoît se fit d'un éclat plus dur encore, son attitude sévère était celle d'un juge impitoyable. Quelque part dans les frondaisons, une chouette se mit en chasse et ulula lugubrement.

— Gardez cela pour quelqu'un qui le méritera plus que moi…

D'un geste impatient, il chassa les boucles qui retombaient sur son front.

— … et écoutez-moi bien, Tavia de Mowerby : même si vous retiriez tous vos vêtements et vous teniez nue devant moi, je ne changerais pas d'idée. Nous ne partirons d'ici que demain matin. Est-ce clair ?

Elle ne put qu'acquiescer en silence, drapée dans sa honte comme dans une cape.

*
* *

Tavia ne parvenait pas à trouver le sommeil. Le sol de la forêt qui lui avait paru si mou et spongieux quand elle chevauchait avec son escorte écossaise était en fait parsemé de cailloux tranchants. Chaque fois qu'elle se retournait sur sa couche, les angles aigus des pierres lui meurtrissaient les hanches ou le dos et, bien qu'elle eût retrouvé sa cape et pu s'en envelopper, elle était gelée, ses pieds pareils à deux blocs de glace, et sa tête lui faisait mal chaque fois que la brise nocturne soulevait ses cheveux.

Non loin d'elle, Langley ronflait paisiblement. De l'autre côté, plus près encore, Benoît, son grand corps étendu, respirait au rythme lent et régulier du sommeil. Sa proximité même rendait la jeune fille nerveuse et mal à son aise. Elle se tenait très raide, maintenant chacun de ses muscles sous contrôle pour éviter de le toucher par inadvertance. Mais elle ne pouvait s'empêcher de suivre du regard la ligne élégante du profil de Benoît, qu'un rayon de lune soulignait. Le nez droit, la courbe de la lèvre, le menton bien dessiné.

Un cheval broncha derrière eux. Benoît se retourna et ouvrit instantanément les yeux. Il croisa le regard de Tavia sur lui. Surprise, elle resserra nerveusement sa cape autour de sa poitrine.

— Je croyais que vous dormiez, murmura-t-il.

Son souffle s'exhalait en de petits nuages de vapeur dans la nuit glacée. Mais sa voix chaude semblait s'enrouler autour de Tavia comme un ruban de soie.

— Vous n'allez pas essayer de vous sauver, de nouveau ?

Une étrange chaleur se diffusa en elle.

— Non, répondit-elle sur le même ton, je n'oserai pas.

Les yeux dans ses yeux, il lui sourit et sans réfléchir, elle sourit à son tour.

— Vous n'oseriez pas ? Nous savons vous et moi que c'est un mensonge, répondit Benoît, un brin d'admiration dans la voix.

Soudain il fut en alerte. En une fraction de seconde, il se dressa sur un coude, un doigt sur les lèvres. Il écouta un instant, puis, toujours aux aguets, se coucha de nouveau tout contre Tavia.

— Venez avec moi, lui murmura-t-il à l'oreille. Nous avons de la visite.

Les sens de Tavia réagissaient puissamment à la présence de cet homme si près de son propre corps. Il l'aida à se lever et, la main sur son dos, la poussa vers les profondeurs sombres de la forêt.

— Restez à couvert, lui dit-il, et tout ira bien.

— Mais que se passe-t-il ? Je n'entends rien.

Elle s'arrêta et se tourna vers lui, dans le cercle de son bras. En se dévissant le cou, elle essaya de voir par-dessus la masse de son épaule, mais il la repoussa dans les taillis.

— Restez là, lui ordonna-t-il.

Sa main glissa sur son dos et sur son bras, y laissant comme une traînée de feu. Pour l'arrêter, elle s'en saisit, sentant sous ses doigts, de nouveau, la cicatrice rêche de sa paume. C'était comme si la force et l'énergie des mains du chevalier mercenaire passait dans ses veines.

— Laissez-moi prendre mon arbalète, chuchota-t-elle, ses yeux brillants comme des diamants dans la nuit. Elle pourra être utile.

— Ils ne sont pas nombreux, répondit-il sur le même ton, en regardant l'ovale parfait de son visage, très pâle dans la lumière de la lune. Nous n'aurons pas de mal à en venir à bout s'ils nous attaquent. Du reste, ils ne font peut-être que passer.

Elle acquiesça à regret et le regarda revenir vers la clairière, éveiller silencieusement Langley et les hommes d'armes. L'un de ceux-ci s'enfonça dans la forêt avec les chevaux. Tavia, pour sa part, n'avait toujours rien entendu, à part les battements frénétiques de son cœur contre sa poitrine.

Mais au bout d'un moment, elle commença à percevoir le cliquetis des mors de bride, longtemps avant d'entendre le pas des chevaux. Du bras, Benoît fit signe à ses hommes de demeurer tapis au sol aussi longtemps que possible. Avec une anxiété grandissante, Tavia regarda s'approcher un groupe de cavaliers, qui n'étaient pas plus de dix, mais avaient l'air féroce, déterminé et l'épée déjà haute à la main.

Avec un sauvage cri de guerre, leur chef tira sur ses rênes et fit se cabrer son cheval si brusquement que l'animal, effrayé, roula des yeux fous et battit frénétiquement des sabots en l'air.

— Allons, hommes nobles, cria le brigand d'une voix gutturale, je sais que vous êtes là. Sortez du bois ou nous vous tuerons sur place !

Personne ne bougea. Tavia retint son souffle. Ces hommes croyaient-ils trouver l'escorte de la princesse ?

Une minute passa en silence, puis une autre.

— Ah, c'est comme cela que vous voulez que ça se passe, hein ? cria le chef, sa tête tournée d'un côté, puis de l'autre, pour essayer de discerner des formes entre les arbres. Eh bien, faites vos prières !

Ses hommes et lui se mirent à charger à travers les buissons. Benoît et les siens se dressèrent alors, l'épée à la main. L'espace d'un instant, le chef des brigands parut surpris et désorienté. Visiblement, il s'attendait à trouver des voyageurs désarmés et non une troupe aguerrie et prête à en découdre, mais il était trop tard pour reculer. Déjà, les épées s'entrechoquaient, les lames étincelaient sous la lune et des cris de douleur retentissaient quand elles entraient dans les chairs. Adossée à un tronc d'arbre, Tavia pouvait entendre tous ces bruits terribles du combat. La tension nerveuse nouait ses membres et elle essayait de percer la pénombre pour deviner où étaient cachés les chevaux, car quelqu'un avait eu la bonne idée de prendre son sac et son arbalète pour les attacher à une selle. Elle ne pouvait laisser massacrer ces hommes sans intervenir. Se glissant entre les arbres, elle se faufila jusqu'aux chevaux, tâtonnant leurs flancs dans le noir jusqu'à ce qu'elle sentît la crosse de bois de son arme sous sa main. Elle alla chercher, toujours à tâtons, un carreau dans le carquois de cuir et le plaça dans la rainure de l'arbalète, qu'elle arma dans le plus grand silence. Rabattant son capuchon sur sa chevelure de feu qui brillait sous la lune, elle revint à pas de loup vers la clairière, pour y prendre position. S'appuyant au tronc courbe d'un arbre, elle ouvrit grand les yeux pour tenter de discerner chaque détail de la scène qui se déroulait devant elle.

Benoît, sa massive silhouette se mouvant avec une grâce mortelle, combattait avec aisance, son épée tourbillonnant comme si elle était une excroissance naturelle de ses bras. Ses pieds semblaient danser, ne perdant pas une once de l'énergie qu'ils dépensaient, exécutant chaque pas avec la précision d'un grand maître de l'escrime. Tavia balaya rapidement la clairière du regard et constata qu'aucun Anglais n'avait encore eu le dessous. Ses mains se relâchèrent. Ils n'avaient pas besoin d'elle. A moins que…

Elle vit une ombre derrière Benoît. Quelqu'un se déplaçait

précautionneusement, comme en se cachant. Instantanément, elle se remit en position de tir et vit le chef des brigands se dresser, dague en main, prêt à poignarder le chevalier dans le dos. Elle appuya sur le mécanisme en même temps que le ruffian abaissait sa lame. Le carreau, traversant les hardes qu'il portait, se ficha droit dans son cœur. Benoît sursauta, juste à temps pour voir le brigand s'effondrer, une large tache de sang s'élargissant sur sa poitrine.

Tavia baissa son arbalète, les mains tremblantes, une sorte de torpeur embrumant soudain son cerveau. Elle recula, le souffle lui manquant, une atroce réalisation s'imposant à elle. Elle venait de tuer un homme.

Elle tomba à genoux et enfouit son visage dans ses mains. Mon Dieu, comment avait-elle pu faire une chose pareille ?

— Tavia ?

Elle sentit la chaleur des mains de Benoît sur les siennes.

— C'est fini…

Il la soutint, l'aida à se remettre debout, regarda avec étonnement son visage baigné de larmes, qui ruisselaient sur ses joues.

— Des bandits sans foi ni loi…

Il ne comprenait pas pourquoi elle pleurait et lui tapota doucement la main.

— Mais nous en avons eu raison, grâce à vous, acheva-t-il en riant.

Elle se tourna vers lui, les larmes jaillissant de plus belle sur son visage pâle et secoua la tête.

— Comment pouvez-vous rire ?

Sa virulence le cloua sur place.

— Au moins dix hommes sont morts. Morts, entendez-vous, à cause de nous !

Les yeux de granit s'étrécirent dangereusement.

— Ils l'ont amplement mérité. Je vous rappelle qu'ils nous ont attaqués.

Sa voix devint froide et dure, coupante comme de l'acier.

— Si nous ne les avions pas tués, ce sont eux qui nous auraient massacrés. Auriez-vous préféré cela ? Moi, en tout cas, je serais mort…

Elle sursauta comme il caressait sa joue du doigt.

— Oui, mort, sans votre intervention.

Elle prit une profonde inspiration, comme si elle étouffait.

— Eh bien, je n'en suis pas fière.

Tavia baissa la tête, accablée de honte et de remords.

— Vous m'avez sauvé la vie.

Il la prit par le menton et la força à le regarder.

— Je sais que c'est dur, lorsqu'on n'y est pas habitué. Mais il n'y a pas de place pour les émotions, lorsqu'on combat pour sa vie.

— C'est pour cela que vous riez lorsque des hommes perdent la leur ? Pour cela que vous tuez si facilement, parce que vous n'avez pas de sentiments, c'est ça ?

Elle voulait le pousser à bout, le forcer à réagir.

Mais le visage du chevalier mercenaire se figea et devint de marbre.

— Vous en avez assez dit, damoiselle, articula-t-il sèchement.

— J'ai raison, n'est-ce pas ?

Il la prit par les épaules. Il brûlait de la secouer pour la faire taire et de lui fermer la bouche d'un baiser. Ses doigts se refermèrent sur la douce rondeur de ses bras.

— Vous avez raison, admit-il sombrement. Les meilleurs

guerriers n'ont pas de sentiments, sinon, ce qu'ils voient sur le champ de bataille les rendrait fous.

Les yeux gris plongeaient au fond de ceux de Tavia. Elle mordit nerveusement sa lèvre.

— Je ne pourrais pas, murmura-t-elle, et je ne sais pas comment vous faites.

La jeune fille laissa errer tristement son regard sur la clairière.

— Je me sens tellement coupable, dit-elle tout bas, finalement.

Il se détendit, l'air soudain lointain.

— Vous ne connaissez même pas le sens exact de ce mot.

Et sans rien ajouter, il tourna les talons.

6

La brume recouvrait la vallée. Ses ondulantes écharpes diaphanes s'étendaient à travers la clairière comme autant de linceuls. La rosée nimbait toute chose de son voile perlé, blanc tout d'abord, puis scintillant comme des milliers de diamants à mesure que le soleil se levait. Dans les arbres, les chants joyeux des merles et des geais retentissaient de place en place. Mais les corps sans vie des brigands, gisant çà et là, apportaient une touche plus sombre à ce tableau enchanteur et rappelaient la brutalité des événements de la nuit.

De macabres images avaient hanté le sommeil de Tavia. Elle avait rêvé qu'elle étendait le bras pour toucher des gens qui venaient vers elle, mais qu'ils tombaient tous sans vie à ses pieds, le sang coulant à flots de leurs membres. Pleine d'angoisse, elle tournait la tête de toutes parts pour appeler à l'aide et avait dû faire le même mouvement dans son sommeil agité, car cela acheva de la réveiller. Quelques heures plus tôt, épuisée, elle s'était endormie pelotonnée contre un tronc d'arbre, puis avait finalement glissé en position allongée, plus confortable, ses membres ne pouvant sans doute plus supporter d'être peureusement recroquevillés. Elle frotta sa nuque, pour détendre ses muscles endoloris.

— Essayez donc de dormir, dit tranquillement une voix bien connue, faisant irruption au cœur de ses pensées.

Trop proche !

Les accents graves et profonds semblaient vibrer en elle comme les cordes d'un luth. En maudissant ses muscles très raides, elle se tourna sur l'épaule et se trouva nez à nez avec Benoît.

— Que faites-vous là ? s'exclama-t-elle, choquée, en s'efforçant de s'écarter de lui.

Il était étendu sur le dos, ses longues jambes croisées l'une sur l'autre, un bras sous la tête.

— J'essayais de dormir, répondit-il, mais vous m'avez réveillé, à bouger en tout sens et à pousser des soupirs.

Ses yeux, à la lumière du jour, prenaient la teinte d'un doux gris-vert des vieilles pierres.

— Vous faites exprès de ne pas comprendre, chuchota-t-elle furieusement, consciente que Langley et les hommes d'armes dormaient à peu de distance, enveloppés dans leurs capes. Je veux dire que vous êtes trop près !

Benoît détendit lentement une jambe gainée de mailles d'acier, puis une autre.

— Vous sembliez... très mal à l'aise, cette nuit, lui dit-il après un long silence.

— Ce n'était pas une raison pour vous coucher pratiquement sur moi !

Il leva un sourcil amusé.

— Voilà une façon de parler bien provocante, pour une jeune fille. En avez-vous conscience ?

— Oh !

Scandalisée, elle se redressa sur son fessier, ses muscles protestant douloureusement.

— Vous savez très bien ce que je veux dire !

— Je sais, oui. Je sais aussi que votre désir de retourner

à Dunswick aurait pu prendre le pas sur votre besoin de dormir.

— Donc, vous me surveilliez ?

— Absolument.

Il fit rouler ses épaules, sans doute endolories d'avoir dû supporter toute la nuit le poids du haubert et du gambeson.

— Et vous n'aviez vraiment pas l'air bien du tout.

— Vous vouliez me réconforter ? Comment comptiez-vous vous y prendre, vous, l'homme qui ne ressent jamais rien ! lui lança-t-elle perfidement.

Ses cheveux d'un roux sombre lui tombaient sur le front, saisissant et merveilleux contraste avec la blancheur de perle de son teint, ainsi qu'avec ses grands yeux bleus accusateurs, fixés sur lui.

Elle se trompait. Il ressentait bien quelque chose et l'évidence l'en frappait au ventre, comme l'eût fait un de ces carreaux d'arbalète que la jeune fille envoyait toujours droit au but. Un sentiment, oui, mais pas pour ces ruffians qui les avaient brutalement attaqués. Pour cette femme, cette fragile créature qui était apparue dans son existence, surgissant de nulle part, qui tantôt le défiait et le provoquait, tantôt lui sauvait la vie, mais toujours avec énergie, avec esprit, avec brio. Il ne pouvait pas vraiment définir ce sentiment, tout nouveau pour lui. Mais il était bel et bien là.

Et cela ne lui plaisait pas du tout.

Jour de Dieu, cette fille était en train de l'attendrir !

— Je vous l'ai déjà dit, lui expliqua-t-il patiemment, les dents serrées. Un homme de guerre doit s'habituer à combattre et à répandre le sang.

Il regarda pensivement au-dessus de lui. De nouvelles

pousses vertes s'ouvraient sur les branches, consacrant le sacre du printemps.

Le souvenir de toutes ses batailles était enfoui profondément en lui. Il savait pertinemment que si certaines blessures revenaient à la surface de sa mémoire, elles le hanteraient sans rémission. Que Dieu l'en préserve ! Machinalement, il frotta la cicatrice, physique celle-là, de sa paume.

— Comment vous êtes-vous fait ça ? demanda soudain Tavia.

Il tourna vivement la tête vers la jeune fille et, l'espace d'un quart de seconde, fut envahi d'un terrible chagrin, puis tout aussi rapidement, il se recomposa des traits impénétrables. Il lui jeta un regard peu amène pour la dissuader de poursuivre ses indiscrétions.

— Je suis désolée, murmura-t-elle. Je ne voulais pas être indiscrète.

Il ne daigna pas répondre, mais il sentit néanmoins le regard lumineux de Tavia posé sur lui et remarqua que ses lèvres s'écartaient, montrant des dents très blanches et un petit bout de langue rose.

La jeune fille le scrutait, gênée, manifestement consciente d'avoir passé des bornes qu'il n'entendait pas lui laisser franchir impunément. A son expression, il comprit qu'elle avait perçu sa douleur.

Aussi ne fut-il pas surpris lorsqu'elle avança une main vers sa joue piquée d'une barbe dure. Ce contact n'était pas désagréable du tout, alors il ne broncha pas, ni ne la repoussa. Comme encouragée par sa passivité, elle se dressa sur les genoux, leva l'autre main et la posa sur sa seconde joue dans un mouvement très doux, apaisant.

Retenant son souffle, il la considéra de ses yeux gris.

Tavia arrondit les lèvres et les posa simplement sur sa

joue. Un chaste baiser de réconfort et rien de plus, qui lui échauffait cependant les sens.

N'y tenant plus, Benoît émit, du fond de sa poitrine, une sorte de grognement primitif. En un instant, il plaqua avidement ses lèvres sur les siennes. Le désir le consumait comme une flamme dévorante, une véritable gerbe d'étincelles. Pris d'un tremblement, il saisit la taille fine de Tavia entre ses mains puissantes et attira contre lui son corps mince. Dans ses bras, il la sentit frissonner. Maladroitement, dans une sorte de frénésie, elle enfouit les doigts dans sa chevelure drue.

Tavia avait l'impression de chavirer. Son sang bouillait dans ses veines, circulant à une telle vitesse qu'elle manqua de s'évanouir, tant la sensation était intense. Elle s'accrocha au chevalier, laissant toute raison en arrière, pour se perdre dans le tourbillon brûlant de la passion.

Soudain, abruptement, Benoît s'écarta d'elle et la repoussa de côté, sans cérémonie. Les lèvres encore en feu de leur baiser, abasourdie, sans voix, Tavia devint écarlate, du cou jusqu'à la pointe des cheveux, morte de honte en constatant ce qu'elle avait fait. A quoi pensait-elle donc ?

C'était ce terrible chagrin, dans les yeux de Benoît, qui avait tout déclenché. Cette expression qu'il avait tout fait pour lui dissimuler.

Mais il l'avait repoussée. Elle ne l'intéressait pas, il le lui avait d'ailleurs dit, précédemment. Comme tous les soupirants trouvés par son père l'avaient fait avant lui, il avait dû se dire qu'elle était trop petite, trop menue ou que sa chevelure n'apporterait que des désagréments. Cet homme était son ennemi et non seulement le sien, mais celui de sa patrie.

Et sa mère était en train de mourir, pendant qu'elle embrassait cet ennemi !

Sa chair vibrant encore, peu dignement, du contact de sa bouche, elle sauta sur ses pieds et, dans un geste théâtral, essuya la sienne d'un revers de main. Elle se sentait rejetée, insultée, bafouée et se mordit la lèvre. Quelle sotte elle avait été !

— Pourquoi avoir fait cela ? demanda-t-il d'une voix rageuse.

Elle soupira et se força à soutenir son regard.

— Pendant un moment, tout à l'heure... vous aviez l'air si triste...

— Et c'est votre coutume, d'embrasser un étranger qui ne paraît pas de belle humeur ? demanda-t-il sèchement, en élevant le ton. Il faut mieux vous garder, jeune fille. Dieu seul sait où cela pourrait vous mener.

— Comment osez-vous ?

Elle se planta à quelques centimètres de lui, alors qu'il était toujours assis sur le sol. Elle aurait aimé pouvoir le piétiner pour ce qu'il venait de dire.

— Comment osez-vous me parler sur ce ton, s'écria-t-elle, la colère gonflant sa poitrine. C'est vous qui avez commencé... et puis vous... vous...

Elle s'interrompit, incapable de trouver les mots pour qualifier son attitude.

Benoît se dressa devant elle, impressionnant par la taille et par la fureur qui se lisait sur son visage. Surprise, elle recula devant son courroux et devant son évident déplaisir à se trouver où que ce soit en sa compagnie.

— Je suis désolée, murmura-t-elle.

Il fronça les sourcils, comme s'il paraissait surpris de sa réaction.

Bien sûr, elle avait peur. Elle redoutait sa brutalité. Certes, il n'aurait pas levé la main sur elle, mais il y avait bien des façons de se montrer brutal.

Elle l'avait embrassé avec candeur et lui avait transformé ce geste innocent en quelque chose de bien plus trouble, de beaucoup moins pur, même s'il n'aurait pas volontiers voulu l'admettre. Elle s'était excusée, mais c'était bien lui le fautif.

A cet instant, l'un des hommes de Langley surgit du sous-bois chargé de bois mort et s'activa à faire du feu. Ravie de cette diversion, Tavia se détourna de Benoît. Quand la fumée s'éleva entre les arbres, tous les hommes étaient éveillés. Ils se groupèrent autour du brasier, bavardant à voix basse et se passant des outres de cuir ou du pain sec de la veille.

— Venez donc vous réchauffer, altesse, proposa courtoisement le seigneur anglais, drapé dans son élégante cape bordée de vison.

Tavia se tenait à l'écart, silhouette menue et solitaire, ne sachant pas si elle devait se joindre au groupe ou bien s'asseoir seule. Après leur explication, Benoît s'était éloigné sans un mot de plus. A voir son visage rageusement fermé, elle avait compris qu'une nouvelle limite avait été franchie.

Elle s'avança, défroissant sa houppelande, consciente d'avoir perdu, avec son voile, le cercle d'or qui le retenait, lequel appartenait à la princesse. Avec un large sourire, Langley lui tendit un morceau de pain, s'excusant de ne pas avoir grand-chose d'autre à lui offrir. Il y ajouta toutefois un morceau de fromage et elle le remercia d'un sourire de gratitude en recevant cette nourriture.

D'un geste plein d'élégance, Langley défit la broche qui retenait les deux pans de sa cape et l'étendit sur le sol humide.

— Si vous voulez vous asseoir…

Elle le remercia et plia les genoux, consciente de trembler

encore de son escarmouche avec Benoît. Langley s'assit galamment à côté d'elle, ses jambes courtes étendues devant lui.

— Oh Seigneur, grommela-t-il, je ne suis pas fait pour dormir dans les bois. Vivement que je puisse retourner au confort de mon château… Je ne puis qu'espérer, altesse, que votre sommeil fut meilleur que le mien.

— J'ai très bien dormi, mentit-elle.

Pas question de lui parler de ses tourments et moins encore de son réveil. Elle mordit dans le morceau de pain.

— Mais je vous en prie, messire, ne m'appelez plus « altesse » : je n'ai aucun droit à ce titre.

— Pardonnez-moi, damoiselle, vous êtes si semblable à la princesse que je n'ai pu m'en empêcher.

Il porta la gourde de peau à ses lèvres pour boire une gorgée à la régalade, avant de poursuivre :

— Vous êtes-vous jamais demandé pour quelle raison vous lui ressemblez autant ?

Tavia réfléchit un instant en mâchant sa bouchée de pain.

— Non, je ne l'avais même jamais vue avant que messire Ferchar me demande de les aider.

— Eh bien, croyez-moi, vous êtes son portrait craché.

— Peut-être sa mère a-t-elle un secret, intervint Benoît en revenant dans la clairière avec un carreau d'arbalète dont il nettoyait la pointe avec un peu d'herbe.

Les yeux sombres, Tavia s'abstint de tout commentaire. Elle continua de manger son pain en regardant fixement les flammes crépiter.

Benoît jeta l'herbe tachée de sang dans un roncier et tendit la courte flèche à la jeune fille.

— Ceci est à vous, lui dit-il tranquillement.

Elle regarda la pointe fatale, dont la lame double, parfaitement affûtée, brillait dans le soleil.

— Je n'en veux pas, murmura-t-elle en repensant à l'homme qui était mort devant ses yeux, ce carreau fiché dans sa poitrine.

Benoît regarda une nouvelle fois attentivement le trait.

— C'est dommage. Il est intact et parfaitement empenné. C'est folie de le jeter.

— Je n'en veux pas, vous dis-je, répéta-t-elle, en se levant brusquement. Vous pouvez l'enterrer, si vous voulez.

— Pas le temps, répondit-il sèchement. Nous devons partir.

— Nous ? Qui nous ?

— Vous et moi, bien sûr. Si vous voulez être rentrée à Dunswick avant la nuit, alors il faut partir.

— Oh… mais…

N'osant y croire, Tavia regarda le visage rond et avenant de Langley comme pour quêter son approbation, puis revint à Benoît.

— Ainsi vous me ramenez ?

— Ne vous l'ai-je pas déjà dit ? répliqua-t-il avec quelque impatience.

— Je croyais que messire Langley devait m'emmener…

Si la perspective de rentrer à Dunswick lui était douce, celle de voyager avec Benoît de Vallières l'était beaucoup moins.

— Je crains fort de ne le pouvoir, damoiselle, dit l'Anglais en frottant son épaule. Voyez-vous, l'un de ces brigands m'a planté son épée dans le bras. Je ne pourrais pas vous protéger.

— Oh…

Benoît sembla agacé de sa réticence.

— Croyez-moi, lui dit-il, vous servir d'escorte est la dernière chose qui me fasse envie.

Tavia tordait nerveusement les pans de sa cape dans ses mains.

— Eh bien, montrez-moi simplement la bonne direction et je me débrouillerai seule, dit-elle avec plus d'assurance qu'elle n'en éprouvait réellement. J'ai mon arbalète…

Elle vit une lueur courroucée dans l'œil du chevalier mercenaire et n'osa pas continuer.

— Une arme que vous maniez avec une dextérité redoutable, intervint Langley avec un sourire ravi. Sans vous…

— Sans elle, aucun de nous ne serait ici, le coupa précipitamment son ami. Allons, fais enterrer les morts. Moi, je la ramène à Dunswick.

« Et que Dieu nous protège, l'un et l'autre », acheva-t-elle mentalement.

Benoît mit son pied à l'étrier et se hissa souplement en selle. Le cuir craqua sous son poids alourdi du harnois de guerre. Il rassembla les rênes dans sa main, puis, sa cape déployée sur la croupe de son destrier, fit signe à son ami.

— Langley, aide-la, veux-tu ?

L'intéressé montra son bras blessé avec un sourire d'excuse. Benoît leva les yeux au ciel.

— Ah, j'oubliais !

Il regarda autour de lui, mais tous les hommes d'armes étaient partis enterrer les brigands tombés dans la bataille. Son regard d'acier revint se poser sur Tavia.

— Pouvez-vous monter sans aide ? lui demanda-t-il. Nous perdons du temps.

« Il en parle comme d'une bagatelle, songea la jeune fille, mais ce n'est pas si évident. »

Elle grimaça d'effort en levant le pied vers l'étrier haut placé et sa jument, nerveuse, fit un écart, bien que Langley lui tînt la tête. Tavia se retrouva elle-même écartelée, un pied coincé dans l'étrier et l'autre au sol.

— Oh, mais aidez-moi ! se plaignit-elle.

Langley lâcha la bride et vint la soutenir pour qu'elle puisse se dégager.

— Alors, s'impatienta Benoît, vous faudra-t-il donc toute la journée, sacrebleu ?

Tavia, qui avait pu reposer le pied au sol, vint à lui, mains sur les hanches.

— Croyez-vous que c'est facile, avec cette cotte ajustée ? protesta-t-elle, furieuse. J'aimerais vous y voir ! Et cessez donc de me parler comme si j'étais l'un de vos hommes d'armes !

Sa colère redoubla lorsqu'elle constata que son coup d'éclat le faisait sourire. Il sauta souplement au sol, la saisit par la taille et la hissa en selle sans plus d'effort qu'il n'en aurait déployé pour porter une fillette.

La main reposant sur le pommeau, il leva les yeux vers elle.

— Avez-vous souvent monté à cheval, auparavant ? demanda-t-il.

— A votre avis ? répliqua-t-elle, excédée, en prenant les rênes dans ses mains peu expertes.

— Eh bien, essayez tout de même de suivre, dit-il sobrement en tournant les talons.

En fin de matinée, des nuages vinrent obscurcir le ciel. Tavia frissonna et ses mains se crispèrent sur les rênes, tout son corps tendu dans l'effort constant qu'elle faisait pour tenir sa monture à la hauteur de celle de Benoît. Ses jambes et ses hanches douloureuses, du fait de la position inhabituelle pour elle, et ses genoux désagréablement pliés contre l'arçon de la selle d'écuyère, elle avait l'impression d'être en route depuis de très longues heures, l'œil vissé sur le large dos de Benoît, très droit sur son destrier. En fait, il n'était pas encore midi. Elle aurait dû, normalement, se réjouir du pas rapide qu'il imposait à l'animal, tant il était évident que, tout comme elle, il tenait à ce que leurs chemins se séparent aussi vite que possible, mais une part d'elle-même, éreintée, aurait plutôt apprécié un peu de repos.

Les chevaux suivaient un étroit sentier qui serpentait le long d'un torrent roulant sur des pierres moussues, au fond d'un vallon. Le chant de l'eau vive et tourbillonnante rythmait mélodieusement le pas des chevaux et Tavia se réjouissait qu'ils aient dû ralentir un peu la cadence, à cause des rochers glissants entre lesquels ils devaient progresser. Plus haut sur la colline, le paysage devenait plus âpre, avec de gros blocs de granit qui se dressaient jusqu'au-delà de la crête.

Une première goutte de pluie tomba sur la main blanche de Tavia, puis d'autres étoilèrent le cuir de sa selle et d'autres encore. En quelques instants, les nuages s'assombrirent considérablement, puis crevèrent en véritables trombes d'eau. La pluie s'abattit sur le visage de la jeune fille, coula sous le col de sa cape et de sa houppelande, dont la laine mouillée ne tarda pas à lui irriter la peau du cou.

Benoît se retourna, debout sur ses étriers, les pans de sa cape ramenés sur lui pour mieux se protéger. Déjà, sa chevelure plaquée soulignait étrangement la perfection de ses traits en faisant ressortir ses hautes et orgueilleuses pommettes anguleuses.

— Il faut trouver un abri, lui cria-t-il, et il enfonça les talons dans les flancs de sa monture, qu'il poussa en avant dans un galop rapide et ramassé.

Voilà qui est bien inconsidéré, songea Tavia. Voulait-il qu'elle le suive à la même allure ? Normalement, sa jument aurait dû, par effet d'entraînement, prendre le galop à la suite du fier destrier. Mais la placide créature ne semblait pas avoir la moindre envie de presser son pas et quant à sa cavalière, elle n'avait pas la moindre idée de la façon dont elle devait s'y prendre pour l'y encourager.

Un peu plus loin, Benoît jeta un coup d'œil par-dessus son épaule et Tavia devina, plutôt qu'elle n'entendit, le grognement de réprobation qu'il poussa en voyant qu'elle traînait en arrière. Il revint vers elle au galop, son cheval soulevant des gerbes d'eau boueuse, et tira sur les rênes en parvenant à sa hauteur.

— Allons venez ! lui dit-il. Nous allons être trempés jusqu'aux os, à ce train-là !

La jeune fille avait bien l'impression de l'être déjà, mais elle ne jugea pas nécessaire de le mentionner pour l'instant.

— J'aimerais bien, si je savais comment faire, répliqua-t-elle d'un ton revêche, ses yeux bleus le défiant derrière le rideau de pluie.

— Je ne peux pas croire que vous n'ayez jamais appris à monter à cheval, dit le chevalier dans un soupir, en faisant rapidement tourner sa monture autour de la jument, de façon à se retrouver à sa hauteur et dans le même sens.

Il se pencha et prit les rênes des mains de Tavia.

— Et maintenant, accrochez-vous.

Ensuite, elle perdit un peu ses repères dans l'espace.

Tout ce qu'elle savait, c'était que l'animal, sous sa selle, se lançait dans une course éperdue et imprévisible. Elle s'accrocha de toutes ses forces, se crispa sur l'arçon en espérant ne pas tomber. Ses reins tressautaient dangereusement sur la selle, un de ses pieds sortit de l'étrier et elle se retrouva penchée en avant, l'estomac creusé par le pommeau. Quand finalement, sa jument s'arrêta tout net, elle se coucha à demi sur l'encolure, épuisée, ses doigts agrippés à la crinière, en essayant de reprendre son souffle haché par la peur.

— On s'arrête ici, décréta Benoît, qui avait déjà mis pied à terre. Regardez, il y a un abri là-haut.

Tavia leva les yeux dans la direction qu'il lui montrait du doigt. Un trou s'ouvrait dans la muraille de granit. Une grotte, sans doute, mais tout valait mieux que de rester sur ce cheval. Elle se laissa glisser au sol maladroitement, ne voulant pas demander son aide à Benoît. Une fois au sol, elle resta un instant contre le flanc de sa jument, pour tenter de recouvrer son équilibre.

Sous les trombes d'eau, elle avait tout d'une pauvre créature dépenaillée, son visage luisant de pluie. Une de ses tresses s'était prise dans une lanière de sa selle, lui tirant les cheveux quand elle essaya de s'en écarter. Benoît dut venir à son aide pour les en détacher doucement. Tandis qu'il sentait sous ses doigts la soie humide des cheveux de Tavia, il lui vint une envie brûlante de les voir libérés, sans voile ni rubans pour masquer leur splendeur.

L'expression renfrognée de la jeune fille le ramena à la réalité et il lâcha brusquement l'extrémité de la tresse, puis il la prit par le bras et la guida vers la grotte sombre et humide, ennuyé à l'idée que sa beauté le troublait suffisamment pour le distraire de ses objectifs. Il lâcha vivement son bras, vaguement tenté de la repousser, de l'envoyer au diable pour la punir de l'attirer autant et elle resta immobile, toute tremblante sous la voûte de pierre de la cavité naturelle.

— Tout va bien ? lui demanda-t-il d'un ton rêche, sans guère de sollicitude dans la voix.

— Si tout va bien ? répéta-t-elle, choquée, en cherchant à tâtons un appui sur la paroi. Non, pas vraiment. Non seulement vous me reprochez de ne pas savoir monter à cheval, mais vous filez au grand galop quand il est bien évident que je ne peux pas vous suivre, avant de me tirer de mon cheval comme vous l'auriez fait d'un sac de grain et de me trimballer jusque ici !

— Il fallait trouver un abri et vous avez mis pied à terre sans aide, si je ne me trompe.

— Oui, parce que je savais que vous alliez me tirer de là sans ménagement, répliqua Tavia, sur la défensive. Je n'en peux plus, Benoît…

Pâle, les traits tirés de fatigue, elle s'appuya à la paroi derrière elle.

Il comprit alors qu'elle était épuisée. Sa cape lui tombait des épaules, la broche qui en retenait les pans s'étant ouverte. Son élégante houppelande, toute trempée, moulait sa silhouette menue, le tissu collant à ses formes. Le souffle court, Benoît ne pouvait détacher ses yeux de sa poitrine ainsi impudiquement révélée, de sa taille fine. Il comprenait qu'elle soit si fatiguée : son corps si svelte n'était pas taillé pour supporter le rythme auquel il la contraignait depuis le matin, le même, à vrai dire, que s'il avait entraîné à sa suite une troupe de cavaliers aguerris plutôt qu'une pauvre jouvencelle. Or, elle l'avait suivi pourtant, sans une plainte et sans tomber de sa selle.

Il se passa la main sur le visage.

— Je suis désolé, admit-il avec réticence. Je suis plus

habitué à chevaucher avec des hommes d'armes qu'à escorter les dames.

Tavia hocha lentement la tête.

— Au moins, vous avez la courtoisie de vous en excuser.

Sa voix fatiguée, mais ferme, résonnait sous la voûte de la grotte. Toutefois, l'épuisement la gagnait de plus en plus et elle s'appuyait toujours à la paroi, incapable qu'elle était de se tenir sans aide.

Benoît, lui, se mouvait avec la grâce économe d'un chat, faisant le tour de la cavité pour ramasser çà et là des brindilles sèches et du bois mort à l'entrée de la grotte. Il mit la main à l'aumônière qui pendait à sa ceinture et en tira un briquet de métal, puis s'accroupit près du tas qu'il avait constitué. Au bout de quelques efforts, une mince fumée s'éleva, puis une minuscule flamme que le chevalier s'empressa de nourrir. Bientôt, le feu crépita joyeusement. Parfois, une goutte d'eau ruisselait de la voûte et sifflait en tombant dans la braise.

Tavia somnolait dans un coin.

— Il faut faire sécher nos vêtements, dit Benoît sans précaution oratoire, après avoir manqué de se heurter le crâne à la paroi.

Les paupières de la jeune fille se rouvrirent instantanément.

— Mes vêtements sont très bien comme ça, répliqua-t-elle vertement, en pinçant le tissu détrempé entre le pouce et l'index.

Benoît eut un petit sourire. Elle était si farouche, sa jouvencelle. Même quand on pouvait croire que toute énergie l'avait quittée.

— Eh bien moi, je suis trempé jusqu'aux os, rétorqua-t-il. Je soupçonne donc que vous aussi. Ce temps-là m'a bien l'air de vouloir durer toute la journée. Nous ne pouvons pas repartir pour le moment.

A cet instant, un sanglot monta dans la gorge de Tavia et un profond désespoir défit son visage.

— Alors, il sera trop tard, murmura-t-elle.

Le chagrin que montrait la jeune fille émut le cœur de Benoît et des sentiments qu'il n'avait pas éprouvés depuis bien longtemps refirent soudainement surface. Il savait que la réponse à sa question suivante allait l'impliquer dans la vie de cette jouvencelle d'une façon que, quelques jours auparavant, il eût certainement repoussée sans aucune hésitation. En fait, il oscillait encore entre la compassion et une prudente réserve.

— Trop tard ? Trop tard pour quoi ?

Le pas était fait. Il ne pouvait plus reculer.

7

— Pour ma mère. C'est pour elle que je me suis lancée dans tout cela, avoua Tavia à mi-voix.

— Expliquez-moi…

— Elle a besoin d'un médecin. Nous… nous n'avons pas assez d'argent pour une telle dépense. Lorsque Ferchar m'a vue, pendant le tournoi d'archerie, il m'a offert une grosse somme pour que je prenne la place de la princesse. Il faut que je rentre à Dunswick le plus tôt possible… sinon ma mère va mourir.

Levant vers lui ses grands yeux, elle l'implora du regard tout en guettant, sur son visage, un indice montrant qu'il comprenait sa situation.

— N'avez-vous aucun parent qui pourrait vous aider ?

— Non… Mon père…

Elle s'interrompit, baissa les yeux sur le sol et acheva, honteuse :

— … n'a pas d'argent.

Comment aurait-elle pu parler à Benoît des brutalités de Dunstan ? Elle voulait son respect, non sa pitié.

— Alors, il faut partir, dit-il, les yeux tournés vers le feu. Tant pis pour nos vêtements…

La mine sombre, il regarda le rideau de pluie au-dehors,

puis se tourna vers la silhouette frissonnante de la jeune fille.

— Croyez-vous que vous y arriverez ?

— Bien sûr, il le faut.

Son cœur bondissait d'espoir, malgré la sombre perspective d'un voyage épuisant. Elle s'avança vers son compagnon, ses mouvements rendus hésitants et gauches par le froid.

— Merci, Benoît, murmura-t-elle. Merci de faire cela.

Il hocha brièvement la tête en réponse, embarrassé par sa gratitude.

— Je pense que nous irons plus vite si vous laissez votre jument ici et que vous montez avec moi, dit-il simplement, en écrasant les restes du feu sous la semelle de cuir de ses chausses de maille.

Lorsque, beaucoup plus tard dans la journée, elle vit les familières murailles de Dunswick apparaître dans la brume, Tavia faillit crier de joie. Sous la précise direction de son maître, le puissant cheval de bataille de Benoît les avait portés tous deux sans effort apparent et lui avait paru voler comme le vent, bien qu'elle ait refusé de se laisser aller contre la poitrine de son compagnon, ce qui la forçait à adopter une position instable, qui gênait l'animal. Finalement, Benoît avait passé un bras autour de sa taille et l'avait tenue serrée contre lui, malgré ses protestations.

— Détendez-vous, lui avait-il murmuré à l'oreille.

Comme les accents profonds de la voix mâle du chevalier résonnaient jusque dans sa poitrine, elle frissonna. Comment se pouvait-il que cet homme, un ennemi juré de son peuple, pût l'attirer autant ?

— Je ne peux entrer dans la ville en harnois de guerre,

la prévint Benoît en tirant sur ses rênes pour s'arrêter à l'abri d'un bosquet. On me flécherait à vue.

Ces mots prononcés contre son oreille procurèrent à Tavia un nouveau frémissement d'excitation.

— Il faut que j'emprunte les vêtements de quelque paysan ou de quelque pèlerin si je dois venir avec vous, expliqua-t-il. Je ne tiens pas à être remarqué… comme la dernière fois.

Sa large main maintenait les rênes contre le ventre de la jeune fille, l'imprégnant d'une étrange chaleur.

— Je ne veux pas que vous couriez des risques pour moi, lui répondit-elle, et du reste, je ne crois pas que nous trouverons des vêtements assez grands.

— Insinueriez-vous que je suis trop gros ? lui demanda-t-il en souriant.

Elle se retourna vivement sur la selle pour lui faire face et le regretta immédiatement. Ses yeux gris la fixaient, à demi clos sous leurs longs cils, et sa bouche n'était qu'à quelques centimètres de la sienne.

— Mais non, essaya-t-elle piteusement d'expliquer. Vous êtes grand, c'est tout…

Le bras de Benoît serra sa taille, en un geste préventif pour la retenir de tomber. Incapable de soutenir son regard, elle fixa la broche ornementée qui fermait la cape du chevalier sur son haubert et continua, en espérant paraître efficace et décidée :

— De plus, à partir d'ici, je peux parfaitement me débrouiller seule.

— Vous me congédiez, donc ? répliqua-t-il avec un sourire sardonique.

Badinait-il ? Elle n'osait toujours pas lever les yeux vers lui, de peur de se noyer dans le plomb pailleté des siens. Elle savait qu'elle allait regretter la force protectrice du chevalier mercenaire et même ses manières autoritaires, expéditives et sans détour. Sa lèvre s'arrondit légèrement. Jamais encore elle ne s'était sentie proche d'un homme et elle n'avait nulle envie de commencer. Cela la rendait par trop vulnérable.

— Ne me dites pas que vous n'en êtes pas soulagé et bienheureux, répliqua-t-elle, les yeux toujours fixés sur les entrelacs d'argent et les pierres d'agate de sa broche. Vous serez débarrassé de moi plus vite.

Elle finit par le regarder bien en face pour articuler :

— C'est vous qui courez un grand danger ici, et non moi.

Gardant les rênes dans une seule main, il prit délicatement le menton de Tavia entre son pouce et son index.

— Je ne savais pas que vous vous souciiez de moi, lui murmura-t-il, d'un air toujours aussi sarcastique.

Elle se mit à rougir et avait presque l'impression que Benoît faisait s'embraser son visage en lui communiquant la chaleur de ses doigts.

— Mais non, protesta-t-elle en essayant, sans succès, de se dérober. Laissez-moi !

— Avec joie !

Il la lâcha.

Le cœur serré d'une incompréhensible tristesse, elle se laissa glisser à terre, sans se soucier du contact rugueux de l'arçon dans son dos.

— Qu'allez-vous faire ? ne put-elle s'empêcher de demander, en lissant ses longues manches afin de retrouver une allure à peu près convenable.

Elle essayait de paraître détachée. Elle hésitait à le quitter, partagée entre l'urgence de retourner au chevet de sa mère et celle de rester auprès de lui, pour en apprendre davantage sur son compte.

Les mains sur le pommeau, Benoît regardait dans le vague, entre les arbres.

— Retourner auprès d'Henry, je suppose et l'informer que nous avons failli à notre mission.

Un sourire compensait et contredisait le ton plat et songeur de cette déclaration.

En fait, Benoît répugnait à laisser la jeune fille rentrer seule à Dunswick, son intuition lui faisant redouter quelque complication. D'après ce qu'il avait pu apprendre sur le compte du régent Ferchar, il savait qu'on ne pouvait guère lui faire confiance et il était certain de ne pas en avoir encore fini avec ses intrigues.

— La perspective ne paraît guère vous enchanter, remarqua Tavia. Le roi Henry vous punira-t-il parce que vous n'avez pas pu enlever la princesse ?

Benoît se tourna vivement vers elle, comme s'il était très surpris de sa question, puis il rejeta la tête en arrière et partit d'un rire sonore.

— Non, lui dit-il. Henry et moi partageons trop de choses pour qu'il puisse me punir.

Soudain, il réalisa qu'il en avait trop dit. Il n'aimait guère l'étrange pouvoir que semblait posséder cette fille de lire dans ses pensées. Il voulait y résister, mais savait déjà que leur brève rencontre l'avait changé. Autrefois, il aimait le fracas des armes, le choc des batailles, la science à déployer pour défaire un adversaire.

A présent…

Cette fille le forçait à réfléchir, ce qui l'entraînait même à douter. Il y avait des choses auxquelles il valait mieux ne pas trop penser.

— Allons, va-t'en, jeune fille, lui dit-il avec rudesse, en

serrant ses puissantes cuisses autour des flancs de l'animal pour le pousser en avant.

Les grands yeux d'un bleu si profond se fixèrent sur lui, le forçant à s'arrêter net.

— Vous pourriez me dire adieu correctement, protesta-t-elle. Oubliez-vous que je vous ai sauvé la vie ?

Le remords l'envahit.

— C'est en effet quelque chose que vous me rappelez à intervalles réguliers, soupira-t-il.

Son cheval piaffait et battait des sabots sur les feuilles mortes.

— Comme je n'ai pas l'intention de vous revoir, le problème ne se posera bientôt plus, lui répliqua-t-elle.

Quelque chose dans son ton, dans son attitude, alarma Benoît. Quêtait-elle plus d'attention de sa part ? On aurait dit qu'elle essayait de le retenir. Mais pourquoi diable voudrait-elle rester en sa compagnie ?

— Vous pourriez me dire simplement au revoir, conclut-elle.

— Au revoir, lui répliqua-t-il du tac au tac, se courbant sur sa selle pour un salut exagérément cérémonieux.

Les lèvres de Tavia esquissèrent un sourire.

— Eh bien moi, je vous dis adieu, messire chevalier, lui dit-elle d'un ton suave.

Puis elle s'éloigna en faisant virevolter ses jupes, marchant d'un pas décidé vers Dunswick, la gloire rousse de ses cheveux dessinant un saisissant contraste avec les verts et les bruns de la végétation.

Benoît regardait sa menue et élégante silhouette s'éloigner au long du chemin, mourant d'envie de mettre son cheval au trot pour la rejoindre.

Il s'apercevait avec surprise que la présence de Tavia, sa fierté, sa détermination douce et tranquille avaient peu à peu commencé de ronger les défenses qui tenaient sa douleur à distance, profondément enfouie au fond de son cœur. Y aurait-il donc, après tout, une lueur d'espoir ?

Ferchar déchira à belles dents le pilon charnu d'un chapon, puis en jeta l'os à l'un des nombreux chiens qui maraudaient, pleins d'espoir, autour de la grande salle. Il essuya ses lèvres graisseuses d'un revers de manche, puis laissa errer son regard sur les victuailles à sa disposition sur la longue table. Allait-il continuer par une truite pochée ou par un pâté en croûte ?

— Le roi Henry aurait dû nous envoyer un messager, à l'heure qu'il est, remarqua-t-il en se décidant finalement pour le pâté, que ses longs doigts saisirent sur le plat.

Il l'étudia un instant pensivement, avant d'en déchirer la croute dorée d'un coup de dents.

— Un seul jour s'est écoulé, répondit le jeune roi Malcolm, qui se voulait rassurant, en plantant son couteau dans une tranche de venaison. Et vous disiez que cette jeune paysanne était de taille à se défendre.

— Je me moque bien d'elle et de son sort ! répliqua sèchement le régent. Mais je sais qu'Henry nous enverra une demande de rançon dès qu'elle sera en son pouvoir et cela ne lui ressemble guère, de faire traîner les choses et de retarder une si belle occasion.

— Au moins Ada est-elle en sécurité, murmura Malcolm, penaud de s'être vu rabrouer.

Ferchar émit un rot sonore, ses yeux suivant les mouvements d'une jolie servante qui allait de place en place, un hanap d'hydromel à la main. Puis il eut un rire bref.

— J'aimerais être là quand il s'apercevra qu'il n'a pas la bonne… Ah, quel bonheur ce serait !

Ferchar se cala dans son fauteuil de chêne sculpté et reposa le pâté à demi consommé sur son tranchoir, comme s'il n'en voulait plus. Puis il regarda sans le voir le feu qui ronflait dans la grande cheminée.

Rien ne paraissait se dérouler tout à fait comme il l'avait prévu et il n'aimait pas cela. Certes, Ada était à l'abri des Anglais, mais cette idiote ne pouvait se souvenir du message que son père, le feu comte Henry, lui avait fait passer avant de mourir et ce, malgré les questions que lui, Ferchar, lui posait perpétuellement à ce sujet. Pourtant, il savait que le comte avait laissé une fortune à sa mort et, s'il fallait en croire la vieille servante dont il tenait ses informations, Ada avait été informée du lieu où le trésor était caché. Si seulement cette oie sans cervelle pouvait s'en souvenir !

A l'autre bout de la grande salle, la lourde porte de chêne grinça bruyamment sur ses gonds et un homme d'armes parut, suivi de Tavia, qui marchait fièrement, la tête haute. Les paysans et les soldats assis au bout de la longue table la suivaient des yeux. Certains murmuraient à leur voisin combien elle ressemblait à la princesse Ada et d'autres, trompés par ladite ressemblance, se levaient et s'inclinaient sur son passage.

Ferchar abattit rageusement son poing sur la table, faisant trembler plats, hanaps, écuelles et jaillir le vin des coupes.

— Que faites-vous ici, jour de Dieu ! hurla-t-il, à demi dressé hors de son siège. Vous devriez être prisonnière sur le sol anglais !

Tavia suivit en tremblant le garde qui la guidait vers l'estrade royale. Pour ajouter à son trouble, son pied chaussé de cuir fin dérapa sur les dalles et lui fit perdre un instant l'équilibre. Mais elle se redressa et se tint très droite, le menton levé, refusant de se laisser intimider par tous ces nobles. Après tout, elle était seulement venue réclamer son dû.

Ferchar jaillit de son siège en le repoussant d'un geste furieux et marcha vers elle, son corps maigre rendu plus impressionnant par l'ample bliaud qu'il portait. Malcolm resta assis, un timide sourire de bienvenue sur son visage encore enfantin.

— Qu'est-il arrivé ?

Tavia sentait son souffle chargé d'alcool. Il se planta devant elle et ses bagues étincelèrent quand, dans un geste nerveux et machinal, il caressa sa longue barbe.

Tavia réussit à ne pas reculer devant lui. Montrer le moindre signe de faiblesse serait une folie.

— Les Anglais m'ont capturée, expliqua-t-elle, mais ils ont très vite réalisé que je n'étais pas la princesse.

— Vous avez tout fait rater, espèce de stupide péronnelle !

Un peu de salive apparut sur la lèvre inférieure de Ferchar, tandis que ses yeux bleus la foudroyaient.

— Qu'avez-vous fait ? éructa-t-il.

Malcolm se leva, hésitant.

— Euh… Ferchar… êtes-vous sûr que…

— Rasseyez-vous, rugit le régent par-dessus son épaule. Lorsque j'aurai besoin de votre avis, je vous le demanderai !

Malcolm obtempéra, pâle et silencieux.

Tout aussi livide, Tavia resta figée, tremblante et stupéfaite de la façon dont cet homme la traitait. Toute la courtoisie et les belles manières du régent, le charme dont il avait usé avec elle, tout cela était envolé, remplacé par la rudesse et la brutalité. Le roi Malcolm lui-même semblait avoir perdu toute autorité, rudoyé lui aussi avec le plus choquant manque de respect. Une terreur glacée s'insinuait jusque dans les veines de la jeune fille et elle aurait donné n'importe quoi pour sentir, auprès d'elle, la rassurante présence de Benoît. Mais dès que cette idée lui eut traversé l'esprit, elle se gourmanda. A quoi pensait-elle donc ? Quand donc avait-elle déjà demandé à un homme de la défendre et de mener bataille pour elle ? Elle avait tenu bon face à son père durant des années et en quoi la brutalité de Ferchar était-elle différente ? On aurait dit que sa rencontre avec le chevalier l'avait amollie et avait diminué son esprit d'indépendance, sa volonté.

— Espèce de sotte femelle, fulmina Ferchar. Je suppose que vous leur avez tout avoué aussitôt que vous êtes tombée entre leurs mains, c'est ça ? Vous ne pouviez pas vous taire, idiote ?

La rage gronda dans la poitrine de Tavia et elle s'avança d'un pas vers le régent, ses yeux bleus flamboyant de colère.

— Je n'ai pas à supporter cela, lui dit-elle en se forçant à ne pas élever la voix. Ada est sauve, n'est-ce pas ? Vous avez eu ce que vous vouliez. Alors donnez-moi ce que vous me devez et je m'en irai.

Le coup vint par surprise, les faces taillées d'une pierre précieuse déchirèrent sa joue, lacérant sa chair. Sa tête partit en arrière sous la force de la gifle que le régent venait de lui asséner. Elle porta vivement la main à son visage, un moment hébétée par la douleur. Sur le mur, devant elle, les couleurs d'une riche tapisserie semblaient se mélanger, tandis que ses yeux se brouillaient sous la violence du coup.

— Je ne t'ai pas donné l'autorisation de parler, femme !

cria furieusement Ferchar, en rajustant une de ses bagues autour de son index.

Horrifiée, Tavia constata que le jeune roi avait quitté la table, sans doute écœuré et effrayé par ce spectacle. Le brouhaha de conversations et de rires, soutenu par les bruits de vaisselle, n'avait pas même faibli dans la grande salle. La peur saisit Tavia dans ses griffes glacées. Il n'y aurait personne ici pour l'aider, personne pour prendre sa défense, mais elle y était habituée et un jour, elle rendrait à cette brute la monnaie de sa pièce, dût-elle attendre pour cela jusqu'à son dernier souffle.

— Vous ne devez ouvrir la bouche que lorsque l'on vous interroge, reprit plus calmement Ferchar en frottant ses mains d'un air dégoûté, comme si avoir dû toucher une personne de basse caste lui soulevait le cœur. Et maintenant, femme, écoutez-moi bien : vous n'aurez pas un écu de moi, pas un liard. Je vous ai engagée pour leurrer mon ennemi le roi Henry et vous avez failli alors que tout était minutieusement mis au point. Disparaissez !

Sur cette fin de non-recevoir, il lui tourna tranquillement le dos et retourna vers sa place, sur l'estrade royale.

— Vous ne me faites pas peur ! lui lança Tavia en lui emboîtant le pas.

Ferchar n'avait guère plus d'une demi-tête qu'elle, mais sa silhouette efflanquée le faisait paraître plus grand.

Il éclata d'un rire sans gaieté.

— Ah ça, mais essaieriez-vous de m'intimider ? Vous avez un certain culot, je dois le reconnaître !

Il chassa quelques miettes de son bliaud en la regardant de ses yeux sans vie.

— Allez, filez d'ici et vite !

— Non !

— Ah, te voilà, ma colombe ! Je t'ai cherchée partout.

Forte et claire, la voix venait de résonner sous les voûtes. Tavia se retourna vivement, le cœur battant très fort car elle avait reconnu ses accents désormais familiers. Ecarquillant les yeux pour reconnaître Benoît de Vallières parmi la foule des convives, elle ne vit pas tout de suite le grand et large paysan qui s'avançait, vêtu de chausses grossières et d'une cotte en drap de mauvaise qualité. Sur sa tête et ses larges épaules, il portait un capuchon de laine brune qui dissimulait à demi son visage. Bouche bée et muette de surprise, elle ne broncha pas tandis que la main de Benoît se refermait sur son poignet, comme un avertissement. Un frisson délicieux la parcourut et elle tenta d'échapper à sa poigne, aussi agacée par sa propre réaction à son contact que par son irruption. Elle n'avait nul besoin qu'il vienne à son secours.

— Qui êtes-vous ? demanda Ferchar, en mettant nerveusement la main sur la fusée de son épée.

Un seul homme d'armes était à ce moment assez proche pour être en mesure de lui porter secours en cas d'attentat. Il y en avait d'autres un peu plus loin, le long de la table, mais de toute façon ils étaient déjà trop soûls pour intervenir. L'inconnu qui s'approchait était grand et fort, il représentait une menace réelle et, à la façon dont il se mouvait, Ferchar savait qu'il serait un adversaire redoutable.

— Que voulez-vous ? gronda-t-il quand le paysan ne fut plus qu'à quelques pas.

— Pardon, messire Ferchar…

L'homme s'inclina profondément. Le régent fronça les sourcils. Il y avait quelque chose dans la voix de l'inconnu, dans son accent, qu'il n'identifiait pas et le mettait mal à l'aise.

— Je viens ramener ma femme à la maison.

— Dieu soit loué ! lança Ferchar, ironique, en se passant la main sur son front haut, qui se dégarnissait. Emmène cette sotte, l'ami et garde mieux l'œil sur elle, la prochaine fois.

— Je ne partirai pas avant d'avoir reçu ce qui me revient, lança la jeune femme, fière et obstinée, le regard noir, les lèvres serrées.

— A votre place, j'obéirais à mon époux, femme ! menaça Ferchar, la voix lourde de sous-entendus.

Mais pour qui se prenait donc cette rustre paysanne ? Il aurait aimé lui faire ravaler sa bile. Mais toute cette affaire commençait à l'ennuyer prodigieusement. Il regarda sa coupe d'hydromel, restée sur la table, avec envie.

— S'il m'en croit, il devrait bien vous fouetter pour votre désobéissance.

— Il n'est pas mon…

Benoît la saisit, la fit tourner sur ses talons et l'étreignit, étouffant la suite de sa phrase en la serrant contre lui à l'étouffer. Le nez et la bouche pressés contre la laine grossière de sa cotte empruntée, elle ne put ajouter mot.

— Allons, tu as entendu le régent, mon tendre cœur…

Il prenait visiblement un tel plaisir roublard à prononcer ces mots tendres qu'elle eut envie de lui arracher les yeux. Justement, le regard de Benoît venait de se poser brièvement sur l'entaille qui marquait la joue de Tavia.

Elle parvint à écarter légèrement son visage de la poitrine du chevalier et lui chuchota :

— Allez-vous-en… Ceci ne vous concerne pas.

Benoît ignora cette injonction et se baissa pour poser un affectueux baiser sur le bout du nez de la jeune fille.

— Tu sais que tu es vraiment désobéissante, mamour, dit-il en soupirant, puis il lança un regard de connivence navrée à Ferchar, comme s'il le prenait à témoin de la difficulté qu'il y avait à être le mari d'une telle peste. Tavia eût aimé l'étrangler.

— Tu n'as pas tiré le bon numéro avec celle-ci, mon brave, s'amusa le régent en se calant dans son fauteuil, la coupe à la main. Je ne t'envie pas…

— Alors, je ne peux vraiment pas te laisser seule un moment, c'est ça ? dit Benoît d'un ton de reproche en l'entraînant loin de l'estrade royale.

Il l'emmenait si vite et si fermement que c'est à peine si les pieds de Tavia touchaient les dalles du sol.

— Mais laissez-moi, enfin ! protesta-t-elle à mi voix, en se débattant pour lui échapper.

Elle était rouge comme une pivoine, honteuse du traitement infantilisant qu'il lui imposait et aussi de sa propre faiblesse, de son incapacité à lui résister. Derrière eux, Ferchar riait à gorge déployée, ravi du spectacle de sa déconfiture.

Benoît refusa de la lâcher tant qu'ils ne furent pas sortis du château, lui faisant traverser au pas de charge la haute, puis la basse cour et finalement le pont-levis. Durant ce trajet, il ne lui adressa pas la parole, restant impavide devant les insultes, les supplications de la laisser retourner dans la grande salle et même aux quelques coups, assez inefficaces, que la jeune fille tenta de lui asséner de sa main libre.

Finalement, il s'arrêta dans l'ombre protectrice des courtines et la plaqua le dos contre la muraille, s'y appuyant des deux mains pour lui interdire toute velléité de fuite.

— Vous n'avez pas idée de ce que vous venez de faire ! lui cracha-t-elle au visage, la fureur gonflant sa poitrine.

Puis elle se baissa prestement pour passer sous son bras. Mais il la saisit aux épaules avant même qu'elle pût faire un seul pas et la repoussa contre le mur de pierre.

— Je sais toujours exactement ce que je fais, répliqua-t-il tranquillement, la dominant de toute sa taille et ses yeux brillant dans la pénombre.

Au-dessus de lui, le ciel était d'un bleu profond, sans un nuage.

— Non, vous ne savez pas, s'écria Tavia en lui martelant la poitrine de ses poings. Vous avez tout gâché ! Ferchar était sur le point de me payer. Il fallait seulement que j'insiste encore un peu !

Sa voix tremblait d'émotion et de déception. Elle avait envie de pleurer devant la cruauté de son sort. Tous ces risques qu'elle avait pris… Et tout cela pour quoi ? Pour devoir assister, impuissante, à la mort de sa mère.

Benoît saisit ses mains dans les siennes et les immobilisa contre son torse. Elle pouvait ainsi sentir les battements de son cœur. Un rythme régulier, apaisant.

— Vous ne savez décidément pas quand vous allez trop loin, n'est-ce pas Tavia ? Je vous ai entendue, là-haut…

D'un coup de tête, il désigna le donjon.

— Vous avez défié le régent, l'avez traité comme s'il était quelque commis préposé à verser des gages. Eussiez-vous poussé le jeu un peu plus loin qu'il eût brisé votre jolie nuque de ses propres mains !

La marque sanguinolente, sur la joue de Tavia, attira de nouveau son regard. Il la toucha doucement de ses doigts.

— En fait, on dirait qu'il avait déjà commencé…

Tout à sa colère, elle avait presque oublié cette humiliation et jusqu'à la douleur, qui revenait se rappeler à son souvenir de cuisante façon. Elle mordit sa lèvre en essayant d'oublier la gifle brutale que lui avait infligée Ferchar, mais sans parvenir à l'effacer de sa mémoire.

Ne voulant pas s'effondrer devant le chevalier, ne pas même lui montrer la moindre faiblesse, elle se redressa de toute sa taille.

— Je n'ai pas besoin que vous preniez fait et cause pour moi, affirma-t-elle fièrement. Je peux me défendre seule !

— Dans ce cas, vous êtes encore plus folle que je le pensais, grommela-t-il.

Il avait rejeté son capuchon en arrière et passait sa main dans son abondante chevelure châtaine.

— J'y retourne, annonça-t-elle soudainement.

— Certainement pas !

— Vous ne m'en empêcherez pas.

Elle vit, en un éclair, les yeux d'argent, troubles de désir, qui se rapprochaient. Puis des bras vigoureux l'enveloppèrent et le corps musculeux de Benoît se pressa contre ses tendres courbes.

— Non ! s'écria-t-elle.

Mais son propre cœur, qui battait déjà à tout rompre d'excitation, la contredisait malgré elle. Lui, il disait oui. Les lèvres du chevalier cherchèrent fébrilement les siennes, les trouvèrent. Il poussa un grognement sourd, comme un animal affamé.

Et c'était bien aussi une sorte de faim qui creusait le ventre de Tavia, un appétit impérieux, irrésistible, qu'elle éprouvait pour la première fois de sa vie. Elle brûlait de… mais de quoi, d'ailleurs ? Sa bouche sous celle de cet homme, elle eût aimé pouvoir crier de joie et de plaisir.

En maudissant ses jambes qui manquaient s'effondrer

sous elle, elle se savait incapable de résister à ce corps puissant pressé contre le sien et se sentait fondre littéralement. Son odeur masculine la submergeait, mêlée à celle des chevaux, des feux de camp, et réveillait ses sens, lui promettant beaucoup, beaucoup plus que cette fugitive étreinte.

Elle se cambra sous lui tandis qu'il approfondissait leur baiser, la langue forçant le passage entre ses lèvres. Elle l'entendit pousser un nouveau grognement animal et s'agrippa frénétiquement à ses épaules. La réalité du moment s'estompa, puis s'effaça tout à fait, remplacée par une éternité enchantée, où ils étaient seuls au monde, accrochés l'un à l'autre. Quelques instants plus tôt, elle le repoussait et à présent, elle voulait ne faire plus qu'un avec lui, s'imbriquer à lui, en lui, à jamais. C'était une expérience si bouleversante qu'elle était tout près d'éclater en sanglots.

Et puis, ce fut fini.

Benoît s'écarta d'elle, il recula, parut chanceler.

Benoît tentait de reprendre ses esprits. Son sang bouillait dans ses veines et son cœur battait à tout rompre. Le désir le consumait, mais la colère aussi. A quoi pensait-il donc ? Il avait accusé cette fille d'être une folle, mais ne l'était-il pas encore davantage ? Son insubordination, son entêtement lui donnait envie de la châtier, mais au lieu de cela, voilà qu'il l'embrassait ! A pleine bouche et sans marchander son propre plaisir !

— Je suis désolé, murmura-t-il en hâte, baissant les bras et reculant encore davantage, son cœur battant frénétiquement. Je n'aurais pas dû faire cela.

Les lèvres meurtries de leur baiser, Tavia semblait lutter

pour retrouver son équilibre. Ses mains cherchèrent la froide muraille, derrière elle, pour l'aider à se stabiliser. Un rayon de soleil, qui perçait la pénombre, vint jouer sur le cuivre chaud de sa chevelure et elle secoua la tête, manifestement bouleversée.

— Vous croyez qu'un simple baiser va m'arrêter ? lui dit-elle, tandis qu'un tremblement dans sa voix révélait son trouble. Comment osez-vous utiliser un tel stratagème ? Vous devriez avoir honte ! Mais je suppose que c'est tout ce que l'on peut attendre d'un homme tel que vous.

Le sang de Benoît ne fit qu'un tour. Qu'insinuait-elle là ? Il se rapprocha, l'air menaçant, mais sans toutefois la toucher — il valait mieux ne pas tenter le diable.

— Faites attention, Tavia, ne me poussez pas à bout…

— Pourquoi ? lui répliqua-t-elle du tac au tac. Que dois-je redouter encore ?

Une image brûlante se forma dans l'esprit de Benoît et il l'en chassa, non sans mal, un frisson de désir vrillant ses reins et son bas-ventre.

— Partons d'ici, murmura-t-il en voulant l'entraîner loin de l'enceinte.

Comme elle lui résistait encore, le visage fermé, les lèvres serrées, il se tourna vers elle, excédé.

— Morbleu, femme, si c'est de l'argent que vous voulez, je vous en donnerai, mais vous ne retournerez pas dans ce château, je vous le dis !

8

Ferchar porta sa coupe à ses lèvres, tout au plaisir de sentir l'alcool miellé couler au fond de sa gorge, se cala dans son fauteuil de bois sculpté et ferma les yeux. Il se dit qu'il serait bien triste de devoir un jour céder sa place au jeune Malcolm, tant il aimait sa charge de régent. Mais le damoiseau n'avait que seize ans, songea-t-il rêveusement, et ne montrait pour l'instant aucune des qualités de chef qui avaient fait la renommée de son grand-père, le roi David. Pour le moment, il était facile de le contrôler, de l'influencer et c'était là une situation qui procurait à Ferchar d'immenses satisfactions.

Le feu n'était plus que braises dans l'âtre, nombreux étaient les occupants du château qui étaient allés dormir. Ceux qui n'y avaient pas de logis attitré s'enroulaient dans leur cape, à même les dalles de la grande salle. Débarrassées de la vaisselle et de la nourriture, les tables avaient été démontées de leurs tréteaux et poussées contre les murs pour faire de la place, sauf sur l'estrade, où l'on n'avait pas osé déranger le régent. On n'entendait plus que quelques ronflements, interrompus de temps en temps par une quinte de toux.

Malcolm passa la tête par la porte dérobée qui menait directement à l'estrade royale.

— Que s'est-il passé ? demanda-t-il, d'un air sombre et boudeur.

Ferchar ouvrit un œil et le regarda, irrité. La porte ouverte créait un courant d'air qui lui chatouillait désagréablement les chevilles.

— Ah vous voilà, remarqua-t-il. Courageusement, lorsque les ennuis sont finis !

Il eut un ricanement bref.

— Entrez ou sortez, mais ne restez pas là. A cause de vous, mes pieds gèlent.

Malcolm se glissa dans la pièce et referma soigneusement la porte derrière lui.

— Je ne pouvais pas aller dormir sans avoir vérifié que vous étiez sauf, dit l'adolescent pour sa défense.

— Quelle sollicitude ! ricana le régent. Dommage que vos bons sentiments ne vous aient pas poussé à appeler la garde alors que cette femme me menaçait.

Malcolm garda le silence, apparemment peu désireux de se risquer à affronter Ferchar. Pourtant, à en juger par ses mouvements un peu raides et mal coordonnés, sa diction empâtée et son regard vague, le régent avait bu quelques coupes de trop.

Ferchar se moqua intérieurement de la couardise du garçon tout en le regardant approcher, le pas hésitant, de la table. L'adolescent buta du pied dans un objet abandonné sur l'estrade et se baissa pour le ramasser. C'était une grosse bourse de cuir.

— Qu'avez-vous trouvé là ? demanda Ferchar en fixant l'objet que le jeune roi tenait dans sa blanche main. Cette femme stupide l'aura laissée tomber, quand son mari l'a traînée hors d'ici…

Sa lèvre se retroussa en un sourire carnassier, à ce

souvenir. Il se demandait comment l'homme allait la punir. Elle méritait certes une bonne raclée, celle-là…

— Je vais la laisser aux gardes du châtelet, dit Malcolm. Peut-être quelqu'un la leur réclamera-t-il.

— Montrez-là, d'abord. Voyons ce qu'elle contient.

— Vous croyez que nous devrions faire cela ? demanda l'adolescent, choqué, la bourse serrée contre sa poitrine.

— Ne soyez donc pas stupide ! Cette femme n'est qu'une paysanne. Regarder les saletés qu'elle peut bien trimbaler là-dedans nous fera bien rire…

Les doigts rendus malhabiles par l'alcool, Ferchar défit les liens de cuir et la boucle de la bourse, releva le rabat et répandit le contenu sur les planches vernies de la table. Il fourragea un peu dans le maigre contenu, sa bouche tordue de mépris.

— Mmm… pas grand-chose… un mouchoir… quelques noix, un peigne… Tiens, tiens, qu'est ceci ?

Il tenait dans sa main une toute petite dague ouvragée, incrustée de joyaux.

— Voilà un objet bien précieux, pour une simple paysanne.

Il la fit tourner entre ses doigts, surpris de la façon dont la petite arme capturait le moindre rayon de lumière. Les pierres, de beaux diamants et saphirs, scintillaient de mille feux. Ferchar passa doucement son doigt sur l'entrelacs élaboré de fleurs et de pampres de vignes, dessiné dans l'épaisseur de l'argent massif. On pouvait lire une inscription en latin le long de la lame.

Sa poitrine se gonfla d'espoir et l'excitation se mit à bouillir dans ses veines.

— J'ai déjà vu cette dague, Malcolm !

— Vraiment ? Pourtant elle appartient à cette paysanne.

— Cette femme n'est pas qui elle prétend, j'en jurerais…

Soudain, son visage s'illumina et il frappa de son poing dans sa paume.

— Jour de Dieu, bien sûr, tout est clair à présent ! Je comprends pourquoi elle me paraissait différente, si fière.

— Je ne comprends pas, messire…

Ferchar sourit.

— Moi, si… Je viens de comprendre qui est cette femme, en réalité.

Le vent poussait devant la lune des écharpes de nuages qui semblaient s'effilocher avant de se dissiper tout à fait. Les étoiles qui brillaient sur la voûte céleste illuminaient ce début de soirée. Les faines sèches des hêtres craquant sous ses pas, Tavia rejoignait sa chaumière, le cœur chaviré de tristesse et d'angoisse. Benoît la suivant sur le sentier, elle en était presque à ralentir son pas. Elle n'avait pas la moindre envie de l'introduire dans son misérable univers familier, de lui montrer les détails sordides de sa vie, ni d'ailleurs de passer davantage de temps en sa compagnie. Depuis leur baiser contre la muraille, il était devenu un peu trop menaçant pour la fragile barrière derrière laquelle la jeune fille protégeait sa vulnérabilité. Il n'avait aucun droit sur elle et surtout pas celui de l'embrasser. Elle fronça les sourcils, lèvres pincées, au souvenir de sa propre réaction, éhontée, à ce baiser. Son corps en vibrait toujours, des heures plus tard. Non, ce chevalier mercenaire trop séduisant n'avait rien à faire chez elle, ni avec elle. Il fallait qu'il s'en aille, avant… Avant quoi, d'ailleurs ? Avant qu'elle s'offre à lui, toute honte bue ? Elle ferma les yeux, choquée par le tour que prenaient ses pensées et ce vers quoi elles revenaient toujours, quoi qu'elle pût faire.

Bien qu'elle se refusât encore à l'admettre, il l'avait probablement sauvée d'une pénible humiliation, au château. Il l'avait également aidée à trouver un médecin pour sa mère. Lorsqu'ils avaient rejoint la maison du praticien, en pleine ville, Tavia avait eu la surprise de voir Benoît tirer de sa poche un cordon de pièces d'argent et payer le docteur rubis sur l'ongle. L'homme, d'abord fort hautain en leur ouvrant sa porte, s'était lui aussi montré surpris, puis avait changé ses manières, affectant une obséquiosité gênante. Finalement, il avait promis qu'il viendrait voir la mère de Tavia aussitôt qu'il serait habillé.

Tandis qu'il suivait le dos très raide de la jeune fille, Benoît souriait. Il avait bien compris qu'elle n'aimait pas le voir s'immiscer dans sa vie de tous les jours. Chaque geste, chaque mouvement qu'elle faisait depuis leur départ du château était empreint d'une sourde hostilité. Leur baiser avait été, il fallait bien l'admettre, une erreur. Mais comment aurait-il pu deviner quelle tempête allait se déclencher en lui ? Il s'était cru définitivement à l'abri de ce genre de sensations, étranger au monde de la passion et du désir.

Il s'était dit qu'il s'agissait simplement de la ramener chez elle en toute sécurité, puis de lui dire tout bonnement adieu, mais il ne pouvait s'empêcher d'éprouver beaucoup de curiosité à son sujet. Il voulait savoir qui elle était vraiment, comment elle vivait. Pourtant, le roi Henry devait attendre son rapport, à l'heure qu'il était, et soumettait probablement le pauvre Langley à un interrogatoire serré, exigeant de savoir comment il se faisait que la princesse Ada n'était pas, comme prévu, en leur pouvoir.

Une fois encore, Tavia marcha sur le bord de son interminable manche et étouffa un juron.

— Ces fichues manches ! grommela-t-elle. Je me demande comment Ada peut bien les supporter !

Sa voix résonnait étrangement dans le silence du bosquet qu'ils traversaient. Au-dessus d'eux, une chouette s'envola en ululant.

Benoît eut un rire bref.

— Précisément parce qu'elle est une princesse de sang royal, expliqua-t-il en souriant. Elle passe ses journées dans la chambre des dames et non à travers les bois et les champs.

Il la rattrapa en quelques enjambées et la prit par le bras, la forçant à s'arrêter.

— Laissez-moi vous les nouer et cela ira mieux.

Il se pencha pour faire ce qu'il proposait et les vastes bords, raccourcis, ne traînèrent plus à terre.

— Merci, murmura Tavia du bout des lèvres.

Elle leva les yeux vers lui et croisa son regard.

— N'avez-vous pas mieux à faire ailleurs ? lui demanda-t-elle plutôt sèchement.

Elle rougit alors qu'il s'attardait malgré lui sur ses lèvres.

— Je vous ramène, puis j'irai mon chemin, lui répondit-il tranquillement.

— Ma maison est par là, dans la vallée, dit Tavia en montrant vaguement une direction de la main, sa manche nouée se balançant sous son poignet. Donc, vous pouvez partir maintenant.

Il sourit.

— Pas question, je vous raccompagne à votre porte.

Je ne tiens pas à ce que vous fassiez demi-tour dès que j'aurai le dos tourné et que vous repartiez en ville, gâcher la digestion de ce rustre de Ferchar.

— Vous ne me faites guère confiance, dirait-on, marmonna-t-elle, toujours aussi furieuse.

— Aucune, sur ce point, admit-il, esquissant un sourire carnassier. Vous m'avez tout d'abord reproché de vouloir vous quitter à la va-vite, puis vous cherchez à vous débarrasser de moi par tous les moyens. Qu'est-ce qui a changé entretemps ?

Elle accueillit sa question avec un silence hostile. Dieu qu'elle était belle en cet instant !

Elle passa sa main sur ses lèvres, comme pour effacer jusqu'à la sensation de leur baiser et Benoît sentit de nouveau le désir sourdre en lui.

— Rien, articula-t-elle en évitant de croiser son regard. Vous êtes toujours le même brutal et arrogant barbare et rien ne vous fera changer.

Comment pouvait-elle prétendre que rien n'avait changé ? Pour lui, tout était différent depuis qu'il l'avait embrassée et il en voulait encore !

La chaumière, nichée à flanc de colline, était plongée dans l'obscurité. Sous la lune, le paysage montrait toute une palette contrastée de noir et de gris. Les gros rochers, derrière la maison, apparaissaient comme des monstres fabuleux endormis çà et là. Les arbres offraient une nuance plus claire de gris sur le ciel étoilé, que l'entrelacs de leurs branches semblait presque toucher.

La peur au ventre, Tavia allongea le pas pour atteindre la porte au plus vite, en trébuchant sur le sol spongieux.

Mais elle s'immobilisa un instant sur le seuil, la main sur le montant, anxieuse de ce qu'elle allait découvrir.

— Q… qui est là ?

Une voix s'élevait faiblement, du coin de la pièce unique.

Le soulagement envahit Tavia. Repoussant en arrière la capuche de sa cape, elle s'avança dans l'obscurité vers la paillasse où gisait la malade. Une foule de questions se pressait en elle. Où était son père ? Comment avait-il pu laisser son épouse dans cet état ? La chaumière était glaciale, il n'y avait pas de feu dans la cheminée et sa mère tremblait de froid sous sa mince couverture. Tavia défit d'une main tremblante la broche qui retenait sa cape de fourrure et l'étendit sur le lit.

— De quoi souffre-t-elle ? demanda Benoît, considérant d'un œil inquiet la vieille femme au corps décharné, pâle et en sueur, le regard presque vitreux.

Tavia se pinça les lèvres pour contenir sa douleur ; sa mère semblait sur le point de rendre son dernier souffle.

— Si je le savais, je n'aurais nul besoin d'un médecin, répondit-elle en s'agenouillant sur le sol de terre battue, les mains de sa mère dans les siennes, pour tenter de les réchauffer.

— Je vais allumer le feu, dit Benoît, sans l'ombre d'une émotion dans la voix.

— Merci, dit-elle avec un peu de réticence.

Elle eut un geste d'impuissance.

— Je suis désolée… je…

Il coupa court à ses excuses.

— Sans importance. Occupez-vous de votre mère.

Elle l'entendit se déplacer à travers la pièce, trouver la pile de bois sec, faire du feu. Peu importait ce qu'il pouvait penser d'elle et de sa pauvre existence. La seule chose qui comptait, c'était que sa mère puisse vivre.

Mary de Mowerby posa sa main décharnée sur le bras de Tavia.

— Etes-vous… le prêtre ? murmura-t-elle très faiblement. Etes-vous venu pour moi ?

— C'est moi, mère, répondit la jeune fille, le cœur douloureusement serré. Moi, Tavia !

Comme elle entendait crépiter les premières flammes dans la cheminée, elle se tourna vers son compagnon.

— Benoît, je vous en prie, apportez un peu de lumière ici ! appela-t-elle, d'une voix aux accents désespérés.

Il ne fallut que quelques secondes au chevalier pour confectionner une torche qu'il enflamma et porta au chevet de Mary. Très choquée, Tavia s'aperçut alors que les extrémités des doigts de sa mère étaient devenues noires. Une nausée lui tordit l'estomac et elle vacilla un instant. Benoît lui mit alors la main sur l'épaule et sa chaleur la réconforta un peu.

— Jamais je n'aurais dû la laisser, murmura-t-elle, rongée de remords.

La flamme haute et tremblante de la torche révélait crûment la pitoyable condition de sa mère, qui semblait déjà n'être plus qu'une ombre, les os visibles sous la peau.

— Je vais voir si le docteur est en chemin, annonça Benoît. Je prends la torche pour le guider, le feu est assez haut pour vous éclairer, à présent.

Sans attendre de réponse, il se dirigea vers la porte où il resta une seconde, paraissant scruter la nuit.

Lorsque la porte se fut refermée, Mary agrippa le bras de sa fille.

— Il y a quelque chose que je dois te dire… quelque chose d'important.

Tavia se pencha vers elle. Où donc était ce maudit médecin ?

— A propos de père ? Pourquoi n'est-il pas là, d'ailleurs ?

Sa mère eut un faible rire.

— Tu ne croyais pas qu'il allait rester là, n'est-ce pas, avec moi dans cet état ? Non, mon enfant, il est parti et bon débarras… Il a pris ses frusques, tout l'argent qui restait et il a quitté la place.

Elle serra de nouveau le bras de sa fille, paraissant soudain plus lucide. Connaissait-elle une rémission de son mal ?

— Tavia, je dois te dire quelque chose. Je serais folle, si je croyais avoir encore du temps, sur cette terre.

— Ne dis pas cela !

De grosses larmes se mirent à rouler sur les joues de la jeune fille, tombant comme des perles translucides sur la cape de fourrure.

— Sois forte, mon petit et écoute-moi.

La voix était faible, mais presque suppliante.

— Dunstan n'est pas ton vrai père.

Tavia la regarda sans comprendre.

— Après l'avoir épousé, j'ai été engagée par l'intendant du roi, pour travailler au château comme couturière. Le roi David admirait les vêtements et les ornements que je cousais. On me payait bien. C'est là que j'ai connu le jeune fils du roi, le comte Henry de Huntington et…

Son souffle la trahit et Tavia acheva doucement, la voix tremblante d'émotion :

— Et c'est de lui que tu m'as eue ? Mais comment est-ce arrivé ?

La mourante sourit faiblement.

— Je pense que tu peux l'imaginer, n'est-ce pas ? J'étais

mariée depuis deux ans avec Dunstan et j'étais malheureuse. Le comte Henry était doux, tendre et compréhensif…

— Il a abusé de toi !

Mary secoua la tête, ses cheveux gris, diaphanes, étendus sur l'oreiller.

— Non, mon petit, ce n'est pas cela. Nous savions que nous ne pourrions jamais nous marier, que nous appartenions à deux mondes trop différents. Mais nous nous aimions. Et il t'a aimée toi aussi.

— Comment cela ?

— Oui, il demandait toujours des nouvelles de toi. Il t'aimait parce que tu étais née de l'amour et non du mariage que sa position lui avait imposé. Souviens-toi, tu l'as rencontré, une fois.

Tavia acquiesça. Elle se souvenait de la magnifique silhouette sur son cheval, dans ses beaux habits, ses cheveux roux étincelant au soleil. Il était seul et s'était approché de Tavia et de sa mère alors qu'elles se promenaient dans un vallon retiré qui avait pour nom Allandale. Mary voulait cueillir des anémones, ces délicates fleurs blanches qui tapissaient les sous-bois, mais Tavia la soupçonnait désormais d'avoir arrangé cette rencontre pour qu'Henry de Huntington puisse voir sa fille bâtarde. Son cœur battait fort, alors qu'elle réfléchissait à cette révélation. Etait-ce d'excitation… ou bien de peur ? Une nouvelle boule de chagrin monta dans sa poitrine, à l'idée qu'elle ne reverrait jamais son vrai père.

Au même instant, le sourire de sa mère s'effaça de son visage blafard.

— Mon cœur s'est brisé quand il est mort, murmura-t-elle, une larme coulant sur sa joue. Il aurait pu devenir roi après David. Il le méritait. C'était un homme bon.

Tavia se pencha sur le lit pour prendre le corps maigre de sa mère dans ses bras.

Elle était stupéfaite de la révélation que Mary venait de lui faire et perplexe, aussi. Pouvait-elle la croire ? N'était-ce pas le délire né de sa maladie qui la faisait parler ? La similitude de ses traits avec ceux de la princesse Ada et même avec ceux du jeune roi Malcolm sautait aux yeux et ne pouvait être niée. Cela semblait corroborer les allégations de Mary.

— Tu peux réclamer ce qui est à toi, Tavia, tu en as le droit.

Ces mots n'avaient aucun sens pour la jeune fille. Elle se redressa et regarda le visage de sa mère avec crainte. N'avait-elle pas déjà reperdu le contact avec la réalité ?

— Je t'en prie, il faut me croire, Tavia…

Mary ferma les yeux, épuisée par l'effort que lui coûtait sa confession.

— La dague… Quand nous l'avons rencontré, ce jour-là… La dague…

Sa voix baissa jusqu'à n'être plus qu'un souffle.

— Non ! Non !

Tavia saisit sa mère par les épaules, réalisant avec horreur qu'elle était en train de s'en aller. Un terrible déchirement la saisit et elle pressa le corps déjà sans vie contre le sien, essayant désespérément de lui injecter encore un peu de force.

La porte s'ouvrit derrière elle.

— Le médecin est là, dit Benoît en se baissant pour passer le linteau de bois et entrer dans la chaumière, suivi de celui qu'il annonçait.

Prostrée sur le corps de la défunte, Tavia se souleva à demi, et se tourna vers lui.

— C'est trop tard, dit-elle en sanglotant, le visage baigné de larmes.

Accroupi devant le foyer, Benoît plaça une nouvelle bûche dans le feu, faisant mine de l'activer à l'aide du tisonnier trouvé contre le mur. En fait, les yeux fermés, il essayait de chasser de son esprit les images que la vue de cette pauvre femme alitée venait de réveiller en lui. Les corps carbonisés de ses parents et de sa sœur. La mère de Tavia, luttant pour son dernier souffle de vie, le faisait penser à la sienne, étouffant, cernée par les flammes, ne pouvant ni s'échapper, ni même appeler au secours, car déjà, la fumée la suffoquait. Il n'avait pu la sauver alors et il ne pouvait rien non plus pour celle qui venait de mourir à présent.

Frottant ses paumes sur ses cuisses, il se remit debout, manquant de peu heurter de la tête une poêle à frire pendue aux poutres du plafond. Il fronça les sourcils en regardant, du coin de l'œil, le corps sans vie étendu sur la paillasse. Il allait falloir le préparer, le recouvrir d'un drap ou de bandages et l'ensevelir. Il ne connaissait pas bien les coutumes de ce pays en la matière, mais elles ne devaient pas être bien différentes de ce qui se pratiquait en Angleterre, en Normandie ou en France et, de toute façon, il fallait bien disposer des morts aussi vite que possible, sous peine de contaminer les vivants.

Il se demanda où Tavia avait bien pu aller. Après que le médecin eut officiellement constaté le décès, elle avait fui quelque part au-dehors, le laissant traiter seul avec lui. L'homme avait pris congé depuis longtemps déjà et Benoît s'interrogeait. Il avait préféré la laisser seule avec son chagrin, d'autant qu'il ne pouvait guère lui être d'un grand réconfort dans ces circonstances, mais à présent, il commençait à se dire qu'elle était partie depuis bien longtemps.

Il ouvrit la porte et passa sur le seuil.

Il ne vit rien, tout d'abord. La lune, qui avait éclairé leur route tout à l'heure, se cachait maintenant derrière de lourds nuages. Puis ses pupilles s'accommodèrent davantage à la faible lumière et il put discerner les alentours immédiats. Où était-elle donc passée ? Du coin de l'œil, il aperçut un mouvement dans une cabane, un simple abri pour les animaux. Il traversa la cour boueuse, soulagé de pouvoir enfin se dégourdir un peu les jambes, après le long moment passé dans la chaumière.

Tavia était assise sur une botte de foin à la bonne odeur d'été. Tête basse, elle cachait son visage dans ses mains. A l'arrivée de Benoît, elle sursauta et bondit pour se mettre debout.

— Allez-vous-en, murmura-t-elle. Laissez-moi.

On pouvait voir des traînées de larmes sur son visage ravagé par le chagrin.

Benoît ne se formalisa pas de sa rudesse, dévoré d'envie qu'il était de s'agenouiller auprès d'elle et de prendre dans ses bras cette jeune fille perdue et terrassée par le deuil.

— Vous devriez rentrer, lui dit-il doucement, et dormir un peu. Il est tard et vous allez geler, si vous restez ici.

Tavia parut hésiter. Il avait volontairement parlé d'une voix douce et compatissante pour ne pas la braquer. Elle referma ses genoux autour de ses bras.

— Non, je ne veux pas dormir là-bas… avec elle, dans la maison, avoua-t-elle.

Elle battit des paupières un instant. Sa silhouette frêle semblait plus vulnérable que jamais. Un moment, il crut qu'elle s'était murée dans sa douleur et ne lui adresserait plus la parole. Soudain, elle parla de nouveau.

— Il faut trouver un prêtre pour dire les grâces.

— J'irai en chercher un demain matin, s'entendit-il répondre.

N'avait-il pas l'intention de rentrer en Angleterre, le lendemain ? Depuis quand se préoccupait-il donc à ce point des autres ? Cette vieille femme était morte ; il n'y pouvait plus rien.

Elle hocha frénétiquement la tête en signe d'approbation.

— Voulez-vous… que je porte le corps hors de la chaumière, que vous puissiez aller dormir ? proposa-t-il.

Les yeux fous, la jeune fille se dressa de nouveau, aussi vivement que si un serpent l'avait piquée.

— Non ! Laissez-la ! Laissez-la passer une dernière nuit dans son lit.

— Elle est morte, Tavia.

Il avait prononcé ces mots d'une manière étrangement atone, comme détachée.

— Je le sais. Et c'est comme si j'étais morte avec elle.

Benoît l'enveloppa de son bras avec une infinie douceur. Il aurait aimé pouvoir la consoler, sa belle péronnelle. Mais elle sembla se crisper davantage à son contact.

— Ne dites pas cela, murmura-t-il, ne laissez pas votre cœur s'en aller, lui aussi…

Elle leva les yeux vers lui.

— Que savez-vous de tout cela ? lui lança-t-elle. Comment sauriez-vous ce que je peux ressentir ? La mort est un jeu pour vous ou un gagne-pain qui vous rend libre !

Comme nées de ces accusations, des images mentales défilèrent devant les yeux de Benoît, trop vives et trop rapides pour qu'il pût les chasser. Il agrippa la jeune fille par ses épaules, comme si elle était un roc, le seul point fixe sur une mer déchaînée et traîtresse, sa seule planche de salut. Il voulait la serrer contre lui, lui faire l'amour, n'importe quoi qui arrêterait ce carrousel, dans son crâne.

— Benoît ?

C'était une toute petite voix qui flottait vers lui, sur l'océan de sa douleur.

— J'ai perdu toute ma famille dans un incendie, Tavia, confessa-t-il, le visage livide. Alors, je peux comprendre.

Il sentit la tension dans les épaules de Tavia se dissoudre. Elle le considérait le regard triste. Non, il ne voulait pas de sa pitié… Elle leva une main hésitante vers sa joue. Il l'attira contre lui et l'étreignit passionnément. Blottie contre sa poitrine, elle sanglota, pleura longuement et ils restèrent accrochés l'un à l'autre, comme s'ils ne devaient jamais plus se séparer.

9

Ils avaient dû s'endormir sur leur ballot de paille, derrière la bergerie. Tavia avait vaguement le souvenir de mains fortes qui l'avaient soutenue, l'avaient enveloppée dans sa cape et portée sur cette couche de foin bien sèche. Ensuite, elle avait sombré dans un sommeil lourd, l'esprit rongé par le doute, avant de s'éveiller en sursaut, son cerveau tout de suite aux prises avec les événements qui venaient de se dérouler. La fourberie de Ferchar, l'étrange récit que lui avait fait sa mère juste avant de mourir et l'étonnante tendresse de Benoît. Le cœur serré, elle se demanda ce qu'elle aurait fait, comment elle aurait pu supporter ces terribles instants, sans sa forte et réconfortante présence à ses côtés. Oh, certes, elle l'avait détesté quand il l'avait traînée hors du château manu militari. Elle avait haï ses manières arrogantes et dominatrices. Mais à présent…

Etendue sur le dos dans le foin, elle bougea légèrement, car des fétus de paille lui piquaient un peu la nuque. Bien que le simple abri couvert où ils dormaient fût ouvert à tous les vents, elle y avait bien chaud. Le bras de Benoît autour d'elle, sa jambe contre la sienne, lui procuraient un merveilleux sentiment de sécurité. Rien d'étonnant à ce qu'elle n'ait pas eu froid : ses joues étaient en feu, résultat de l'affolante proximité de ce grand corps masculin. Elle écouta son souffle régulier et poussa un profond soupir, évacuant ainsi un peu de l'émotion et de la tension qu'elle éprouvait. Tavia détestait l'idée qu'elle était en quelque sorte sous la dépendance de cet homme et se promettait bien, à son lever, de regagner son indépendance. Mais pour cette nuit, cette dernière nuit, elle profitait de sa présence rassurante, du réconfort qu'elle trouvait dans le contact de ce corps musculeux contre le sien. Toujours, elle se souviendrait de ces heures passées dans sa chaleur.

Elle leva la tête et étudia les traits de Benoît. Les lignes dures de son visage aquilin étaient adoucies par le sommeil et le faisaient paraître plus jeune. Elle résista à l'impulsion de passer sa main sur l'angle de sa mâchoire et se contenta d'admirer ses longs cils noirs, qui reposaient sur sa joue.

Il se tourna dans son sommeil, lui faisant face, si grand qu'ainsi étendu, c'était tout juste si ses pieds ne sortaient pas de l'abri. La fine courbe de ses lèvres se souleva et il sourit. Sans doute rêvait-il à quelque chose d'agréable. Tavia songeait à l'une des dernières phrases qu'il avait prononcées la veille : des mots qui la hantaient, parce qu'ils faisaient allusion à un drame profondément enfoui dans la mémoire de Benoît. Sa famille… disparue dans un incendie. Mais comment ? Et quand ?

— A quoi pensez-vous ?

Les yeux d'acier, si impressionnants, s'étaient instantanément ouverts, leur regard perçant, pénétrant, fixé sur elle.

— Je…

Tavia chercha quoi lui répondre, stupéfaite de ce pouvoir qu'il détenait de toujours savoir exactement ce qu'elle faisait, même lorsqu'il paraissait dormir profondément. Mieux valait être franche avec lui.

— Je pensais à ce que vous avez dit… à propos de votre famille.

Les yeux gris prirent un éclat plus sombre.

— Oubliez-le, lui dit-il calmement. Oubliez ce que j'ai pu dire.

— Pourquoi cela ? lui demanda-t-elle doucement. M'avez-vous parlé de vos parents… juste pour me réconforter ?

Le bras de Benoît, autour d'elle, se mit à la serrer plus fort.

— Croyez-vous vraiment que c'était la seule raison ?

— Non.

Benoît se retourna sur le dos et la lâcha dans le même mouvement. Il parut étudier un moment les poutres grossièrement taillées et le lattis de branches du toit. Etrangement, il semblait tout à la fois excédé que cette histoire revienne sur le tapis et désireux de la lui raconter.

— Les miens sont morts dans un incendie et voilà tout, articula-t-il finalement d'une voix atone.

— Voilà tout ? répéta-t-elle doucement.

Allait-il se mettre en colère, de nouveau ?

Un silence pesant s'installa entre eux. Tavia retenait son souffle, espérant qu'il allait enfin lui parler de son passé, abaisser sa garde et se confier à elle. Dans le noir, son profil semblait plus nettement dessiné encore : l'arête du nez, l'ombre creuse des joues, la courbe des lèvres…

Soudain, Benoît se redressa sur un coude. Sa voix, quand il parla enfin, paraissait étrangement étouffée, comme lointaine.

— En ce temps-là, j'étais jeune écuyer en Anjou, au service de Geoffroy Plantagenêt, le père d'Henry. Le mien était son vassal et avait quitté son Brabant natal pour le servir. C'est pourquoi nous vivions tous auprès de lui, dans un manoir fortifié, voisin de son château. Contrairement à l'usage habituel des écuyers, je rentrais dormir chez mes parents, quand s'achevait mon service auprès de sire Geoffroy ou bien mes entraînements. Mon père passait ses journées au château, lui aussi, mais ce jour-là, il était rentré plus tôt que moi…

Il baissa la tête et passa une main mal assurée dans ses cheveux.

— J'aurais dû, en fait, l'accompagner, mais j'ai été retenu une partie de la soirée.

— Qu'est-il arrivé ? murmura Tavia, la poitrine serrée par l'angoisse.

— Mes parents et ma jeune sœur dormaient dans les appartements du donjon, dont le toit était en chaume. Quand je suis rentré, les flammes dévoraient tout.

Il cacha son visage dans ses mains.

— Je suis entré quand même, j'ai essayé de monter l'escalier, les poutres enflammées tombant autour de moi. Je n'ai pas pu traverser le feu… pas pu les sauver.

Il tourna vers Tavia un visage ravagé et des yeux si hantés qu'elle en frémit.

— Mais, Benoît, ce n'était pas votre faute…

L'horreur du drame qu'il avait vécu était presque inimaginable pour elle. Elle voulut prendre la main blessée dans les siennes. Il ne la repoussa pas.

Benoît aurait voulu ne jamais revivre tout cela. Mais c'était déjà trop tard. Les terribles souvenirs revenaient, toujours aussi vivaces, pour mieux le tourmenter. Dieu, quand cette torture prendrait-elle donc fin ?

Le sentiment de culpabilité était devenu pour lui, avec le temps, certes pas un ami, mais au moins un familier. Il haussa les épaules.

— Peut-être ne suis-je pas coupable, en effet. Mais cela ne rend pas la perte plus supportable pour autant.

Il baissa les yeux sur sa paume scarifiée qu'elle tenait dans ses mains douces et fraîches.

— C'est ce jour-là que vous vous êtes blessé ?

— Oui, les ferrures de la porte étaient quasiment portées au rouge par l'incendie.

— Mon Dieu…

A travers le brouillard de désespoir dans lequel il se débattait depuis tant années, Benoît se raccrocha aux grands yeux de myosotis qui le regardaient avec compassion. Il s'y agrippa mentalement comme à une bouée et eut l'impression que la culpabilité qui le tourmentait reculait un peu, s'éloignait de lui. Il enregistrait tous les détails du beau visage de Tavia, de sa peau douce comme de la crème qui paraissait plus soyeuse encore, dans la faible lumière.

Pris d'une impulsion irrépressible, il la serra contre lui, sentant la tendre rondeur de ses seins contre sa poitrine et la douceur de son ventre plat contre le sien.

Il aurait voulu se perdre en elle, se dissoudre dans sa beauté, disparaître dans les courbes délicates de son corps. Le désir pulsait et rugissait dans ses veines. Il chercha fiévreusement ses lèvres. Voilà, il était perdu.

Sous la pression de son corps dur, Tavia avait levé vers lui son visage, sa bouche cherchait la sienne et elle semblait, comme lui, succomber au vertige de la passion. Elle s'accrochait à lui, lui taquinant les lèvres de sa bouche, demandeuse et tentatrice. Il la sentait presser des doigts les muscles tendus de ses épaules à travers le riche tissu de sa cape. Le souffle de Benoît se précipita dans sa gorge. Tout son être lui semblait animé d'une fluidité, d'une légèreté nouvelles, qui l'emmenaient toujours plus haut, comme dans un tourbillon.

Il fourragea dans sa chevelure, cherchant puis trouvant le lacet de cuir qui retenait les lourdes tresses. Alors que leur masse flamboyante s'écroulait sur les épaules de Tavia, nimbant sa silhouette gracile, Benoît interrompit leur baiser pour l'admirer dans toute sa gloire. Il la regarda longuement dans une sorte de rêve, d'admiration éperdue. La brise qui entrait dans l'abri soulevait les cheveux de Tavia, lui donnant un air de déesse, de créature irréelle, fantasmée. La tête rejetée en arrière, elle le laissa poser une nuée de baisers, comme une ligne de feu, sur sa gorge offerte.

Le souffle court, haché de désir, il la reprit dans ses bras avec autant de précautions que si elle était un fragile bibelot de verre et s'étendit avec elle dans le foin.

Glissant une main sous la houppelande, il caressa la ligne des flancs, s'attardant doucement sur les seins, la taille étroite, la rondeur d'une hanche.

Au dernier moment, pourtant, sa conscience le retint, lui commandant d'arrêter, de cesser son manège avant qu'il ne soit trop tard et qu'il se laisse entraîner à prendre cette vierge. Il devait dominer ses pulsions, pour le bien de Tavia comme pour le sien. Une morne petite voix, tout au fond de lui-même, lui répétait qu'il cherchait simplement à oublier son chagrin et rien de plus.

Au prix d'un effort surhumain, il s'écarta, tous ses sens enfiévrés au spectacle de cette femme magnifique abandonnée contre lui, sa chevelure de feu répandue en vagues étincelantes sur la paille, son pouls battant sous la chair délicate de son cou et le visage si plein d'une extase sensuelle qu'il devait détourner les yeux pour ne pas être tenté de reprendre ses lèvres.

— Non, murmura-t-il, je ne peux vous faire ça… Je n'ai pas le droit.

Benoît se redressa et s'écarta d'avantage, se rasseyant sur les ballots de paille. Le souffle court, Tavia resta allongée, comme hébétée, choquée et frustrée d'être soudain privée des merveilleuses sensations qu'elle venait d'éprouver. Jamais un homme ne lui avait paru si proche. Le désir explosait en elle comme une bulle scintillante qui aurait projeté des millions d'étoiles dans tout son être. Le sang battait si fort à ses tempes qu'elle se crut sur le point de perdre connaissance, à force de plaisir… et de frustration.

Non ! Elle aurait voulu s'agripper à lui, à ses vêtements, lui crier que si, il le pouvait, et qu'elle se moquait bien des conséquences parce qu'elle le désirait, qu'elle avait de lui une faim ardente, exigeante et passionnée. Son corps appelait celui de Benoît, chaque fibre de son être vibrant d'être à lui, alors qu'il se tenait désormais loin d'elle, le visage froid et fermé, sans expression. L'humiliation et la honte déferlèrent sur la jeune femme. Une honte absolue, destructrice. Bien sûr, il était comme tous ses prétendants, tous ceux qui n'avaient pas voulu d'elle, la trouvant trop maigre ou trop entêtée. Ils l'avaient désirée, pourtant, au début, tout comme lui. Mais il était le seul à avoir été très près de la posséder. Et pourquoi cela ? Parce qu'elle le trouvait beau et bien fait. Quelle idiote elle faisait !

Elle se mordit la lèvre pour ravaler la boule de sanglots qui lui montait à la gorge. Quelques instants auparavant, cet homme froid et arrogant avait été à deux doigts de la prendre et elle se serait donnée à lui sans restriction. Mais à présent, elle ne ressentait plus qu'un profond dégoût d'elle-même : il ne voulait pas d'elle et ne la trouvait pas assez attirante. Pourquoi s'était-elle donc aveuglée au point de croire qu'il pourrait en être autrement ?

Elle prit une profonde inspiration pour essayer de se reprendre et se roula en boule, loin de lui.

— Très bien, murmura-t-elle en essayant de dissimuler sa déception, mieux vaut maintenant que plus tard. Il n'y a pas eu de mal…

L'ironie de ces paroles n'échappa pas au chevalier. Mais cela valait effectivement mieux ainsi. Mieux valait qu'elle le haïsse, ainsi il serait plus facile de couper le lien entre eux, en admettant qu'il y en eût un. Cette jeune fille le plaçait dans une situation difficile ; il ne lui avait déjà que trop parlé de son passé, fait des confidences comme à personne auparavant et il le regrettait. Ce sentiment de vulnérabilité, qu'il redoutait plus que tout au monde, il ne voulait pas le laisser s'insinuer dans l'impénétrable cuirasse qu'il s'était forgée pour se protéger de souvenirs par trop insupportables.

— Vous devriez dormir un peu, lui dit-il sèchement. Demain sera une longue journée.

En essayant d'ignorer le froid glacial qui lui serrait le cœur, Benoît regarda le dos de la jeune fille. On pouvait voir la tension, en elle, dans chaque ligne de son corps gracieux et dans le plus petit mouvement qui lui échappait. Il eût aimé pouvoir lui reprocher de l'avoir forcé à se livrer, à lui révéler des secrets qu'il gardait enfouis depuis si longtemps qu'ils l'empêchaient de vivre. Il ne le pouvait pas. Ce qu'il voulait, c'était les oublier. Il n'y parviendrait certainement pas s'il devait encore les ramener ainsi à la surface.

Il s'allongea de nouveau dans la paille, s'efforçant de respirer plus calmement, essoufflé qu'il était encore, tant leur joute amoureuse avait été ardente, malgré sa brièveté. Il se dit que rester auprès d'elle risquait de le détruire. Son deuil éternel assombrirait jusqu'au bonheur qu'ils pourraient connaître ensemble. Il croisa sous sa tête ses bras repliés, pour mieux réfléchir. Il valait mieux partir maintenant, rejoindre le roi Henry et enfermer définitivement au fond de son cœur, avec le reste, le tendre souvenir de cette belle et intraitable jeune fille.

*
* *

La petite église du hameau était en pierres, de larges blocs de granit dont les cristaux, prisonniers de la roche, brillaient au soleil de l'après-midi. Une clôture basse, de bois, simple entrelacs de pieux et de branches de saule, l'entourait ainsi que son humble cimetière. La famille de Tavia venait ici depuis aussi longtemps que celle-ci pouvait se le rappeler, pour écouter la messe du dimanche, pour des mariages, des baptêmes ou, comme aujourd'hui, pour des funérailles. Jamais elle n'aurait imaginé y assister déjà à celles de sa mère et pourtant elle était là, suivant le cercueil confectionné en hâte que portaient des voisins sur leurs épaules.

Aucune trace de son père, il paraissait évident qu'il était parti sans idée de retour.

Le chagrin lui rongeait le cœur, pour la perte de sa mère, bien sûr, mais aussi, bien qu'elle détestât avoir à l'admettre, pour une tout autre raison.

Quand elle s'était éveillée au matin, les muscles encore raides de sa nuit dans cet abri ouvert à tous les vents, la paille à côté d'elle était froide. Benoît était parti. Dans son sommeil agité, dans ses rêves, peut-être, Tavia avait cru le sentir déposer un léger baiser sur son front, avant de s'enfoncer dans l'obscurité. Etait-ce bien la réalité ?

Après qu'il l'avait rejetée, elle lui avait tourné le dos et, au désespoir, avait tenté de se réfugier dans le sommeil. A sa manière, il avait été bon pour elle, suivant en cela, sans doute, les préceptes de la chevalerie : on se devait de porter secours aux femmes en détresse. Peut-être était-ce ce même code d'honneur qu'il avait observé cette nuit. Il aurait pu aller jusqu'au bout et lui faire l'amour même sans ressentir une véritable attirance envers elle. Beaucoup d'hommes l'auraient fait. Elle aurait dû lui être reconnaissante de s'être maîtrisé : au moins sa virginité était-elle intacte. Pourquoi, alors, son cœur était-il en miettes ?

Elle sentit l'arête coupante d'un caillou sous ses semelles. Elle portait toujours les fines chaussures de la princesse Ada, mais avait remis ses propres vêtements, plus rudes, certes, mais combien plus pratiques et plus discrets, pour un enterrement. La mise en terre ne traînait pas, par ici, et à peine les morts étaient-ils froids que l'on refermait sur eux leur cercueil. Tavia ne parvenait toujours pas à croire que c'était bien sa mère que l'on emportait ainsi vers sa dernière demeure. Tout cela lui semblait n'être qu'un affreux cauchemar aux allures de réalité. Sûrement, sa mère était dans leur chaumière, ses mains agiles s'activant à mouiller la farine pour faire du pain ou à préparer le porridge du petit déjeuner.

Des bruits éclatèrent soudain, fracas d'armes et de sabots mêlés. Elle leva la tête et, le cœur battant, vit une troupe dévaler la colline, hauberts et heaumes étincelant au soleil, étendards vert et or d'Ecosse claquant au vent.

— Sainte mère de Dieu, murmura Tavia en portant la main à son cou, incapable de maîtriser la panique qui montait en elle, car elle venait de reconnaître le visage cruel de Ferchar, sous le heaume de celui qui chevauchait en tête.

— Allez-y, ordonna-t-elle aux hommes qui portaient le cercueil. Portez-la dans l'église. Je m'occupe du reste.

Les paysans hésitèrent, la bière toujours sur l'épaule, et la regardèrent d'un air de doute avant de se tourner vers les nouveaux arrivants.

— Faites ce que je vous dis ! ordonna Tavia. Pour le repos de l'âme de ma mère !

Les hommes reprirent leur pas lourd vers l'église, où

la jeune fille les suivit du regard, les voyant disparaître à l'intérieur avec soulagement.

Un frisson de terreur la parcourut lorsque Ferchar fit s'arrêter son cheval à sa hauteur. Les traits sévères et inexorables sous le nasal de son heaume, il la regardait avec son mépris habituel pour tout ce qu'elle représentait. Son destrier, mécontent d'avoir senti l'effet du mors, piaffait d'impatience.

« Que me veut le régent ? » se demanda Tavia en s'apercevant, pleine d'effroi, que Ferchar et un autre chevalier l'acculaient entre leurs deux montures. Devant et derrière elle, il y avait un mur de chair, infranchissable, qui l'empêchait de prendre ses jambes à son cou.

— Tavia de Mowerby ? prononça Ferchar avec dégoût, en essuyant la sueur qui perlait au-dessus de sa lèvre.

Visiblement, ils étaient venus de Dunswick à bride abattue. La jeune fille ne put s'empêcher d'adresser au régent un sourire de défi.

— Vous savez parfaitement qui je suis…

Le pied gainé de cuir et de mailles d'acier du chevalier, derrière elle, l'atteignit dans les reins.

Ferchar soupira et se pencha vers elle, en s'appuyant sur le pommeau de sa selle.

— Vous n'avez pas retenu la leçon, on dirait.

Il tourna la tête dans la direction du cortège funèbre.

— Que se passe-t-il ici ?

— L'enterrement de ma mère, répondit-elle, glaciale. Aussi, si vous voulez bien me laisser passer, messire, que je puisse…

— Que le diable l'emporte ! cracha le régent. Sans cette maudite putain, nous n'en serions pas là !

Tavia tressaillit sous l'insulte, comme si Ferchar l'avait giflée.

— Ma mère était une honnête femme. Comment osez-vous parler ainsi d'une défunte ? répliqua la jeune femme, ses yeux lançant des éclairs. Elle n'était pas ce que vous dites !

— Ce n'est pas ce que j'ai entendu rapporter.

Ferchar leva un sourcil et demanda doucement :

— Que savez-vous de son passé ?

Le cerveau de Tavia se mit à fonctionner à toute allure. Le régent faisait-il allusion à la révélation que lui avait faite Mary avant de mourir ?

— C'est bien ce que je pensais, dit doucement Ferchar, prenant son silence pour la confirmation qu'elle savait effectivement quelque chose.

De sa main gantée, il tira de nouveau sur ses rênes pour forcer à l'immobilité son cheval piaffant.

— Vous allez venir avec nous.

— Mais non, protesta Tavia, je dois suivre l'enterrement.

— Vous venez avec nous, que cela vous plaise ou non !

Une grande agitation régnait au château de Langley. De nombreux chevaliers montés s'assemblaient dans la haute cour, leurs hauberts de mailles scintillant au soleil. Les étendards aux trois lions claquaient au vent, rappelant que toute cette noblesse assemblée servait Henry le deuxième, roi d'Angleterre, duc de Normandie, comte d'Anjou et du Maine. Ecuyers et valets s'activaient çà et là, ajustant un éperon, garnissant les fontes des selles. Au centre de cette scène se tenait le roi Henry en personne, un homme trapu et corpulent, aux cheveux couleur de carotte, le teint hâlé par une vie entière largement passée au grand air. Son œil expérimenté ne manquait aucun détail de la préparation de cette campagne vers le nord et il repérait chaque défaut, chaque oubli, tout en pressant ses hommes de faire vite. Mais il sourit largement quand il vit s'approcher Benoît, qui poussa son cheval à la hauteur du sien.

— Ah te voilà tout de même, Brabançon !

Henry se pencha sur sa selle et lui asséna dans le dos une claque amicale et joviale.

— Qu'est-ce donc qui t'a retenu ? Langley est rentré depuis un jour déjà.

— Rien d'important.

Tandis qu'il répondait au roi, Benoît ne pouvait détacher de son esprit l'image séduisante de Tavia dormant dans la paille, sa cotte ajustée collant à son corps svelte et en révélant chaque courbe voluptueuse. Jour de Dieu, pourquoi ne pouvait-il l'oublier ?

— Ah, ce n'est pas ce que j'ai cru comprendre, lança joyeusement Langley en se frayant un chemin à pied entre les chevaux, pour les rejoindre.

— Tais-toi donc, lui intima son ami à voix basse.

Pour une raison ou une autre, il rechignait à donner plus de détails de sa rencontre avec Tavia de Mowerby.

Langley le regarda d'un air surpris et son sourire complice flotta un instant encore sur son visage.

— Je n'ai pas voulu me montrer indiscret, mon ami ; tout ce je sais, c'est que tu es rentré tôt ce matin, à l'heure où je ronflais dans mon lit comme un bienheureux.

Benoît scruta le visage rond et chaleureux de Langley. Il semblait en effet épuisé. L'arrivée du roi et de ses chevaliers dans son château, la veille, avait dû entraîner, pour le maître des lieux, une montagne d'activités supplémentaires. Etre l'hôte du roi ne devait pas être une mince affaire, songea Benoît en scrutant les pavés luisants de la haute cour. Il fallait être constamment sur la brèche, houspiller les valets et s'assurer que tout serait fait pour accueillir et loger tout ce monde selon les critères exigeants de la cour.

Comme s'il avait senti la gêne qui s'était soudain installée entre les deux chevaliers, Henry intervint.

— Y aurait-il quelque chose que tu veux nous cacher, Benoît, demanda-t-il en souriant, hormis le fait qu'une jeune paysanne s'est jouée de toi ?

Benoît eut un sourire d'excuse envers son ami. Langley ne méritait pas de se trouver en butte à sa mauvaise humeur.

— Je suis désolé, maugréa-t-il. Je ne voulais pas t'offenser. C'est cette fille…

— Qui te tourne dans la tête ?

— Oui, qui m'agace et m'obsède, comme une mouche l'été.

Il eut un rire bref, en songeant qu'il n'aurait jamais dû s'intéresser à elle, mais bien plutôt se concentrer sur les manigances de Ferchar. La carapace dont il se protégeait de toute émotion avait commencé, sinon à fondre, du moins à s'amollir, il le savait. C'était pour cela qu'il avait commencé à lui parler de son passé. Benoît regarda autour de lui : l'exaltation des chevaliers, leurs armes et leurs hauberts qui étincelaient au soleil, c'était cela qu'il avait choisi : une dure vie de luttes et de combats, pas de temps pour l'introspection ou la nostalgie. Il aurait dû s'en souvenir.

— Benoît ?

Henry lui avait posé une question.

— P… pardon, sire ?

Il se força à se concentrer sur les paroles de son souverain.

— Je disais que j'avais besoin de tes yeux et de tes oreilles. Je n'ai pas la moindre confiance en ce Ferchar…

— Est-ce lui qui a souhaité cette rencontre, ou bien le jeune Malcolm ?

— C'est Ferchar. Il veut discuter de la Cumbria et de la Northumbria.

— Croyez-vous qu'il s'apprête à céder ?

— Le fait qu'il souhaite cette rencontre est encourageant. Cela pourrait mettre un terme à la guerre.

Le roi leva le bras, attirant instantanément le regard de tous.

— Allons, messires, dit-il d'une voix forte, qui s'éleva au-dessus de la foule. Vers le nord… L'Ecosse !

— Tavia ! Quelle joie de vous revoir ! s'écria la princesse Ada, sur la dernière marche qui menait au donjon du château de Dunswick, son bliaud de soie bleu formant un saisissant contraste avec les battants de chêne de la grande porte, derrière elle.

— Ce n'est pas exactement une visite de courtoisie, grommela la jeune fille, qu'un garde s'efforçait de traîner jusqu'à l'escalier.

Elle était furieuse d'être ainsi malmenée, d'avoir été amenée au château de force et se demandait si Ada était aussi naïve qu'elle voulait le faire croire. Elle examina le visage harmonieux et pâle de la princesse, en prenant conscience tout à coup que si sa mère avait dit vrai, cette beauté aux airs languides était sa demi-sœur.

— Allons, venez, commanda le soldat. Messire Ferchar a donné l'ordre de vous amener dans la grande salle.

Tavia lança à la princesse un appel au secours muet.

Il ne serait sans doute pas inutile d'avoir son appui dans cette affaire.

— Je viens aussi ! annonça Ada d'un air mutin, prenant, à la bonne franquette, le bras resté libre de la jeune fille.

Tavia retint une envie inopportune d'éclater de rire. La princesse se conduisait comme si elles allaient toutes deux faire une petite promenade aux alentours.

Dans la grande salle, on servait déjà à souper. Artisans et paysans, après une journée de dur labeur, se détendaient autour des tréteaux, riaient, plaisantaient et dévoraient à belles dents la nourriture que les largesses du roi leur prodiguaient. Ferchar, lui, était déjà assis à sa place sur l'estrade, le jeune Malcolm près de lui. Le régent avait jeté sa cape à un valet et, la tête en arrière, il vidait une grande coupe d'hydromel, le liquide miellé lui coulant aux commissures des lèvres.

Tandis que le garde l'entraînait, Tavia luttait contre la panique sourde et grandissante qui l'envahissait. Il n'y avait pas tout à fait vingt-quatre heures qu'elle s'était trouvée au même endroit, réclamant à Ferchar l'argent qu'il lui devait. Mais alors, Benoît était intervenu. Il avait calmé la situation et, elle devait bien l'admettre, l'avait emmenée loin du château avant que, aveuglée par la colère, elle ne se mît elle-même en grand danger. Une étrange douleur étreignait son cœur, à présent. Où était donc Benoît ? Mieux valait être prudente et respectueuse envers Ferchar, cette fois, car il était évident que gardes et hommes d'armes lui obéissaient davantage qu'au jeune et timide Malcolm.

— Asseyez-vous, lui ordonna le régent en essuyant, du revers de sa main, sa bouche qui luisait à la lueur des torches.

Ada souriait avec douceur, apparemment inconsciente de la tension qui régnait autour d'elle. Elle se glissa sur le banc, qu'elle tapota pour inviter Tavia à s'asseoir entre elle et le fauteuil ouvragé de Ferchar.

Malgré la précarité de sa situation, Tavia sentit son estomac gronder de faim quand elle s'assit à table. Autant elle avait été incapable d'avaler la moindre nourriture avant les funérailles de sa mère, autant son ventre se creusait à présent, à la vue de toutes les victuailles disposées devant elle. Dieu, ce que ces nobles pouvaient manger ! Elle songea au maigre repas qu'elle faisait d'ordinaire avec sa famille, surtout durant les longs mois d'hiver où la neige recouvrait le sol : quelques pauvres tubercules bouillis ou du gruau trempé d'eau. Mais ici, on faisait bombance avec plus de nourriture, certainement, que tous ces gens pouvaient en consommer : volaille et gibier à plume ; pigeons, perdrix, leur peau toute dorée au sortir du four, viandes, poissons tout frais pêchés, tourtes et pâtés…

Ferchar la vit regarder toutes ces richesses avec envie et eut un sourire sarcastique.

— Répondez à mes questions et vous pourrez manger, lui dit-il d'un ton de mépris.

Dans l'état de confusion où elle se trouvait, elle remarqua néanmoins que le régent faisait tourner une petite dague entre ses doigts crochus. Une dague ? *Sa* dague.

— Où avez-vous trouvé ceci ? demanda-t-elle, résistant à l'envie de la lui arracher des mains.

— Ah ! Ainsi, vous la reconnaissez ?

— Bien sûr ! Elle est à moi, répondit franchement Tavia.

Ferchar se pencha vers elle, un éclair de cupidité dans l'œil.

— Et qui vous l'a donnée ?

— Mais… ma mère !

Elle se rembrunit, le chagrin la saisissant soudain. Sa

mère, oui, que plus jamais elle ne reverrait. Qu'elle n'avait pu enterrer décemment, à cause de cet homme, qui l'avait détournée de force de ses devoirs sacrés et fait emmener malgré ses protestations.

Elle se mordit la lèvre, pour refouler les larmes qui lui venaient aux yeux.

— Et comment votre mère, une pauvre paysanne, à ce qu'on dit, a bien pu entrer en possession d'un objet de ce prix ? L'avait-elle volé ?

Le sourire sarcastique du régent montrait qu'il s'amusait fort à ce jeu du chat et de la souris. Il semblait avoir un certain nombre de clés qu'elle ne possédait pas et la pousser tranquillement à l'aveu, en la perdant dans le labyrinthe de ses questions.

— Non, répondit-elle, furieuse, nous ne sommes pas des voleurs !

Ferchar coupa court à sa révolte.

— Je vais vous le dire, moi. Cette dague a été offerte à votre mère par son amant, le comte Henry de Huntington, fils cadet du roi David.

A ces mots, Ada, qui mastiquait distraitement un morceau de pain, s'interrompit, les yeux ronds. Malcolm, qui découpait les filets d'un sandre et en extrayait les fines arêtes, resta un instant le couteau en l'air, bouche bée.

Tavia eut l'impression que le monde vacillait autour d'elle et que les épaisses murailles du château menaçaient de s'effondrer sur sa tête. Ainsi, sa mère n'avait pas menti sur son lit de mort et elle-même s'était lourdement trompée en croyant que c'était sa maladie qui la faisait délirer.

— Cette dague appartenait au comte Henry, votre père…

Le ton agressif du régent la ramena à la réalité.

— … et vous allez me dire ce que signifie l'expression qui y est gravée.

Tavia le regarda avec surprise.

— Mais… je ne sais pas lire, répliqua-t-elle, choquée. Je ne suis qu'une paysanne… comme vous l'avez dit, remarqua-t-elle, sarcastique. Et ceci — elle montra la lame — est écrit en latin.

Ferchar se pencha sur l'arme minuscule comme s'il était fasciné par elle.

— Je peux la traduire, dit-il lentement, mais je n'en comprends pas le sens.

Tavia sentait la tête lui tourner, d'émotion, de faim et d'épuisement. A ce stade, elle se moquait bien de savoir si Ferchar allait la faire tuer.

— Et que dit cette phrase ? demanda-t-elle, l'air détaché.

— Elle dit : « Cherche et tu trouveras. » Qu'est-ce que cela signifie ? Le comte vous l'a-t-il dit, ou votre mère ?

Tavia haussa les épaules. Ce faisant, elle sentait toute la tension qui lui vrillait les muscles du dos.

— Non, répondit-elle d'une voix déjà résignée. Je n'en ai pas la moindre idée.

Le visage de Ferchar s'assombrit dangereusement.

— Je crois qu'un peu de réflexion dans une chambre bien close, sans nourriture, vous déliera la langue, dit-il lentement en arrachant le pilon d'une volaille. Gardes, emmenez-la !

Sans prêter la moindre attention à Malcolm qui continuait placidement de dépiauter son poisson ni à Ada qui fixait la table jonchée de victuailles d'un air pensif, Ferchar tentait de maîtriser la colère qui bouillait en lui. Il ne croyait pas cette fille un seul instant.

Elle n'était pas stupide, bien au contraire. Elle était

intelligente et calculatrice. Elle savait ce que cachait cette inscription sur la lame et pouvait donc le guider vers le trésor, vers cet or que le comte avait dissimulé longtemps auparavant, pour le soustraire à d'éventuels envahisseurs. On disait qu'il avait révélé à sa fille l'emplacement de la cachette, mais Ada, malgré ses questions pressantes, n'avait jamais pu le renseigner sur ce point. C'était donc à l'autre de ses filles, l'illégitime, qu'Henry de Huntington avait confié son secret et Ferchar se faisait fort de le lui faire avouer.

Et si elle s'imaginait se jouer de lui, il lui ferait regretter amèrement son aplomb et lui ferait cracher le morceau, dût-il pour cela la martyriser à mort.

Soudain, il réalisa qu'un chambellan s'approchait, le tirant de ses pensées.

10

Tandis que 4 heures sonnaient au carillon de l'église, le chant de bronze des cloches résonnant au-dessus des toits de chaume de la ville de Dunswick, un groupe de chevaliers anglais chevauchait par les rues pavées vides de toute présence. Il semblait que la population avait eu vent de leur arrivée ; les portes se fermaient précipitamment à leur passage et des mères terrifiées appelaient leurs enfants dans les coins sombres des ruelles.

Sur la muraille du château, les hommes d'armes regardaient, la mine sombre, approcher les chevaliers, les sabots de leurs chevaux claquant sur les planches du pont-levis, au-dessus de l'eau noire des douves. Bien qu'ils restassent immobiles, les visages fermés des soldats, leurs doigts crispés sur la fusée de leurs épées, ne laissaient que peu de doute sur leurs sentiments à l'égard de ce petit groupe qui s'avançait sous l'étendard rouge et or des Plantagenêt. Mais les ordres du régent Ferchar étaient formels : laisser entrer en ville le roi d'Angleterre et son escorte, sans la moindre manifestation d'hostilité. Ce qui n'était pas si évident, pour des hommes qui devaient bien souvent faire face aux attaques des Anglais qui menaçaient leur cité, leur royaume et leurs foyers. A présent, ils devaient rester de marbre alors que le roi Henry arrêtait son cheval au bas des marches de pierre du château de Dunswick.

Benoît laissa errer son regard sur la haute cour, ses yeux d'acier prêts à y déceler le moindre danger. Malgré la courtoise invitation de Ferchar, il soupçonnait toujours quelque félonie et bien que l'escorte royale ne dût se composer que d'une vingtaine de barons et chevaliers, il avait insisté, en sa qualité de connétable, pour qu'une troupe plus nombreuse reste aux portes de la ville, prête à intervenir. Si Ferchar s'avisait de manquer à sa parole, la réaction serait immédiate.

En s'approchant des marches à la suite de son suzerain, il se souvenait de la dernière fois où, incognito, il était venu en ces lieux, intervenant pour éloigner Tavia de la colère du régent et comme l'incroyable audace et la détermination de la jeune fille à obtenir ce qui lui était dû avaient risqué de la mettre en grand péril. Il se demandait si elle avait bien retenu la leçon.

Sa poitrine se serra d'étrange manière à ce souvenir. Il se demandait ce que la petite Ecossaise faisait à présent et comment elle supportait le deuil de sa mère. Il était là dans son domaine. Le deuil était chose familière, pour lui.

Il leva les yeux en entendant le cri des corbeaux au-dessus de sa tête et vit leur vol lourd autour du donjon, ailes noires sur le bleu lumineux du ciel. Une étrange langueur s'empara de lui, tandis qu'il regardait Henry escalader les marches avec son trop-plein d'énergie coutumier. Il savait que le roi avait besoin de ses services et qu'il le payait bien pour sa loyauté, mais bien que la vie nomade et militairement réglée qu'il menait auprès du souverain lui eût jusque-là toujours parfaitement convenu, à présent, il la trouvait affreusement vide. Quand avait-il donc changé d'avis à ce sujet ?

Deux yeux bleus se mirent à briller, dans le tumulte de son esprit.

— Benoît, presse-toi donc un peu ! le gourmanda Henry en se retournant vers lui du haut des marches. Qu'as-tu donc, aujourd'hui, à bâiller aux corneilles ?

« Oui, qu'ai-je donc ? » songea Benoît en basculant sa jambe par-dessus sa selle.

En prenant pied sur les pavés de la cour, il tapota la croupe luisante de son étalon avant qu'un palefrenier ne l'emmène. Puis il monta les marches d'un pas calme et mesuré, rejoignant Henry sous les voûtes de l'entrée. Le roi le considéra un instant de ses yeux noisette pétillants d'intelligence, avant de se tourner vers la semi-pénombre de l'intérieur. Un chambellan les mena vers la grande salle où, écartant un lourd rideau de peau, il s'inclina et les invita à le précéder.

Un autre traversait déjà la salle, sans doute pour avertir Ferchar de leur arrivée. Mais là-bas, au haut bout de la table, sous le dais, le régent paraissait occupé d'une tout autre affaire. Benoît continuait d'observer autour de lui, cherchant à prévenir la moindre menace, le plus petit danger. Son oreille aux aguets ne percevait rien d'autre que les bruits rassurants de convives joyeusement attablés. Son œil glissait le long de la table jusqu'à l'estrade royale et là…

Par tous les saints du paradis ! Que faisait-elle encore ici ?

Il avait tout de suite remarqué Tavia, entourée de deux solides gaillards, son visage très pâle… de fatigue ou de peur ? Ferchar se leva de son fauteuil et donna un ordre. Instantanément, les deux gardes entraînèrent la jeune fille et, la portant ou la traînant à demi, ils la firent disparaître par une porte dérobée, près de l'estrade. Où l'emmenaient-ils et qu'avait-elle encore fait ? Pourquoi n'avait-elle pas écouté ses conseils ?

Lèvres pincées et visage fermé, Benoît retira son heaume et sentit un courant d'air circuler autour de ses cheveux, tandis qu'il suivait le pas rapide d'Henry vers le haut bout de la table. A chaque enjambée, sa colère grandissait. Il eût aimé étrangler la jeune fille. N'avait-elle donc pas retenu la leçon ? Est-ce qu'aucun des conseils qu'il lui avait donnés n'avait donc porté ? Elle avait déjà eu beaucoup de chance, la dernière fois, de ne pas y laisser sa peau. Et maintenant ? Elle risquait fort de recevoir un tout autre salaire que celui qu'elle escomptait. Elle ne méritait pas son aide et, si elle continuait à le défier, qu'il soit damné plutôt que de la lui renouveler !

Tavia frottait furieusement ses bras meurtris par la rude poigne des deux gardes. Après l'avoir traînée dans un interminable escalier, ils l'avaient finalement jetée dans une pièce glaciale et presque obscure. Seul un rai de lumière plongeait d'une haute meurtrière, ce qui n'était pas même suffisant pour l'éclairer alors qu'elle entreprenait du bout du pied l'exploration de sa cellule. Mais peu à peu, ses yeux s'habituèrent à la pénombre et les angles des meubles finirent par lui apparaître. Il y avait un lit étroit, un coffre de chêne et un tabouret, placé en face d'une haute cheminée noire de suie.

Au désespoir, elle pressa ses mains sur la pierre froide et se hissa sur la pointe des pieds pour tenter de jeter un coup d'œil par la meurtrière. Aucune fuite n'était possible de là. Et même si elle parvenait à se glisser par cette fente étroite, comment s'enfuir sans se rompre le cou ? Non, il fallait imaginer une autre manière de sortir d'ici.

Elle s'efforça de déchiffrer mentalement le but que pouvait bien poursuivre Ferchar en la retenant dans son donjon. Les questions du régent à propos de sa dague étaient autant d'énigmes pour elle. Mais il était évident qu'il ne lui rendrait pas la liberté tant qu'elle n'y aurait pas répondu. Mais par quoi ? Tout son univers familier s'écroulait et elle devait se concentrer sur sa situation présente. L'urgence était de sortir d'ici et de s'enfuir le plus loin possible de Ferchar et de ses hommes. En scrutant la pénombre, Tavia découvrit une grosse cruche en terre, vide, qu'elle put, par bonheur, soulever, quoiqu'avec peine. Se plaçant contre le mur, près de la porte, elle songea qu'elle pourrait bien attendre toute la nuit que quelqu'un vienne, mais la chance lui sourit. Un bruit de pas résonna bien vite sur le palier, puis elle entendit retirer la lourde barre de chêne de la porte. Le cœur battant, elle souleva la cruche avec effort, les ligaments de ses poignets dangereusement tendus.

Le gros pot de terre s'abattit sur la tête d'un garde qui ne s'y attendait pas le moins du monde. L'homme vacilla, puis s'écroula sur le sol avec fracas. La cruche avait volé en éclats sous l'impact. Tavia, pleine d'appréhension, se demanda si elle n'avait pas tué le malheureux. Elle s'agenouilla bien vite pour vérifier qu'il respirait toujours. Grâce à Dieu, il était vivant. Elle se sentit pleine de remords en découvrant une assiette renversée à côté du garde, son contenu répandu sur le sol. Ainsi cet homme lui apportait à manger et voilà comment elle le récompensait !

Elle sortit de la chambre et repoussa doucement la porte. Sa paume moite glissa sur le loquet et elle commença à descendre l'escalier en colimaçon, une boule d'angoisse dans la gorge. Elle connaissait mal la topographie du donjon, mais son souci principal était d'éviter la grande salle, aisément repérable au bruit qu'y faisaient les dîneurs, qui devisaient et riaient joyeusement et dont la rumeur montait jusqu'à elle. Parvenue au bas de l'escalier, elle hésita. Elle était visiblement dans une partie du bâtiment qui n'était pas souvent utilisée ; aucune torche murale n'éclairait le corridor et, se dirigeant vers la gauche, elle dut se guider à tâtons, une main sur le mur. Elle devait se trouver au premier étage, au-dessus de la grande salle. Devant elle, un rai de lumière qui en venait peut-être, ce corridor devant y conduire par un autre escalier.

En fait, il menait à une galerie, qui s'ouvrait juste au-dessus de la grande salle. Tavia avança prudemment la tête et vit un bout de la grande table en dessous d'elle. Comment continuer son chemin sans être remarquée ? Elle se mit silencieusement sur les genoux et les mains. Peut-être pourrait-elle traverser la galerie ainsi, dissimulée par l'épaisse rambarde de bois ? En tremblant de tous ses membres, elle avança centimètre par centimètre, le souffle précipité, haché par la peur.

Un rire s'éleva juste en dessous d'elle et elle s'immobilisa à mi-chemin, les cheveux nerveusement hérissés sur sa nuque. Mais nul appel, nul cri d'alarme ne suivit. Alors Tavia expira doucement et continua son chemin. Elle s'aperçut alors que sa main droite laissait au sol une trace rouge : elle avait dû se couper en brisant la cruche sur la tête du garde. Enfin, elle se retrouva de l'autre côté de la galerie, de nouveau dissimulée par le mur. Ses bras et ses jambes lui faisaient mal, comme si elle avait couru pendant des lieues. Le cœur battant, elle s'appuya au mur pour se remettre debout, elle se sentait si faible qu'elle devait être plus terrifiée encore qu'elle ne le ressentait. Elle se retourna vers la galerie, se félicitant d'avoir pu la traverser sans défaillir, puis soudain elle se figea : elle venait d'apercevoir la lueur d'une torche ; quelqu'un venait dans le corridor. Tournant la tête en tout sens, elle sentit une décharge d'adrénaline, comme un ordre donné à ses membres d'avoir à se remettre en mouvement. Certaine que l'on était à sa poursuite, elle se plaqua contre le mur, en espérant que la pénombre dissimulerait sa silhouette et s'avança, collée à la pierre froide qu'elle tâtonnait pour progresser. Soudain, voilà que son pied resta dans le vide, sans plus de surface solide sous sa semelle. Un escalier ! Son cœur cessa de battre et elle vacilla, cherchant désespérément quelque chose à quoi se raccrocher pour retrouver son équilibre.

Ce point d'appui, elle le trouva. Solide, quasiment inébranlable. Un homme de haute taille qui montait justement l'escalier. De grands bras musclés se refermèrent sur elle et la remirent d'aplomb, quoique ses pieds ne touchaient toujours pas terre ; ils restaient à plusieurs pouces au-dessus du sol.

— Je vous demande pardon, messire, bredouilla-t-elle, confuse. J'ai manqué une marche. Puis-je reprendre mon chemin, à présent ?

A l'appui de ses paroles, elle balançait doucement ses pieds dans le vide, indication discrète qu'il pouvait la reposer à terre. Peut-être cet homme allait-il la prendre pour une quelconque servante du château et la laisser passer ?

— J'aurais dû m'en douter, dit tranquillement une voix familière.

Des yeux d'argent brillèrent dans l'ombre, comme des diamants.

Tavia en demeura un instant bouche bée. Benoît ? Mais il aurait dû normalement se trouver à des lieues d'ici !

— Que… que faites-vous là ?

Pressée contre lui, elle sentait le battement régulier de son cœur, sous le haubert et la cotte d'armes.

— J'accompagne mon maître, le roi Henry, qui vient s'entretenir avec le régent Ferchar, à son invitation.

La froideur avec laquelle il prononça ces quelques mots d'explication la fit frissonner. Il paraissait tout à fait indifférent à son sort.

— Messire Ferchar a accepté de discuter du sort des régions frontalières.

Tavia s'aperçut que sa main saignait toujours et que des gouttes de sang tachaient la cotte du chevalier.

— Moi, je cherche seulement à sortir de ce donjon, dit-elle en soupirant, d'une voix brisée de fatigue.

Il la lâcha brutalement, ses bras retombant le long de son corps et il secoua la tête, une ou deux mèches rebelles s'animant sur son front.

— Je ne puis croire que vous ayez été assez stupide pour revenir ici !

— Parce que vous croyez que je suis ici de mon plein gré ?

Comment osait-il la juger, sans rien connaître des faits survenus depuis son départ ?

Il haussa les épaules.

— Pour le moment, dit-il d'un ton sec et déplaisant, je ne m'en soucie guère.

— Ferchar m'a fait enfermer dans une chambre du donjon.

— J'ai vu les gardes vous emmener quand nous sommes arrivés.

— Quoi ? Vous saviez que j'étais ici et vous n'avez rien tenté pour me secourir ?

A peine eut-elle prononcé ces mots qu'elle les regretta. Pourquoi, grands dieux, eût-il dû lui porter secours ? Il avait été très clair sur le fait qu'il ne voulait plus jamais rien avoir à faire avec elle.

— Vous ne méritez pas mon aide, Tavia.

Sa voix claquait comme un fouet.

— Je vous ai dit de ne jamais revenir et vous l'avez fait quand même.

— On m'a forcée, vous dis-je ! Ferchar est venu m'enlever au milieu des funérailles de ma mère. Croyez-moi, il ne m'a pas laissé le choix.

Elle leva sa main pour repousser une mèche de cheveux de son visage et son geste laissa une traînée de sang sur son front. Benoît saisit son bras.

— Jour de Dieu, femme, que vous êtes-vous fait là ?

— Ce n'est rien, balbutia Tavia en dissimulant nerveusement sa main derrière son dos.

Il leva un sourcil en examinant la traînée de sang sur son visage.

— J'en suis moins sûr que vous, dit-il calmement et, vif comme l'éclair, il reprit son poignet pour examiner la main blessée.

— Vous vous êtes profondément coupé la paume, lui dit-il.

A cet instant, des voix proches leur firent relever la tête.

— Allons à la chambre que l'on m'a attribuée, ordonna-t-il.

Il la conduisit le long du corridor en la tenant, la soutenant plutôt, d'une main ferme et assurée. Là, des torches fichées dans un support de fer éclairaient leur chemin de place en place et ils pouvaient passer d'un rassurant halo de lumière à un autre. Ces mêmes torches se retrouvaient au mur de la chambre d'hôte que l'on avait réservée à Benoît et qu'un brasero rougeoyant réchauffait agréablement.

Le chevalier attira la jeune fille sous une torche et

présenta sa main à la lumière. La coupure luisait de sang, qui coulait toujours.

— Comment vous êtes-vous fait cela ?

— Je vous l'ai dit. Ferchar m'a fait enfermer et je me suis échappée.

Tavia espérait que sa voix était suffisamment assurée pour témoigner de son sentiment d'indépendance. Benoît pouvait bien penser qu'elle était incapable de mener ses propres affaires, il n'en était rien.

Elle essaya de nouveau de retirer sa main, mais il la retint, la large et forte main de Benoît enveloppant la sienne avec une délicatesse inattendue.

— Vous avez de la chance qu'il ne soit pas nécessaire de vous recoudre.

Il laissa enfin échapper sa main pour aller chercher un tabouret de bois à l'autre bout de la pièce.

— Asseyez-vous, lui dit-il d'une voix calme mais sans réplique. Je vais chercher de quoi vous bander ça.

Il retira le couvre-lit de fourrure et les couvertures de sa couche, les jetant sans façon sur le sol, pour accéder au drap qu'il déchira en bandelettes, sous l'œil effaré de Tavia.

Puis, prenant au passage une cuvette d'eau sur le coffre de chêne, il revint s'agenouiller auprès d'elle, trempa l'une des bandes dans la cuvette et entreprit de nettoyer la coupure.

— Vous n'avez pas besoin de faire cela, grommela Tavia, embarrassée.

— Non, en effet, répliqua-t-il sans sourire. Non plus que je n'avais besoin de vous cacher de ceux qui montaient cet escalier derrière nous…

— Si je n'étais pas tombée sur vous, une fois de plus, je serais loin, à présent.

Il s'assit sur ses talons, le linge mouillé dégoulinant entre ses doigts.

— Ah oui, vous croyez ?

Son ton sarcastique la piqua au vif.

— Vous me jugez incapable de me tirer d'affaire toute seule, n'est-ce pas ?

Tavia se leva, excédée par les manières agressivement protectrices du chevalier. Le tabouret, emporté par le mouvement, se retrouva renversé au sol.

— Eh bien, je me suis tout de même échappée seule !

— Ah oui ? Seule, vraiment ? Vous n'avez donc trouvé aucun malchanceux pour vous aider ?

— Non, personne. J'ai assommé le garde avec une cruche. Je l'ai fait toute seule.

Les mains sur les hanches, Tavia sentait sa tête lui tourner un peu.

— Asseyez-vous donc ! répéta Benoît en avançant le tabouret.

Elle s'écroula plus qu'elle ne s'assit, la nausée au bord des lèvres et incapable de tenir debout une seconde de plus.

— Je crois que je ne me sens pas très bien, gémit-elle.

— Je n'en suis pas surpris, répondit calmement Benoît, avec tout le sang que vous avez perdu…

— J'ai dû me couper avec un morceau de la cruche, expliqua-t-elle tandis qu'il se penchait sur sa main, ses longs cils sombres cachant à demi ses yeux d'acier et sa bouche réduite à une ligne mince.

Elle tressaillit quand ses longs doigts l'effleurèrent et tenta, une fois encore, de lui retirer sa main.

— Je peux le faire toute seule.

— Mais non, vous ne le pouvez pas, lui répliqua-t-il, toujours aussi calmement, en déposant le linge taché de sang dans le bol et en commençant à appliquer une bande propre sur la blessure. Cessez donc de vous rebiffer, Tavia, au moins jusqu'à ce que j'aie terminé.

Le front creusé d'une ride de concentration, il s'appliqua à terminer le pansement. Le toucher délicat de ses doigts faisait passer un frisson de désir tout le long du bras de la jeune fille. Quand il serra enfin le nœud qui retenait le bandage, elle lui retira prestement sa main pour la plaquer sur son ventre, dans un geste craintif de protection, et essaya de trouver en elle la force de se lever et de quitter cette chambre.

— Il faut que je m'en aille, commença-t-elle.

Mais Benoît se leva et lui posa la main sur l'épaule.

— Ferchar sait déjà que vous vous êtes échappée. Ecoutez… la garde a été alertée.

Du menton, il montrait la porte et en effet, un bruit de pas précipités résonnait dans l'escalier, puis sur le palier. On frappait du poing à toutes les portes, demandant à vérifier qui se trouvait dans les chambres et logis particuliers. On entendait d'ailleurs aussi quelques protestations indignées. Benoît s'accroupit de nouveau près d'elle, sa jambe gainée de mailles d'acier contre celle de la jeune fille.

— On dirait que messire Ferchar tient beaucoup à vous garder auprès de lui. A-t-il une bonne raison pour cela ?

Tavia respirait l'odeur masculine de Benoît, faite de cuir, d'acier, de feu de bois.

— Je ne sais pas exactement, lui répondit-elle prudemment, peu désireuse de le mettre au courant des derniers développements dont elle avait connaissance.

Elle leva fièrement le menton, priant pour qu'il ne devine pas son mensonge. Peine perdue !

— Vous mentez, lança-t-il, manifestement agacé. Je

ferais mieux de vous jeter dehors à la merci des gardes et ne plus rien avoir à faire avec vous. Jamais !

Ces mots atteignirent Tavia en plein cœur. Un profond désespoir l'envahit, un sentiment de bête traquée, de solitude absolue, et sa lèvre se mit à trembler. C'était ridicule et elle se le reprocha vivement. Elle avait échappé, déjà, à des situations potentiellement beaucoup plus dangereuses. Mais pour l'instant, elle n'avait aucune idée de ce qu'elle devait faire. La douleur, dans sa main, le deuil et la fatigue, tout concourait à l'abattre et plus elle essayait de tenir, plus faible elle se sentait.

Les éclats de voix se rapprochèrent. Tavia, apeurée, se recroquevilla sur son tabouret, serrant nerveusement sa main blessée contre elle. Benoît la regardait fixement. A la lumière de la torche, ses cheveux d'un roux très sombre prenaient la teinte d'un vin riche et capiteux, dans un halo d'or. Elle portait une seule et lourde tresse dont l'extrémité, nouée par un lien de cuir, traînait presque au sol quand elle était assise, comme à présent.

Il baissa les yeux vers la main bandée de Tavia, remarquant que du sang frais tachait le pansement. Il aurait voulu croire qu'il ne l'avait aidée que parce qu'elle était blessée et qu'il en aurait fait autant pour quiconque, homme ou femme. Mais il savait bien que c'était faux. Depuis que, tôt le matin, il avait quitté sa chaumière, Tavia hantait ses pensées.

— Venez, dit-il soudain. Il faut vous cacher avant que les gardes ne visitent cette chambre.

La jeune fille ouvrit la bouche pour affirmer son désaccord, mais sa protestation mourut sur ses lèvres, car d'un seul mouvement souple, Benoît se pencha, passa un bras musclé derrière ses genoux, l'autre dans son dos et la souleva de terre, haut contre sa poitrine. Puis il la déposa, toujours interdite, sur le lit dont il avait déchiré un drap pour lui faire un pansement.

— Restez là, lui ordonna-t-il nettement. Faites-vous toute petite, aussi à plat que vous le pourrez et par le Christ, tenez-vous tranquille !

Le fusillant du regard, Tavia se leva à demi pour rabattre l'ourlet de sa cotte sur ses mollets et sur ses fines chevilles, qui avaient été dénudés dans le mouvement. Benoît eut du mal à retenir un sourire devant ce geste prude. Il se pencha pour reprendre la couverture et la lança sur elle.

— J'ai dit : à plat !

D'une main large comme la patte d'un ours, il la repoussa en arrière, contre le matelas.

— Ne me donnez pas une bonne raison de ne pas vous cacher, grogna-t-il.

Comme elle le regardait avec colère, il lui rabattit la couverture sur le visage. Elle était à présent dissimulée de la tête aux pieds. Benoît saisit sa lourde fourrure d'ours et la lança sur son corps étendu, prenant toutes les précautions pour la dissimuler. Puis, dans un concert de bruits métalliques, il entreprit de se débarrasser en hâte de son camail, de sa cotte d'armes, de son haubert, bref, de tout son harnois de guerre.

Au bout d'un assez long moment, on frappa vigoureusement à la porte.

— Qu'y a-t-il, Jour de Dieu ! s'exclama-t-il à voix haute, comme si on le tirait du sommeil. Est-ce ici la coutume de réveiller ses invités quand ils viennent à peine de s'endormir ?

Puis il se dirigea vers la porte, se composa une mine

hirsute et ébouriffa ses cheveux avant de manœuvrer le loquet.

Etendue sous la couverture qui lui chatouillait les narines, Tavia retint son souffle. Elle entendait Benoît s'entretenir avec les gardes de sa voix grave et chaude. Elle ne pouvait saisir distinctement ce qu'il leur disait, mais ils durent s'en satisfaire, car la porte grinça de nouveau sur ses gonds et, un instant plus tard, elle entendit avec soulagement le cliquetis rassurant du loquet qui revenait en place.

— Vous pouvez sortir, à présent, chuchota Benoît.

A demi suffocante, elle rejeta ses couvertures et apparut dans la lumière des torches. Elle respira précipitamment, cligna des yeux en cherchant le chevalier…

Et manqua s'étrangler quand elle le vit.

Il avait retiré sa cotte d'armes, son camail, son haubert, son gambeson, ses chausses de mailles et jusqu'à sa chainse. Et il se tenait tout près du lit, seulement vêtu de ses chausses de laine et de ses braies, nu jusqu'à la ceinture. Ses muscles saillants paraissaient moulés dans du bronze chaud et sa peau dorée, luisante dans la lumière de la torche, rendait l'illusion encore plus parfaite.

Il s'avança plus près, toute sa musculature roulant puissamment et harmonieusement dans le mouvement.

— Oh !

Tavia baissa pudiquement les yeux et ses joues rosirent de confusion.

Elle fit mine de s'intéresser soudain furieusement au dessin du tissage de la couverture.

— Eh bien quoi, demanda-t-il d'un ton rogue, vous n'avez donc jamais vu un homme torse nu ?

« Non, aurait-elle voulu lui crier et surtout pas un qui soit fait comme vous ! »

Mais elle préféra mentir.

— Bien sûr que si ! affirma-t-elle d'une voix malgré tout mal assurée.

— Vraiment ?

Son ton sarcastique la fit tressaillir.

— Il faut que j'y aille, déclara-t-elle abruptement, en rejetant les couvertures.

— Et où cela, Jour de Dieu, où voulez-vous donc aller ?

Cette fois, le ton était sec, sans la moindre indulgence.

Elle tourna la tête vers lui et le dévisagea un instant, pour savoir quoi lui répondre. Si elle se concentrait sur son visage, elle éviterait d'être troublée par son corps et peut-être que cette étrange sensation qui réchauffait son ventre et sa poitrine finirait par cesser.

— Vous n'avez nulle part où aller, Tavia, lui expliqua-t-il avec patience. Ferchar vous traquera comme un animal, où que vous vous cachiez. Vous devez régler maintenant l'affaire qui vous oppose à lui, quelle qu'elle soit, ou bien vous n'aurez plus jamais de repos.

11

Tavia se tenait toute droite, les bras croisés sur sa poitrine, son pansement à la main la gênant vaguement et les nerfs à vifs sous le regard inquisiteur de Benoît. Il avait raison, Dieu le maudisse ! Nulle part elle ne pourrait se soustraire aux recherches de Ferchar. Le régent était célèbre pour son implacable ténacité : lorsqu'il voulait quelque chose, il l'obtenait, quel qu'en fût le prix à payer.

Etrangement peut-être, tout son instinct, chaque fibre de son être poussait la jeune fille à accorder sa confiance à l'homme qui se tenait devant elle et à lui raconter tout ce qu'elle savait du mystère qui entourait sa naissance. Mais comment impliquer ce quasi-étranger dans une affaire aussi personnelle que celle-là ? Benoît de Vallières ne voyait guère en elle qu'une fauteuse de troubles, une source permanente d'ennuis et il ne faisait pas mystère du déplaisir qu'il avait eu à la retrouver ici, à Dunswick. Tavia se dit qu'elle avait dû rêver en s'imaginant qu'il existait quelque lien entre eux… Sans doute était-ce dû au choc consécutif à la mort de sa mère. Mais le chevalier avait mis un terme à ses illusions en la quittant sans un mot, en pleine nuit.

Elle serra les poings de colère et d'impuissance. L'urgence de sortir de l'impasse la rongeait, mais pour le moment, l'esprit désespérément vide, elle ne parvenait tout simplement pas à imaginer une quelconque solution.

— Eh bien, je ne peux pas rester ici, n'est-ce pas ? finit-elle par énoncer sèchement.

— Pourquoi pas ?

Un fin duvet doré couvrait sa poitrine.

— Parce que c'est votre chambre. Peut-être ferais-je mieux de retourner dans celle où ils m'avaient enfermée.

Il fronça les sourcils.

— Et vous auriez fait tout cela pour rien, assommer le garde, vous blesser, fuir au long de ce corridor ?

— Que me suggérez-vous ?

Tavia balança ses jambes hors du lit, pour se forcer à mettre de la distance entre elle et lui.

Son esprit fonctionnait sans arrêt, mais elle ne trouvait toujours pas la moindre solution.

— Parce que moi, je ne vois rien d'autre à faire…

— Non, ce n'est pas possible ! se moqua-t-il. L'indomptable Tavia de Mowerby serait donc à court d'idées ? Qu'auriez-vous donc fait si vous ne m'aviez pas rencontré ?

— Je me serais enfuie du château et serais retournée à ma chaumière.

Benoît leva les sourcils en signe de surprise.

— C'est le premier endroit où les hommes de Ferchar seraient allés vous chercher, voyons. Ils vous auraient ramenée ici et tout aurait été à recommencer.

Toute l'énergie de la jeune fille s'écoulait d'elle comme l'eau d'un tonneau percé. Son corps était rompu de fatigue, mais elle s'efforçait toujours de sauver la face, le dos droit et le menton fièrement levé.

— Que me conseillez-vous, alors ?

— De rester ici, cette nuit. Demain, je demanderai pour

vous la protection du roi Henry. Ainsi, vous serez en sécurité. Ferchar n'osera plus rien entreprendre contre vous.

Tavia retint à grand-peine un fou rire.

— Vous voulez me faire protéger par le roi d'Angleterre ? Moi, une simple paysanne ? Et c'est vous qui le lui demanderez ? Un… un…

C'était le mot « barbare » qui venait à ses lèvres, mais il ne fut pas prononcé.

— Un quoi ? Un Brabançon ? Un mercenaire, qui n'a rien à perdre ? C'est vrai, Tavia, c'est ce que je suis. Mais Henry et moi sommes amis depuis notre adolescence. Nous avons été adoubés chevaliers ensemble, cela compte.

La jeune fille baissa les yeux vers son bandage, en tentant de forcer son cerveau rétif à se concentrer.

— Pourquoi voulez-vous m'aider ? murmura-t-elle soudain, tout à trac. Vous étiez tout prêt à me laisser me débrouiller toute seule, quand vous m'avez retrouvée dans cet escalier. Et avant cela, vous n'avez pas fait mystère du fait que vous ne vouliez plus rien avoir à faire avec moi.

Tandis qu'elle prononçait ces mots, l'image de leur intimité, l'autre nuit, dans la paille, venait lui apporter une contradiction ironique et goguenarde.

Il avança sa main et toucha doucement le bras de la jeune fille à travers le rude tissu de sa cotte. Comme hypnotisée par la poitrine de bronze poli du chevalier, elle recula, bientôt stoppée net par le matelas derrière elle. Savait-il l'effet que produisait le contact de ses doigts, la poussée de désir qu'ils faisaient flamboyer en elle, dans son corps et dans son cœur ?

— Malgré tout le mal que vous pouvez penser de moi, Tavia, il faut croire que je ne suis pas totalement insensible.

Elle leva vers lui ses yeux pervenche. Toute colère semblait l'avoir quitté à présent, il la regardait avec sollicitude. Ce qui ne fit qu'accroître son malaise.

— Je sais parfaitement que personne ne vous protège, murmura-t-il.

Elle haussa les épaules, le bout de son pied chaussé de cuir fin dessinant des lignes imaginaires sur le plancher.

— Je n'ai pas peur, Benoît.

— Je le sais aussi. Il y a plus de courage, de bravoure en vous que chez beaucoup d'hommes de guerre. Mais cela ne fait pas de mal, d'avoir quelqu'un à vos côtés.

Un profond soulagement s'empara de la jeune fille. *Quelqu'un à vos côtés.* Ces mots pénétraient en elle, comme un baume bénéfique que l'on eût appliqué sur sa peau. Le profond chagrin qui la rongeait depuis la mort de sa mère s'estompa un tout petit peu.

— Merci, murmura-t-elle très simplement, en avançant d'un pas vers lui.

Dans un geste instinctif, elle leva sa main valide pour lui caresser doucement la joue, en un simple et sincère geste de gratitude. Tout de suite, il la recouvrit de la sienne, chaude et apaisante, tandis que ses yeux prirent une étrange profondeur.

Au coin de la chambre, la braise rougeoyait dans le brasero. Tandis qu'il pressait la main de Tavia contre sa joue, puis humait ses doigts en fermant les yeux comme s'il en savourait l'odeur et le contact, elle tressaillit. Le rythme lent de son cœur se mit à s'accélérer fortement.

— Benoît ?

Elle tenta de retirer sa main avec un sourire d'excuse, consciente du danger né de cette tension sensuelle entre eux.

— S'il vous plaît…, insista-t-elle.

Sa voix tremblait, pleine de désir. Comment avait-elle

pu laisser se produire une chose pareille ? Comment elle, la toujours raisonnable et pragmatique Tavia de Mowerby s'était-elle autorisée à désirer cet homme ? Hélas, elle le savait bien : parce que sous sa froide enveloppe, burinée par la souffrance et la guerre, elle avait su déceler un cœur capable de tendresse et de compassion.

Les traits du chevalier se durcirent, devinrent inflexibles. Il parut se ressaisir, comme pour mieux repousser les sentiments malvenus qui s'éveillaient en lui. La culpabilité le tourmentait et il se reprochait amèrement de ne pouvoir lui résister, d'oublier qui ils étaient l'un et l'autre. Par quelle magie le tenait-elle donc sous l'étrange pouvoir de ses cheveux d'un roux fauve et de ses yeux couleur de myosotis ? Jour de Dieu, il était un homme de guerre et non quelque toutou pomponné habitué à vivre dans les cottes des femmes !

La dernière fois qu'il s'était trouvé seul avec elle, il lui avait révélé les détails de son passé, comme un enfant accablé de chagrin, incapable de le supporter seul.

Affamé d'elle, il buvait des yeux chaque détail de son visage, s'imprégnant de sa beauté, de sa douceur et la haïssant presque, à la fois, pour avoir ramené à la surface ses terribles souvenirs. Il se sentait vivant de nouveau, puisqu'il souffrait. Il n'y avait qu'une seule façon d'apaiser le besoin grandissant qu'il avait d'elle, d'éteindre cet incendie qui le consumait.

Il enleva finalement sa main, mais ce fut pour envelopper Tavia de ses bras nus et la serrer contre son corps musclé. Les yeux de myosotis s'agrandirent quand il pencha sa tête vers elle, ses lèvres à la rencontre des siennes. Le cœur de la jeune fille se mit à battre la chamade et elle s'écarta.

— Non, Benoît… Non, il ne faut pas…

Mais les protestations de la jeune fille moururent. Ses

mains, qui s'étaient posées sur la poitrine nue de Benoît pour le repousser, montaient à présent vers les muscles de son cou et elle s'agrippa à lui, éperdue.

Benoît ne ressentait pas l'exaltation de la conquête, en serrant son corps mince contre le sien. Il pensait même pouvoir se prouver qu'il pouvait la prendre sans émotion et sans perdre une seconde son contrôle sur soi, la posséder en gardant tout le sang-froid qui faisait, en toutes circonstances, sa réputation. Mais tandis que ses mains parcouraient fiévreusement les tendres courbes féminines de Tavia, la ligne élégante de son dos, la souple rondeur de ses hanches, une étrange petite voix surgie du plus profond de lui-même le prévenait qu'il jouait là un jeu bien dangereux. Il refusa de l'entendre, essayant de la refouler au plus profond de son inconscient. Il était très justement fier de son sang-froid, de sa faculté, en toutes circonstances, de conserver une distance, un certain détachement, comme s'il n'était pas personnellement concerné par la situation. Ce qui était en train de se passer, comme toujours entre les femmes et lui, ne devait pas faire exception.

Seulement, ce n'était pas le cas, cette fois. Le visage de Tavia, si animé, si rayonnant de passion, s'ouvrait à lui comme une fleur au soleil, plein d'une confiance ingénue et naïve. Ce visage semblait l'entraîner vers un domaine qu'il n'avait guère connu qu'auprès de sa mère et de sa sœur, lorsqu'elles étaient en vie. Celui de l'amour.

Non, ce n'était pas possible. Son cœur se ferma, puis tout de suite, lui parut se consumer, pris d'une véritable frénésie de désir. Ses hantises et son deuil reculèrent et le monde se mit à tourner autour de lui, comme s'il basculait soudain dans une tout autre dimension. Une sauvage envie de finir ce qu'il avait commencé le saisit, le poussant à agir. Il renversa la jeune fille sur le lit, dans un désordre de cotte et de couvertures. Il était plus que temps d'aller jusqu'au bout et de la posséder enfin, alors cette confusion de sentiments disparaîtrait et il reprendrait enfin tout son empire sur lui-même.

— Que… que faites-vous ?

Le doute s'insinuait. Tavia se força à respirer lentement, à tenter de ralentir les battements effrénés de son cœur. L'expression du visage de Benoît, qu'éclairaient les torches rougeoyantes au mur, était celle d'un fauve, d'un prédateur. Il s'étendit prestement auprès d'elle, sans chercher à croiser son regard, seulement occupé par les liens de cuir de sa cotte, que ses doigts impatients délaçaient. Elle avança sa main pour caresser ses cheveux, mais il se déroba vivement.

— Vous savez ce qui vient ensuite, n'est-ce pas, Tavia, vous le savez ?

Sa voix dure, exigeante, fit à la jeune fille l'effet d'une douche froide. Elle le regarda, comme hébétée, le sang qui, un instant auparavant bouillait dans ses veines, commençant à se changer en glace. Elle repoussa ses mains, qui s'acharnaient toujours sur les lacets. Tout de suite, il la fixa, ses yeux s'étrécissant dangereusement, jusqu'à devenir deux fentes.

— Le voulez-vous, oui ou non ?

— Non, pas comme ça !

La jeune fille se redressa, cachant son visage dans ses mains, honteuse de son propre comportement, de son impudeur. Ses yeux se remplirent de larmes qu'elle essuya prestement, en espérant qu'il n'avait rien remarqué.

D'un bond, il fut debout et s'écarta du lit à grands pas, sa chevelure châtaine brillant dans la lumière dorée des torches.

— De quelle manière voulez-vous donc que cela se passe ? lança-t-il, une note rageuse dans la voix.

Les mains sur ses genoux, la tête basse, Tavia ne voyait plus qu'à travers un rideau de larmes. Sa chair vibrait encore de passion, comme elle avait senti vibrer celle de Benoît. Une sorte de fluide émanant du corps même du chevalier passait toujours dans sa chair. Et elle pouvait encore respirer l'odeur masculine de Benoît, terrienne et épicée, qui lui faisait tourner la tête. Et sous son baiser impérieux et avide, elle avait senti un feu brûlant lui dévorer les entrailles, une faim irrésistible pour quelque chose d'autre, d'inconnu. Pourquoi avait-il fallu que ce soit lui ? Elle le désirait avec une intensité qui l'effrayait elle-même, tant elle l'emportait dans une exaltation si grande qu'elle aurait pu hurler de joie. Mais lui, son indifférence, cet air lointain, absent, qu'il arborait ce soir la glaçait et lui faisait peur.

— Mais… avec amour, lui répondit-elle, une note d'espoir dans sa voix.

C'était là un domaine dont elle ne savait rien, n'ayant jamais connu d'homme auparavant, mais elle parlait du fond du cœur.

Il eut un pli amer à la bouche.

— Je n'ai rien de ce genre à vous offrir, répondit-il, la voix blanche. Je suppose que… lorsque les miens sont morts, cela… est mort en moi, également.

— C'est vraiment dommage, dit doucement Tavia.

— Pourquoi cela ?

Le regard de Benoît était dur et comme offensé.

— Parce qu'à quoi bon vivre, alors ?

Ses yeux d'azur scrutaient le visage fermé du chevalier, à la recherche d'un peu de compréhension, d'un adoucissement de son humeur.

— Quelle sorte de vie est-ce donc là, de vivre sans

amour, sans émotions, sans le moindre sentiment ? poursuivit-elle.

— Je vis, pourtant, à ce qu'il paraît.

— En êtes-vous sûr ?

Il fixa les planches de chêne sous ses pieds, conservant un silence obtus.

— Allez dormir, ordonna-t-il enfin, ignorant délibérément sa question.

Tavia sentit pourtant qu'elle venait de toucher un point sensible. Il montra du doigt une simple couchette garnie de draps et de couvertures, qui occupait un coin de la chambre.

— Installez-vous là, je prends le lit.

La couchette était en fait une paillasse habillée de draps de lin et de fourrures. Tavia s'y recroquevilla, une peau d'ours tirée jusqu'au cou. Elle se sentait très triste, d'une tristesse qu'aggravait encore l'expression hostile et fermée de Benoît, qui la regardait de l'autre bout de la pièce. Mais en dépit de son attitude expéditive et quasi hostile, elle conservait une lueur d'espoir, au fond de son cœur.

Elle se força à rester éveillée, tenant ses paupières ouvertes à force de volonté, malgré son état d'épuisement, jusqu'à ce qu'elle entendit enfin son compagnon respirer du souffle lent et régulier du sommeil. Sous le pesant et suffocant amas de couvertures, sa peau la démangeait désagréablement : elle s'était couchée tout habillée. Elle dressa la tête, essayant de discerner la forme étendue de Benoît, dans l'obscurité. Il semblait dormir paisiblement. Alors, Tavia s'extirpa doucement des draps, s'arrêtant un instant, le cœur battant, parce que la paille du matelas crissait sous son poids. Avec ses volets intérieurs hermétiquement clos, ses torches éteintes, la pièce n'était plus éclairée que par la lueur rougeoyante du brasero. Se levant enfin, Tavia entreprit de terminer ce que Benoît avait commencé : le délaçage de son surcot. Quand ce fut fait, jusqu'à la taille, elle le fit passer au-dessus de sa tête et l'abandonna sur le coffre le plus proche avec un soupir de soulagement. Après avoir vérifié que Benoît était toujours endormi, elle prit sa cotte par l'ourlet et la fit également passer par-dessus sa tête, en peinant un peu à faire passer son bandage à la main dans les manches étroites.

Elle s'était déjà débarrassée de ses chaussures d'un coup de pied avant de se mettre au lit et à présent, elle roulait ses chausses de laine, l'une après l'autre, pour les déposer dans ses souliers. Uniquement vêtue de sa chainse diaphane, Tavia se tint un instant immobile, savourant la caresse de l'air frais sur ses membres libérés des rudes vêtements de laine. De sa main valide, elle se massa les muscles du cou. Si seulement elle avait pu prendre un bain !

Cherchant autour d'elle de quoi faire tout de même un peu de toilette, elle trouva un broc et une bassine sur un coffre en chêne, non loin du brasero. La tentation de verser de l'eau fraîche sur son corps rompu était trop forte pour qu'elle pût y résister et, en priant pour que Benoît ne se réveille pas, elle se glissa comme une petite souris à travers la pièce, heureuse de sentir le plancher de chêne verni sous ses pieds nus.

Levant doucement le broc, Tavia versa de l'eau très délicatement dans la bassine avant de se saisir d'un linge immaculé, qu'elle trempa et laissa flotter un instant pour mieux l'imprégner avant de le reprendre, sans se soucier de mouiller son pansement au passage. Puis, appliquant le linge sur sa peau échauffée, elle faillit crier de plaisir tant la sensation de fraîcheur était douce et revigorante. Elle renversa la tête pour mieux faire couler l'eau le long de son cou et entre ses seins. Puis elle trempa le linge de nouveau, le pressa sur la tendre dépression à la base de sa gorge, avant de le passer le long de son bras.

De son lit, Benoît l'observait, ses paupières mi-closes. C'était le doux froissement de ses vêtements, lorsqu'elle les avait retirés, qui l'avait mis en alerte, attirant son attention. Il ne dormait pas, les mots qu'avait prononcés Tavia tournant sans arrêt dans sa tête, comme un véritable défi à sa conscience. Il détestait ces émotions dangereuses qu'il sentait se bousculer en lui chaque fois que cette femme était dans les parages. Sa vie était si simple avant qu'il la rencontre… Si prévisible, si facile… Pourquoi fallait-il qu'elle le force ainsi à s'interroger toujours, à réfléchir à tout ce qu'il avait perdu, à ce qu'il pourrait perdre encore ou bien au contraire, retrouver ?

Il savait que son comportement avait été brutal et même qu'il s'était montré menaçant, la basculant sur le lit comme si elle n'était rien d'autre qu'une de ces ribaudes qui hantaient les camps de soldats. En entendant l'eau couler, il expira doucement et ouvrit les yeux sans faire d'autres mouvements.

Il tressaillit, pourtant, à la vue de Tavia dans sa chainse transparente et retint son souffle, suivant chacun de ses mouvements si sensuels.

Soulevant sa lourde tresse et dénudant son épaule et sa gorge délicate, elle appliqua le linge mouillé à la base de son cou. Benoît pouvait imaginer les fines gouttelettes se répandant sur sa peau, collant à son dos le lin transparent de sa chainse. Elle leva les bras et, dans le rougeoiement du brasero, il put admirer la beauté satinée de sa peau sous la chaude lumière qui dessinait autour d'elle comme un halo surnaturel. On eût dit un ange.

Le chevalier avala sa salive avec difficulté. Que lui arrivait-il donc ? Sa tentative de la posséder avait échoué et il savait fort bien pourquoi. Parce que contrairement à ce qu'il avait pu croire, il n'avait nulle réelle envie de la traiter comme toutes ces femmes sans visage qui avaient partagé sa couche. Elle était trop différente, trop douce, trop généreuse. A chaque moment qu'il passait auprès d'elle, il sentait sa froideur habituelle fondre comme neige au soleil. L'étrange état dans lequel il avait vécu jusque-là et qui tenait plus de la mort que de l'existence réelle semblait s'estomper et la vie, revenir en lui.

Sans doute dut-il faire un léger bruit, car Tavia se retourna, le linge mouillé dans sa main, qui laissait tomber quelques gouttes sur le plancher ciré.

Il la regardait, fasciné. Le lin mouillé de sa chemise révélait les douces courbes de ses seins, sa taille fine, la rondeur de ses hanches.

— Je croyais que vous dormiez, protesta-t-elle, les bras croisés pudiquement sur sa poitrine.

Il se redressa et s'assit sur le bord du lit. Le drap glissa et révéla l'imposante musculature de son torse.

Lui tournant le dos, Tavia laissa retomber le linge dans la bassine de terre cuite, éclaboussant légèrement le bord verni de rouge de la poterie, ainsi que le bois du coffre.

Benoît se pencha, ramassa sa propre chainse abandonnée près du lit, la passa par-dessus sa tête, puis se recoucha.

— Je suis désolé, dit-il tout à coup.

Ces mots inattendus, il les avait prononcés d'une voix atone.

Tavia retourna à sa paillasse et mit une peau de loup sur ses épaules.

— Pourquoi ? Vous ne pouviez pas savoir que j'allais me laver…

Son visage, pâle de fatigue, brillait dans la lumière.

Benoît tressaillit en entendant l'infinie douceur de sa voix.

— Non, ce n'est pas pour ça.

Tavia le regarda, un peu malgré elle. Son accent de regret lui avait fait dresser l'oreille.

— Je suis désolé... de la façon dont je vous ai traitée.

Il l'entendit respirer plus vite. Et alors qu'elle s'approchait du lit où il était étendu, il perçut un tremblement de sa frêle silhouette. Dieu qu'elle était belle !

— Vous m'avez fait peur, dit-elle doucement, le bout de ses doigts effleurant le couvre-lit en fourrure.

— Je sais.

Il leva la main, caressa très délicatement la courbe du menton de Tavia, joua un peu avec une boucle soyeuse de ses magnifiques cheveux.

— Je pensais que c'était la seule façon de...

Il s'arrêta net et laissa retomber sa main contre son corps, le poing serré. Un muscle jouait nerveusement à la base de son cou. Comment aurait-il pu lui dire qu'il avait cru que, s'il lui faisait l'amour, son désir lancinant, impérieux serait satisfait et qu'il serait libre de nouveau, libéré des émotions qui l'assaillaient et qu'elle faisait naître en lui.

— Je pensais que c'était la seule façon de me débarrasser de vous.

12

La lumière filtrait à travers les interstices des volets de bois, dessinant des taches de soleil sur le sol du logis particulier que l'on avait attribué au roi Henry. Malgré l'heure matinale, l'énergique souverain l'arpentait déjà, l'air courroucé.

— Au nom du ciel, qu'est-ce qui te prend, Benoît ?

Henry se tourna vers son connétable, qui pour l'heure s'appuyait nonchalamment au mur, dans l'embrasure de la fenêtre.

— Je n'ai jamais rien entendu de plus absurde de toute ma vie !

En chainse de lin et chausses, le roi se remit à faire les cent pas, la vaste chambre étant toutefois trop petite encore pour contenir sa bouillante énergie. Son valet, désireux de lui passer sa cotte, était obligé de le suivre au pas de course.

Benoît soupira et dégagea le loquet de fer qui retenait les battants des volets, puis rabattit ceux-ci contre le mur. Le soleil brilla sur sa cotte vert sombre et sur la manche d'un blanc immaculé de sa chainse, qui offrait un saisissant contraste avec la peau halée de son poignet, puis une colonne de lumière inonda toute la pièce.

Benoît regarda un instant, par la fenêtre, les carrés bien

ordonnés des champs cultivés qui s'étendaient, par-delà les remparts de la ville, jusqu'aux collines boisées. Cette fille l'avait-elle vraiment changé ? Il savait que sa requête au roi était fort inhabituelle, mais absurde, vraiment ? Ce terme ne pouvait en aucun cas s'appliquer à ce qui s'attachait à Tavia.

— Qui est cette pucelle, d'ailleurs ? Est-elle de noble naissance ?

— Non, c'est une paysanne et aussi l'arbalétrier le plus expert que j'aie vu depuis longtemps.

Les mains sur l'appui de la fenêtre, il fixait maintenant, sans la voir, la cour juste au-dessous de lui. C'était l'image de Tavia qu'il avait, sans cesse, devant les yeux. Tavia sur les fourrures du lit, son pouls battant rapidement à la base de sa gorge. Ses doigts se crispèrent sur la pierre froide.

Le roi leva les bras au ciel, dans un geste dramatique de consternation, avant de reprendre ses va-et-vient.

— C'est la première fois, Benoît, la première depuis le temps où nous étions deux écuyers morveux chez mon père, en Anjou, que j'en viens à me demander si tu as bien toute ta raison. Et d'abord, je ne t'ai pas vu montrer le moindre intérêt pour une femme depuis… depuis…

Le roi s'interrompit, incapable de trouver, dans ses souvenirs, l'exemple recherché.

Benoît écoutait son souverain sans mot dire. Il était habitué aux colères souvent imprévisibles d'Henry, à ses remontrances et à ses foucades. Pour le moment, il n'avait pas envie de lui objecter quoi que ce fût.

— C'est d'ailleurs ce qui fait de toi le plus sûr de mes chevaliers, reprit le roi après une courte pause. Tu ne te laisses pas emporter par tes émotions. On croirait même que tu n'en éprouves aucune. Même au combat, tu ne perds jamais de vue le but à atteindre. Il est hors de question de me priver de cette qualité-là. Si ton cœur soupire pour une bergère d'Ecosse et qu'elle veut faire de toi l'un de ses agneaux, il faut y mettre fin. Et promptement !

— Cette fille n'est rien pour moi, s'entendit répondre Benoît. Mais messire Ferchar manifeste pour elle un grand intérêt. Je crois que nous aurions avantage à lui offrir notre protection. Elle semble posséder quelque chose qu'il veut à toute force et si c'était nous qui le détenions, nous aurions du même coup un avantage politique important.

— Dans ce cas, il n'y renoncera pas sans combattre et nous sommes déjà engagés dans une importante négociation au sujet des fiefs frontaliers, que je me vois mal assortir d'une condition supplémentaire, à la dernière minute.

Benoît s'écarta de l'appui de fenêtre et revint dans la pièce.

— Ainsi, vous ne l'aiderez pas ?

— Non, Benoît, je ne le puis. Le seul moyen pour cette fille de gagner notre protection serait que tu l'épouses…

Il eut un gloussement bref et porta à ses lèvres une main étonnamment blanche.

— Et nous serions tous très surpris, si une telle chose venait à se produire… connaissant ton peu d'attrait pour le mariage et la vie domestique en général. D'ailleurs…

Instantanément, le roi redevint sérieux.

— Je ne donnerai jamais mon accord à une telle folie. L'union d'une vilaine et d'un noble de haut lignage, non, non, ce serait déchoir ! Et puis, je ne veux perdre ni un vassal ni un ami.

— Cela ne changerait rien, répliqua Benoît. Je serais toujours le même homme.

— Ne crois pas cela. J'ai vu de hauts barons, chevaliers accomplis, mis à genoux par une péronnelle. Ne les imite pas.

Henry le fixa un instant, une étincelle dans ses yeux.

— Et souviens-toi que tu es mon homme lige et que je te paie bien.

Quelque jeune valet inexpérimenté avait garni la monumentale cheminée de la grande salle avec du bois trop vert et elle refoulait des nuages de fumée grasse, faisant tousser et larmoyer les quelques-uns qui étaient venus là prendre leur déjeuner du matin. Et c'était les yeux rougis que l'on vidait son bol de gruau ou que l'on buvait son lait chaud en y trempant du pain.

— Jour de Dieu ! cria férocement Ferchar en entrant dans la salle, l'impressionnante longueur de sa cape bordée de fourrure balayant les dalles derrière lui. Qu'ont encore fait ces abrutis de domestiques !

Il toussa en montant les marches de l'estrade royale, avant de se laisser tomber dans son fauteuil, à côté de Malcolm.

— Par la barbe du diable, est-ce que nous ne les payons pas assez, avec le gîte et le couvert, en plus, pour être en droit d'obtenir un service un tant soit peu efficace ?

— C'est le bois qui est vert, expliqua platement le jeune roi, en mâchonnant vaguement un bout de pain.

Ses cheveux roux, encadrant son visage encore poupin, mais aussi tout le reste de sa physionomie expliquaient qu'on ne lui donnait pas ses seize ans.

— Parbleu, je le vois bien ! s'exclama le régent, irrité. Mais l'on pourrait... Ah, je ne sais pas pourquoi je m'abaisse à discuter de ces questions domestiques.

Il abattit soudain son poing sur la table, faisant trembler la vaisselle.

— Et vous, avez-vous enfin établi un programme pour

la chasse ? Nous devons tenir Henry occupé, et de bonne humeur !

Malcolm se demanda à quel moment de leurs relations il était devenu le serviteur de Ferchar. N'était-ce pas l'inverse qui aurait dû se produire ? Le régent était censé l'assister et lui, Malcolm, bien que sous tutelle, restait le roi. Mais il fallait reconnaître que les choses étaient plus faciles ainsi et que Ferchar avait l'autorité et l'expérience nécessaires à la négociation avec le roi d'Angleterre, par exemple. Au fond, Malcolm ne détestait pas déléguer ses responsabilités.

— Oui, les palefreniers ont reçu l'ordre de tenir prêts les chevaux et l'on prépare un grand pique-nique.

— Excellent !

Ferchar se frotta les mains, avant de se rembrunir et de demander, soucieux :

— Des nouvelles de notre… autre problème ?

— Les gardes n'ont pu la trouver nulle part et le dénommé Wulfric a sur la tête une bosse de la taille d'un œuf.

— Maudite furie ! Attendez un peu que je mette la main sur elle… Elle n'a pas pu aller bien loin. Il faut fouiller chaque recoin de la ville. Tous les postes de garde aux portes ont été mis en alerte. Nous la trouverons.

— Je l'espère. Je voudrais bien faire mieux connaissance avec ma « nouvelle » sœur.

Ferchar rit.

— Vous la trouverez sans doute un peu trop fruste pour vos goûts raffinés : souvenez-vous qu'elle a été élevée comme une paysanne… Mais si vous y tenez, vous en aurez tout le temps après qu'elle aura retrouvé le trésor que son père, le comte Henry, a caché quelque part.

Il ponctua ses dires en avalant une grande cuillérée de gruau, dont quelques flocons restèrent accrochés à son menton. Il s'essuya sans façon dans la manche de sa surcotte. Malcolm réprima une grimace de dégoût.

— Et pas un mot de tout ceci devant le roi d'Angleterre, poursuivit le régent. Je ne tiens pas à ce qu'il soit au courant de tout cet or que… Tiens, tiens…

Ferchar s'interrompit, son regard rivé sur la porte du fond. A travers le rideau de fumée grise refoulé par la cheminée, la mince silhouette de Tavia apparut, escortée par celle, haute et large, d'un chevalier que Malcolm reconnut comme étant de ceux qui accompagnaient le roi Henry.

— Ah, enfin !

Ferchar leva sa main à l'attention de Benoît.

— Grâce au ciel, vous l'avez retrouvée, messire chevalier ! Nous commencions à nous inquiéter. Venez donc vous joindre à nous, tous les deux, dit-il, montrant le banc, près de lui.

Tavia fit la grimace devant le ton patelin du régent. Il n'espérait tout de même pas faire illusion en affichant cette fausse bonhommie ? Il ne faisait pas de doute que ce comportement mielleux n'était dû qu'à l'imposante présence de Benoît auprès d'elle. Elle remarqua, tandis qu'ils avançaient vers le haut bout de la table, les regards effrayés des bourgeois de Dunswick sur le connétable d'Henry, leurs murmures sur son passage.

— Il semble que votre réputation vous ait précédé, chuchota-t-elle comme il lui prenait le bras pour l'aider à monter sur l'estrade.

— Et pas en bien, je suppose, répondit-il sur le même ton, un mince sourire au coin des lèvres.

Un pied sur le degré, Tavia le regarda avec surprise. Elle avait cru déceler une forme de regret, dans sa voix. Avait-il des remords pour ce qu'il avait fait au cours de ses campagnes ? Les tueries ? Tout ce sang versé ?

— Faites donc un pas en avant, lui murmura-t-il, la main sur sa hanche. Vous n'allez pas rester là…

— Vous n'êtes guère en position de me donner des ordres, répondit-elle. Pas après ce qui s'est passé cette nuit.

Les hautes pommettes du chevalier parurent pâlir légèrement.

— Je m'en suis excusé, fit-il remarquer.

Elle monta les degrés suivants, à contrecœur, mais bien certaine qu'il n'hésiterait pas à la pousser vers la table, si elle renâclait. Connaissant les façons expéditives du régent, elle abordait celui-ci avec beaucoup d'appréhension. Benoît l'avait prévenue que le roi Henry lui refusait sa protection et bien qu'elle eût détesté l'admettre, elle était bienheureuse de sentir la rassurante présence du chevalier à côté d'elle.

— Alors, mon enfant, avez-vous recouvré tout votre bon sens ? lui demanda Ferchar en la regardant de ses yeux morts.

Tavia leva le menton.

— Qu'attendez-vous de moi, messire régent ?

Son ton, calme et posé, n'en résonna pas moins sous les voûtes de la grande salle au-dessus du brouhaha des conversations.

Les yeux de Ferchar s'étrécirent.

— Vous savez parfaitement ce que je veux, Tavia. La phrase, sur la lame de la dague. Je veux que vous m'en donniez le sens.

Il lança un regard ennuyé en direction de Benoît. Tavia eut un sourire méprisant : ainsi Ferchar redoutait que Benoît se précipite auprès de son souverain pour le mettre au courant de cette affaire.

— On dit que le comte Henry a confié à l'aînée de ses filles l'emplacement où il avait dissimulé le…

Il regarda Benoît, de nouveau, avant de poursuivre sur un ton pressant et plus confidentiel.

— Enfin, vous savez, éluda-t-il, ce dont nous avons parlé hier… Ada, sa fille cadette, ne sait rien. Vous êtes l'aînée, c'est donc à vous qu'il a dû le dire. Puisqu'il vous a donné sa dague, il a bien dû aussi, je pense, vous donner également une clé, un indice ?

Benoît, qui jusque-là s'était tenu coi, en simple spectateur de la situation, sortit brusquement de sa contemplation.

— Est-ce exact ? demanda-t-il à Tavia, la prenant par le bras pour la faire se tourner vers lui. Vous seriez donc la fille du feu comte Henry ?

Elle sentait la chaleur de ses doigts à travers la laine épaisse de sa manche.

Elle leva vers lui ses yeux de myosotis d'une insondable clarté.

— Je suppose que oui, dit-elle d'un air sombre. Ma mère, Dieu la garde en son paradis, me l'a avoué sur son lit de mort, mais je n'ai pas voulu la croire.

— Mais bien sûr qu'elle est sa fille, éructa Ferchar, mécontent d'avoir été interrompu. Si vous pouviez la voir à côté d'Ada, elles se ressemblent comme deux gouttes d'eau ! C'est une bâtarde du comte, il n'y a aucune erreur.

— Un bien vilain mot pour exprimer le résultat de ce qui a pu se passer entre ma mère et lui, protesta sèchement Tavia. Ils s'aimaient.

— Ah, plaise à vous de le croire, ricana le régent. Mais n'imaginez pas que votre père était un saint : quand d'aventure, il pouvait trouver une compagne de débauche, ce n'étaient pas les scrupules qui le retenaient beaucoup.

Ferchar saisit la dague incrustée de joyaux dans ses doigts crochus et la lui tendit.

— Tenez, regardez bien cet objet. Etudiez-le pendant

que vous déjeunez. Et peut-être alors que les souvenirs vous reviendront.

En prenant la petite arme par sa courte fusée, Tavia sentit Benoît qui l'observait. Elle s'assit sur le banc en laissant pour le chevalier un espace vide auprès de Ferchar. Ainsi, il y aurait un rempart — et ô combien imposant ! — entre le régent et elle. Quand il s'y assit, elle trouva du réconfort à sentir son bras contre son épaule.

— Depuis combien de temps étiez-vous au courant ? lui murmura-t-il en commençant à garnir le tranchoir posé devant la jeune fille.

Posant la dague de côté, celle-ci le vit empiler un tas de nourriture qui augmentait sans cesse : tranches de fromages et de viandes froides, trois pommes…

Elle le tira par la manche.

— Voyons, Benoît, arrêtez-vous, lui chuchota-t-elle, je ne vais pas manger tout ça !

— Depuis combien de temps le savez-vous ? demanda-t-il sans s'émouvoir, en refaisant passer sur son propre tranchoir une bonne partie de la nourriture qu'il lui avait servie.

La petite dague brillait sur les planches de chêne de la table. Tavia la retourna entre ses doigts avant de répondre à la question de Benoît, dans laquelle elle décelait comme un reproche, une accusation.

— Comme je l'ai dit, ma mère ne m'en a parlé que sur son lit de mort. J'ai cru qu'elle délirait et je ne savais que croire.

— Elle ne vous en avait jamais rien dit, avant cela ?

Tavia leva les yeux vers lui.

— Non, pas un mot.

Le délicat motif damasquiné de la dague brillait à la lumière des chandelles. On y voyait des fleurs à cinq pétales entrelacées de feuillage. Se penchant vers Benoît de manière à ce qu'il fût seul à l'entendre, elle lui murmura :

— Je risque de passer toute ma vie ici, tant que je ne lui trouverai pas cet or.

— C'est de cela, donc, que la dague serait la clé ? De l'or ?

— Oui, et il ne me laissera jamais partir à moins que je lui dise où il se trouve.

Tandis que Tavia se penchait toujours sur la petite arme incrustée de joyaux, Benoît surprit le regard jaloux et possessif que Ferchar posait sur elle. « Il pourrait bien ne pas vous laisser partir du tout, même après que vous l'aurez trouvé », songea-t-il.

Les hennissements des chevaux qui piaffaient et les appels des serviteurs dans la cour du château tirèrent Tavia du sommeil, le matin suivant. Ferchar, considérablement adouci par la présence imposante de Benoît auprès d'elle, avait bien voulu laisser à la jeune fille l'usage d'un logis confortable… sans toutefois l'y enfermer. Mais l'expression avide de son visage, tandis qu'il donnait ses instructions aux serviteurs, montrait bien qu'en passant de la menace aux cajoleries, il n'en poursuivait pas moins toujours le même but : la conduire, par la force ou la douceur, à lui indiquer où se trouvait le trésor du comte Henry. Par bonheur, elle n'avait revu ce jour-là ni Ferchar ni, d'ailleurs, Benoît. Ils avaient passé le reste de la journée à chasser, le roi Henry ayant proposé que l'on commence à discuter du destin des fiefs frontaliers à cheval, en se rendant sur les lieux de la traque.

Tavia avait donc passé tout son temps dans la compagnie émolliente d'Ada, à l'écouter pépier comme un oiseau et raconter son quotidien à la cour. Parfois, la princesse Ada ne paraissait vraiment pas ses dix-huit ans ; on eût dit une enfant. Sans doute était-ce le résultat d'une éducation confinée et surprotégée, dans le giron des suivantes et des dames de compagnie. De temps en temps, Tavia l'examinait à la dérobée, toujours étonnée qu'elles eussent toutes deux le même père et qu'un même sang royal courût dans leurs veines.

Elle s'était épuisée à suivre Ada dans tous les recoins du château, des tours aux écuries et, le soir, elle avait été bienheureuse de s'asseoir pour un repas intime, qu'elle avait pris en compagnie de sa demi-sœur et des suivantes de celle-ci, dans le confort douillet de la chambre des dames.

Les bruits venant de la cour se firent plus forts, plus présents. Tavia bondit de son lit et s'approcha de la fenêtre, écartant le lourd rideau de peau qui l'obturait. Les paumes sur l'appui, elle se pencha au-dehors. Une douce brise caressa son visage, jouant dans ses cheveux comme dans les plis d'un glorieux étendard, au rouge étincelant. De sa position élevée, elle pouvait voir la silhouette élancée et pleine d'autorité de Benoît, qui enfilait ses gants de cuir en traversant la cour à grandes enjambées, son cheval, bridé et sellé, se mettant à piaffer d'impatience en reconnaissant son maître. Le roi Henry était au côté de son connétable, marchant du même pas et parlant avec animation, les bras esquissant de grands gestes démonstratifs. Benoît, impassible, semblait l'écouter attentivement, hochant la tête de temps à autre en signe d'approbation.

Le cœur de Tavia fit un bond. Où allait-il ?

Toute la torpeur du sommeil maintenant dissipée, elle attrapa une fourrure sur le lit qu'elle jeta sur ses épaules pour couvrir sa chainse de nuit, ouvrit la porte de la chambre et bondit dans l'escalier obscur, sans se soucier du froid des pierres sous ses pieds nus, en espérant que la porte qui donnait sur la cour serait ouverte. Mais justement, comme elle l'atteignait, en essayant d'accommoder ses yeux à la pénombre, cette porte s'ouvrit et un flot de lumière entra dans le petit vestibule auquel elle donnait accès.

— Oh, c'est vous ? s'exclama Tavia, surprise, en clignant des yeux.

Benoît, l'acier de ses yeux pailleté d'argent, se tenait sur le seuil, en haubert et cotte d'armes. Les mailles d'acier brillaient comme les écailles d'un poisson, au moindre mouvement. Sous le haubert, il ne portait pas de chausses de mailles, mais de cuir souple, ainsi que des bottes lacées qui montaient jusqu'au genou et moulaient ses mollets musclés. Sa cotte d'armes écarlate ne portait pas d'armoiries personnelles, mais celles, aux trois lions, du roi Henry. Les nobles animaux parurent s'animer lorsqu'il se courba vers elle.

— Bonjour, altesse.

Rêvait-elle ou bien y avait-il une trace de moquerie dans sa voix ? La dénigrait-il parce qu'elle ne lui avait pas livré son secret ? Sans doute.

— Ne m'appelez pas ainsi, lui répondit-elle, la mine sombre.

— C'est pourtant bien ce que vous êtes, rétorqua-t-il en croisant nonchalamment les bras sur sa poitrine.

— Non. Je suis peut-être la fille du comte Henry, mais étant illégitime, le titre n'est pas reconnu.

— Même dans ce cas, un sang royal coule dans vos veines, ce qui vous donne certains droits et privilèges, nul ne peut le nier.

A présent, Tavia pouvait sentir le froid des pierres

sous ses plantes de pieds. Elle frissonna légèrement et se mordit la lèvre.

— Je… J'aurais dû vous le dire plus tôt, admit-elle. Vous faire confiance.

Benoît rit et ce rire eut pour effet de dissiper la tension qui venait de s'installer entre eux.

— Bah, peu importe, je peux comprendre pourquoi vous avez préféré vous taire. Accorder sa confiance à un étranger est chose difficile.

Il tourna la tête, car on l'appelait dans la cour, puis revint vers elle.

— Tavia, je dois partir, lui dit-il d'un ton précipité. Le roi Henry m'a demandé d'escorter votre frère, le roi Malcolm, qui va essayer de convaincre deux ou trois irréductibles barons écossais frontaliers de respecter notre futur accord. J'allais monter… vous en avertir.

— Est-ce que sera dangereux ? demanda-t-elle, l'œil fixé sur son harnois de guerre, en essayant de masquer autant que possible l'inquiétude qu'elle ressentait soudain.

— Je ne le pense pas, répondit-il en souriant. Pourquoi ? Vous inquiéteriez-vous de ma sécurité ? Moi qui croyais que vous seriez heureuse d'être débarrassée de moi…

— Mais je le suis ! répondit-elle d'une voix qui n'était guère convaincante.

— Et ne vous inquiétez pas non plus de Ferchar. Henry reste ici et il a promis de veiller sur vous… à présent qu'il vous sait de sang royal.

Il eut encore un rire bref.

— Je lui confierais ma vie sans hésiter, reprit-il, vous pouvez en faire autant.

— Très bien.

— C'est gentil d'être descendue me dire au revoir…

Benoît regarda sa chevelure en désordre, l'encombrante

fourrure sur ses épaules, qui soulignait la douce délicatesse de son visage et ses orteils nus qui dépassaient de l'ourlet de sa chainse.

— Mais vous auriez dû prendre le temps d'enfiler des chaussures, conclut-il d'un ton amusé.

Les coins de sa bouche s'écartèrent en un sourire. Sur la pierre grise des dalles, les pieds nus de Tavia étaient d'un rose de perle, comme la nacre précieuse d'un coquillage. Il brûlait de s'agenouiller devant elle pour les caresser et les embrasser. Ses doigts se crispèrent sous le cuir de ses gants. Après ce qui s'était passé la dernière fois qu'il s'était trouvé seul avec elle, il s'était bien juré de ne plus jamais la toucher.

— Bien, je dois partir, à présent.

Sa voix était étrangement rauque. Tavia esquissa un mouvement, comme si elle avait voulu le suivre dans la cour, mais il l'arrêta, la main sur son épaule.

— Non, restez, dit-il doucement. Les pavés sont sales et humides et puis, dans cette tenue, vous attireriez par trop l'attention…

Son regard s'attarda sur le spectacle bouleversant qu'elle lui offrait, sur ses lourdes tresses rousses tombant avec un adorable abandon sur ses épaules et sur sa chainse de nuit qui révélait, plutôt qu'elle ne cachait, le galbe fuselé de ses jambes.

A regret, il se détourna d'elle, s'éloignant sur les pavés de la cour. Il se réjouit intérieurement que les hommes d'armes ne pussent pas la voir, car elle se tenait dans l'ombre du mur, derrière l'embrasure de la porte.

Benoît rejoignit son destrier et fit un signe de la main au roi Henry, avant de saisir les rênes et de se hisser souplement en selle. Le jeune Malcolm était à cheval, lui aussi, mais un palefrenier réglait encore la longueur de son étrier.

Les yeux de Benoît se tournèrent de nouveau vers la fragile silhouette de Tavia, rendue plus menue encore par les massives poutres de chêne qui encadraient la porte. Son visage et ses épaules captaient la lumière d'une façon quasi surnaturelle. Le chevalier la regarda longuement, en essayant de combattre le désir qui montait en lui. « Juste un baiser, se dit-il, la cuirasse de sa détermination se lézardant d'un coup devant le charmant spectacle qu'elle offrait. Un baiser et je pars. »

Il poussa légèrement ses talons dans les flancs de sa monture et l'animal prit docilement le chemin du seuil de la porte, où se tenait Tavia. Là, Benoît se cassa en deux sur sa selle pour la saisir et, son bras puissant entourant la taille de la jeune fille, il la hissa jusqu'à lui. Alors il prit rapidement et passionnément sa bouche, goûtant brièvement mais pleinement la douceur vulnérable de ses lèvres. En un éclair, il l'avait reposée délicatement sur les marches du donjon et se passait une main hésitante dans les cheveux.

— J'avais besoin de quelque chose qui me fasse me souvenir de vous, dit-il, la voix rauque de désir. Mais je n'en ai pas eu assez…

Il se déganta et avança sa main pour, dans un geste de tendresse inattendue, ranger derrière l'oreille de Tavia une mèche folle qui s'en était échappée.

— Faites très attention à vous, durant mon absence, lui murmura-t-il.

Voyant que Tavia ne réagissait pas, se contentant de le regarder fixement, il lui adressa un grand sourire réconfortant et taquin.

— Allons, ne soyez pas choquée, ce n'était qu'un baiser, lui dit-il, essayant de ne pas penser à la violente poussée de désir qui l'avait saisi.

— Non, ce n'est pas ça, répondit-elle, visiblement ébranlée. C'est... ce geste que vous avez eu, pour repousser ma mèche de cheveux, en vous penchant de votre cheval. Cela m'a rappelé...

Il haussa les épaules.

— Eh bien ?

— Je sais où le comte Henry a caché son trésor, Benoît. Et je sais ce que veut dire la phrase gravée sur la lame. La mémoire me revient à présent.

Benoît poussa un juron entre ses dents.

— Juste ciel, femme, vous choisissez mal votre moment, murmura-t-il.

Par-dessus son épaule, il jeta un coup d'œil sur Henry, qui semblait se demander ce que son connétable pouvait bien attendre pour partir.

— Ecoutez-moi bien, Tavia, la pressa-t-il. Gardez le secret et ne faites rien avant mon retour. Je ne devrais pas être absent plus de deux jours. Ne dites rien à personne, jusque-là, c'est bien compris ?

Il la fixait de ses yeux d'acier, pour mieux l'en convaincre.

— Je vous le promets.

— C'est bien, vous êtes une bonne fille.

Sur ces mots, il se redressa en selle et poussa son cheval vers la porte principale du château, une petite escorte de chevaliers anglais et écossais derrière lui.

Il était parti.

13

Sans s'occuper de sa paume blessée, Tavia leva la lourde arbalète en if et se mit en visée. Ses muscles avaient protesté au moment d'armer la corde et ils peinaient plus encore en raison du poids de l'engin. Elle l'avait empruntée à l'armurerie du château pour passer le temps et ne pas trop ressentir l'absence de Benoît. L'arme était lourde et peu maniable, bien différente de celle dont elle avait l'habitude.

Sentant le soleil lui caresser la nuque, elle visait soigneusement le large disque de paille compressé dont le centre avait été peint au sang de bœuf pour figurer une cible. Des pétales roses et blancs, tombés des arbres du verger voisin, voletaient à travers le champ de tir et tombaient sur l'herbe comme une averse colorée.

Tavia soupira et abaissa son arme en voyant la menue silhouette d'Ada paraître à la palissade qui délimitait son terrain d'exercice. Elle avait espéré échapper, au moins jusqu'à ce que sonne l'angélus, à l'incessant bavardage de la princesse. Hélas, c'était peine perdue : sa jeune demi-sœur la poursuivait sans relâche, à toute heure du jour.

— Je vous ai cherchée partout, dit Ada, hors d'haleine, en la tirant par la manche. J'avais oublié que vous étiez si habile à l'arbalète, sinon je serais venue ici tout de suite.

La jeune princesse portait un bliaud d'un bleu pâle avec,

dans ses cheveux roux, le rappel de rubans assortis, qui maintenaient sa longue tresse.

— Il faut s'entraîner souvent pour ne pas perdre la main, expliqua Tavia sur la défensive, en reposant l'arbalète sur un chevalet.

Ada acquiesça distraitement, tout en examinant d'un œil critique le surcot de grossière laine grise et la cotte de lin brun de sa sœur.

— Ferchar m'a demandé de vous trouver des vêtements convenables, expliqua-t-elle.

— Comme c'est aimable à lui, grommela Tavia entre ses dents.

Ada ne perçut manifestement pas l'ironie de cette réponse car elle leva les yeux d'un air extasié.

— Il est toujours si prévenant… Il dit que vous ne pouvez pas porter ces hardes, si vous êtes la fille du comte Henry… et ma sœur. Il a raison, n'est-ce pas ?

Ada prit impulsivement les mains de Tavia dans les siennes.

— Je ne puis croire que nous sommes parentes, s'exclama-t-elle, ravie. Moi qui ai toujours voulu avoir une sœur, voilà que le destin m'en donne une !

Tavia écoutait d'une oreille le joyeux babil de la jeune fille, regardait son visage animé et expressif, tout en se demandant pourquoi elle ne ressentait pas plus d'affection envers Ada. Elle ne pouvait se défaire de l'impression qu'il y avait quelque chose d'un peu inquiétant en elle, qu'elle était comme étrangère au monde, possédée d'une passion morbide qui l'isolait du reste de l'humanité et se traduisait par une sorte de fébrilité, gênante pour tous ceux qui l'approchaient.

— Avez-vous trouvé, finalement, ce que veut dire la phrase gravée sur la lame ? demanda Ada abruptement.

« C'est Ferchar qui l'envoie me questionner », en déduisit immédiatement Tavia.

— Non, répondit-elle en feignant un air perplexe, afin de mieux protéger son secret.

Lorsque Benoît, la veille, s'était penché sur sa selle pour lui replacer une mèche de cheveux derrière l'oreille, il avait, sans le savoir, ranimé le souvenir d'une scène identique, profondément enfouie au fond de sa mémoire. C'était ce lointain jour de printemps où sa mère l'avait emmenée se promener dans les collines, loin de leur chaumière. Elles allaient, lui avait-elle expliqué, rencontrer quelqu'un... de très important pour elles deux. Après qu'elles eurent marché pendant plus d'une heure sur la lande rocheuse et battue par le vent, Tavia et Mary avaient rejoint une vallée encaissée et étroite, où coulait un torrent qui bouillonnait sur les pierres moussues entre les fantomatiques silhouettes blanches des bouleaux et celles, majestueuses, des chênes. C'était un endroit secret, une sorte de sanctuaire végétal où l'on avait l'impression d'être le premier être humain à pénétrer. Cheminant par une sente étroite au bord de l'eau tumultueuse jusqu'à une clairière, Tavia avait levé la tête et poussé un cri de surprise et d'admiration. Un chêne énorme, phénoménal, poussait ses branches noueuses à l'assaut du ciel, ses feuilles nouvelles resplendissant dans le soleil du matin. Ce géant de la forêt abritait dans son ombre tout un parterre de pâles anémones aux cinq pétales blancs autour d'un pistil orange, disséminées sur un vert tapis de mousse.

— Que c'est beau, cet endroit ! s'était extasiée Tavia, sa main dans celle de sa mère.

— Oui, c'est pour cela que je l'ai choisi, avait répondu Mary.

Un cavalier richement vêtu semblait les attendre sous

le chêne. C'était le fils cadet du roi David. Lorsqu'elles approchèrent, il démonta et sourit à Tavia d'un air engageant et chaleureux. Elle était alors trop jeune pour bien comprendre tout ce que signifiait cette rencontre, mais à présent, à la lumière des événements de ces derniers jours, tout devenait clair. Ce beau cavalier était son vrai père. Il avait apporté, dans ses fontes de selle, un délicieux pique-nique qu'ils avaient partagé tous les trois sous le grand arbre. Puis, après quelque temps, il les avait embrassées pour leur dire adieu et était remonté sur son cheval. C'est alors, juste avant de partir, qu'il avait plié son grand corps du haut de sa selle et replacé tendrement une mèche folle derrière l'oreille de la petite Tavia.

— Dieu te garde, ma douce enfant, lui avait-il murmuré.

Les anémones de cette clairière étaient les mêmes fleurs qui étaient gravées sur la dague qu'elle conservait, depuis, dans l'aumonière de cuir qu'elle portait à la hanche.

La voix plaintive d'Ada la tira de sa rêverie.

— Vous n'en avez aucune idée ?

— Non, aucune. Si vous me montriez ces vêtements que vous avez trouvés pour moi ?

Les yeux de la princesse s'agrandirent de plaisir. Les ennuyeuses instructions de Ferchar pour l'heure oubliées, elle prit le bras de Tavia et les deux sœurs quittèrent le pas de tir, passant par le potager, à l'arrière des cuisines, où du linge séchait étalé sur des buissons, pour déboucher dans la haute cour du château. Là, elles virent le roi Henry et Ferchar en grande conversation près du donjon. Les deux jeunes filles s'approchèrent et firent une profonde révérence.

— Ah, les deux sœurs ensemble, comme c'est touchant, énonça Ferchar sans trop d'enthousiasme, mais son regard s'attardant sur la silhouette de Tavia un peu plus longtemps qu'il n'était vraiment convenable.

— Bonjour, mon chéri, s'exclama soudain Ada en lançant ses bras autour du cou du régent.

Surprise, Tavia songea qu'il y avait décidément, entre ces deux-là, des liens plus forts qu'il n'y paraissait de prime abord.

Mais Ferchar repoussa la princesse d'un air irrité.

— Morbleu, femme, combien de fois faudra-t-il vous dire de modérer vos signes d'affection en public ? Cela me rabaisse aux yeux du peuple.

— Je suis désolée, murmura Ada domptée, la tête basse. Je ne recommencerai plus.

— Veillez-y bien, lâcha Ferchar d'un ton bref.

Son regard plein de désapprobation revint se poser sur Tavia.

— Je croyais vous avoir dit de lui trouver des vêtements, dit-il à Ada, l'air dégoûté.

— Nous y allions, messire, intervint gentiment Tavia, pour adoucir un peu sa réprobation. La princesse Ada a simplement eu un peu de mal à me trouver.

— Vous disparaissez facilement, il me semble. Faites en sorte que l'on puisse vous dénicher lorsqu'on a besoin de vous. Le roi Henry m'a prié de vous laisser davantage de liberté que je ne l'aurais voulu, mais il ne faudrait pas en abuser.

— Ah, messire régent, s'amusa Henry, comme il est difficile de tenir la bride courte à ces dames...

Il souriait, mais le regard attentif qu'il posait sur Tavia semblait démentir la bonhommie de ses paroles.

« Je ne lui plais guère, songea la jeune fille, je me demande bien pourquoi. »

Benoît semblait tenir son souverain en haute estime,

elle était toute prête à en penser autant, au moins jusqu'à son retour.

— Puis-je vous soustraire cette damoiselle pour quelques instants ? demanda le roi.

Ferchar acquiesça d'un signe de tête.

La panique s'empara de Tavia. Henry II, qui avait pourtant sensiblement le même âge que Benoît, lui offrit son bras avec un sourire quasi paternel et l'entraîna vers le jardin.

— Vous pensez que je vous veux du mal, n'est-ce pas ? lui dit-il tout à trac. Il n'en est rien.

Ils repassèrent à gauche du donjon, revenant, par une poterne ménagée dans les remparts, vers le potager clos de murs que les deux sœurs venaient de traverser. On y trouvait des carrés réguliers de plantations, séparés par de petites allées. Des rangées bien ordonnées de jeunes légumes crevaient déjà la terre brune car ce printemps inhabituellement ensoleillé faisait germer les graines plus tôt qu'à l'habitude. Déjà les cosses de pois montaient à l'assaut des tuteurs de châtaignier ainsi que les feuilles à la fois grasses et tendres des haricots. Tavia eut un pincement au cœur en pensant au petit potager, derrière sa chaumière, que sa mère avait entretenu avec amour et qu'envahiraient bientôt les herbes folles.

— Pardonnez-moi, sire, je n'ai pas entendu votre majesté, dit-elle soudain, rougissante, en s'apercevant que le roi venait de lui adresser la parole.

— Je disais que je ne vous voulais aucun mal, répéta patiemment Henry, en faisant une petite halte.

Le poil d'hermine blanche qui bordait sa courte cape se soulevait légèrement sous la brise.

La jeune fille eut un rire bref.

— Je doute que messire Ferchar puisse me faire bien

pire que ce qui m'est déjà arrivé. Et puis, tout cela sera bientôt fini.

— Ce n'est pas du régent d'Ecosse que j'entends vous parler, dit Henry en haussant très légèrement le ton et en reprenant son bras, mais de messire de Vallières. Benoît de Vallières.

— Benoît ?

Elle eut un léger tressaillement dans la voix, en répétant son prénom.

— Oui. Il semble qu'il y ait entre vous... Enfin, je vous ai vus, hier matin, dans la cour.

Tavia rougit malgré elle.

— Un baiser... c'est bien peu de chose, majesté.

Un merle effrayé s'envola dans leurs jambes en pépiant vigoureusement, pour aller se réfugier dans la haie.

— C'est peu de chose, sans doute, pour le moment... J'espère que vous n'attendez pas de lui autre chose de plus substantiel... comme le mariage, par exemple.

— Je n'attends rien, surtout venant de lui. Je ne suis rien pour messire Benoît.

Mais le roi Henry ne semblait pas convaincu.

— Parce qu'il faut que vous sachiez qu'il préférerait se passer son épée en travers du corps, plutôt que de s'abandonner à la routine émolliente de l'hymen.

— C'est bien pour cela que je ne le lui demande pas, majesté, murmura Tavia, le cœur serré.

— Il ne se mariera jamais... pas après... Enfin, il est arrivé quelque chose à sa famille, quand il était jeune écuyer.

A la façon dont il prononçait ces mots, il était évident que le roi ignorait qu'elle était au courant du drame qui hantait Benoît.

— Je sais ce qui s'est passé, sire, et j'en suis désolée pour lui.

Les yeux noisette d'Henry s'étrécirent, comme s'il avait peine à le croire.

— Il vous l'a dit ? Il vous a raconté ce qui était arrivé à sa famille ?

Elle acquiesça, secrètement amusée par l'air abasourdi du roi d'Angleterre, qui se tint coi un long moment, avant de reprendre :

— Ce fut horrible, mais à cause de cela, peut-être, il est devenu le meilleur chevalier, le plus habile homme de guerre que j'aie jamais connu.

— Voulez-vous dire par là que ce fut une bonne chose ? demanda-t-elle, interloquée.

— Je vais vous choquer, sans doute, mais pour le royaume et pour moi, certainement. Et je ne tiens pas du tout à ce que cela change, répondit le roi, son regard perçant toujours fixé sur elle.

« Il me met en garde, songea Tavia. Il veut que je m'éloigne de Benoît. »

Instinctivement, elle fit un pas en arrière, une grande confusion s'emparant d'elle. Les mots d'Henry étaient porteurs de pouvoir et d'autorité. Il connaissait Benoît depuis l'adolescence, alors qu'elle n'était entrée dans sa vie que quelques jours auparavant. Mais depuis qu'il l'avait embrassée, l'autre matin, sur le seuil du donjon, un espoir indéfinissable avait vu le jour en elle et s'était mis à croître, encouragé par quelques signes que Benoît avait bien voulu lui donner avant son départ. Par exemple, il s'était excusé de la façon dont il l'avait traitée quand elle avait dormi dans sa chambre. Certes, il lui avait fait peur, mais il avait aussi éveillé en elle une attente, un espoir qui ne disparaîtrait pas aisément.

Elle poussa un profond soupir. Car ce fragile espoir, ce rêve qu'elle avait commencé à caresser, risquait bien de se briser dans l'œuf. En fait, tout cela n'était rien et c'était elle qui très étourdiment avait amplifié toutes ces petites marques de sympathie, pour en faire quelque chose de tout autre et de bien plus important. Mais comment pourrait-elle jamais éloigner Benoît de son univers de chevalerie et de batailles ? C'était toute sa vie...

A en croire le roi Henry, il fallait qu'elle s'en aille, tout de suite, avant de s'abuser plus follement encore. Et pour avoir le droit de partir, elle devait dire à Ferchar où se cachait l'or du comte, son père.

Benoît serra les cuisses autour du flanc de son destrier, pour le pousser à un trot rapide vers le château de Dunswick. Transpirant, sous son heaume d'acier, il havait hâte de le retirer ainsi que tout le reste de son équipement et de prendre un bain. Le voyage de retour, depuis les comtés frontaliers de l'ouest, avait pris plus d'une journée, sur un terrain accidenté et difficile. Tout le long du chemin, il s'était demandé pourquoi diable Henry lui avait confié cette mission. Le jeune roi Malcolm n'avait pas besoin de lui ; il avait toute l'éloquence et la persuasion voulues pour s'en acquitter seul. Au vrai, la présence d'un chevalier du roi d'Angleterre auprès de lui était davantage une gêne qu'un appui : Benoît inquiétait leurs interlocuteurs, avant que Malcolm eût pu les convaincre. Après deux jours à chevaucher de château en château et à écouter le jeune roi d'Ecosse annoncer à son peuple que le roi Henry prenait le contrôle des fiefs frontaliers, Benoît prit simplement la décision de rentrer à Dunswick, auprès de son souverain... et auprès de Tavia.

Le soleil du début d'après-midi éclairait la ville où les gens allaient en souriant à leurs affaires. Reconnaissant sans doute la haute silhouette du chevalier brabançon sur son destrier noir, ils s'écartèrent de son chemin, mais sans manifestation particulière, si bien qu'il put rallier le château rapidement. Il remit son cheval au pas en approchant du pont-levis, son épaule droite le lançant douloureusement. Peste ! Il aurait cru que cette blessure, après tout bénigne, serait moins douloureuse. Il sentait que le pansement noué sous son aisselle s'était déplacé. Il eut un rictus amer… Seul un débutant se serait laissé prendre au piège de ce garde trop zélé et quelque peu fanatique qui lui avait planté sa dague dans l'épaule, dans l'un des châteaux frontaliers. L'homme avait été rapidement maîtrisé, mais sa lame avait eu le temps, par un défaut du haubert, d'entailler le gambeson de cuir et la peau. Tout cela parce qu'il avait l'esprit ailleurs !

Tandis que les sabots ferrés de son cheval résonnaient sur les planches du pont-levis, son cœur bondissait de joie à la seule pensée de revoir bientôt Tavia. L'image qu'il avait gardée d'elle, le jour de son départ, restait dans son souvenir. Sa peau toute rose encore de sommeil, la fourrure jetée sur ses épaules qui enchâssait l'élégante colonne de son cou… Le cœur de Benoît s'accéléra encore, il eût aimé pouvoir la prendre dans ses bras au débotté et l'emporter tout de suite vers la douce chaleur parfumée de son lit. Il tenta de chasser ces idées lascives et une ironique voix intérieure lui rappela ce qui s'était passé, la dernière fois qu'il s'était trouvé seul avec elle. Arrêtant son cheval sur les pavés de la haute cour, il démonta sans précipitation et tendit ses rênes à un palefrenier. Puis il enleva son heaume, rejeta en arrière son camail et passa la main dans ses cheveux, heureux d'y sentir l'air frais. La haute cour était très calme.

Où était Tavia ? Il avait besoin de la voir, d'entendre sa voix, de la toucher… Hum, non… non, pas cela. Mais au moins, il devait s'assurer qu'elle allait bien. Montant les marches du donjon quatre à quatre, il passa dans la grande salle. A cette heure-ci, la vaste pièce aux hautes voûtes était vide, à l'exception de deux silhouettes assises au haut bout de la table : le roi Henry… et Langley.

Benoît le héla d'une voix joyeuse et traversa la salle en quelques enjambées. Il monta tout aussi rapidement les degrés de l'estrade et salua son ami d'une grande claque dans le dos. Langley leva les yeux vers lui et lui dit, un peu timidement :

— Je ne m'attendais pas à te voir…

— Non, renchérit le roi, ironique. Nous ne t'attendions pas… si tôt ! Tu n'as pas dû visiter tous les fiefs de la frontière ?

— Non, en effet.

Benoît se laissa tomber dans un fauteuil, à côté de Langley.

— Mais le roi Malcolm s'en occupe.

— Peux-tu t'expliquer ?

La bouche d'Henry n'était plus qu'un trait mince.

— Malcolm fait un excellent travail. Je ne lui étais utile en rien.

Benoît sentait bien l'irritation du roi. Il but avidement une timbale d'eau fraîche.

— Je t'avais donné un ordre, Benoît, dit doucement Henry, et j'entendais que tu m'obéisses…

Benoît replaça la timbale sur la table avec une lenteur délibérée et fixa son souverain droit dans les yeux, une lueur mauvaise dans ses yeux d'acier. Malgré lui, le roi parut vaciller un instant sous ce regard d'aigle. Il se carra dans son fauteuil. Entre eux, Langley s'éclaircit la gorge, embarrassé.

— Ne puis-je plus, messire chevalier, compter sur votre loyauté ? demanda Henry d'un ton bien plus modéré que précédemment.

— Sire, n'y voyez, je vous prie, nulle félonie ni désinvolture, répondit respectueusement Benoît. Mais je ne comprends toujours pas pourquoi vous m'avez confié cette mission.

— J'avais peut-être une raison, murmura le roi.

— Dites-la-moi, alors.

— Cette fille te mène par le bout du nez, Benoît. Tu es revenu pour elle, avoue-le !

Benoît se carra dans son fauteuil, sans quitter Henry des yeux.

— C'est donc ça…

Il eut un rire bref et secoua la tête.

— Je ne vous aurais jamais cru du genre jaloux, majesté.

— Ventrebleu, il n'y a pas de quoi rire ! tempêta le roi. Elle te détruira, tu peux me croire ! Ton esprit tout entier préoccupé d'elle, tu perdras tes forces, ton courage et ton habileté aux armes !

— Qui vous dit que je ne suis pas fatigué de cette vie ? répondit Benoît. Depuis des années, je ne fais que combattre pour vous, encore et encore. Il est peut-être temps que cela change.

Les yeux d'Henry s'assombrirent.

— Je le savais. Je savais qu'elle t'avait ensorcelé.

— Où est-elle ?

Langley, toujours silencieux, émiettait un morceau de pain sur le chêne sombre de la table.

— Regarde-toi, reprit le roi, vois ce qu'elle a fait de toi.

— Où est-elle ? répéta Benoît en se levant d'un bond. Henry, dis-moi où elle est !

14

Le soleil perçait les frondaisons des chênes et des bouleaux, éclairant les crosses nouvelles des fougères dans le sous-bois. Des oiseaux chantaient dans le feuillage, voletaient de branche en branche ou picoraient au sol, dans le tapis de feuilles mortes de l'automne précédent. Parmi les ombres de la forêt, Tavia menait sa haquenée sans hésiter sur la route à suivre, mais en essayant d'ignorer son cœur lourd et d'empêcher ses pensées de dériver loin de ce pour quoi elle était venue là. Elle avait retrouvé la vallée aisément, en suivant le chemin qu'elle avait autrefois pris avec sa mère et dont le souvenir était encore vivace dans sa mémoire, bien qu'elle ne s'en fût vraiment souvenue qu'en prenant connaissance de l'identité de son père.

Derrière elle, Ferchar riait grassement à quelque plaisanterie lancée par un de ses hommes d'armes. Il avait été enchanté d'apprendre que Tavia se souvenait de l'endroit exact où le comte Henry avait caché son trésor et avait tout de suite mis sur pied une petite expédition pour aller le rechercher.

Tavia essaya de maintenir son équilibre tandis que la jument descendait le sentier d'accès, fort escarpé et semé de rochers glissants. Mais ce chemin était le seul, à sa connaissance, qui menait jusqu'au fond de la vallée.

Agrippée au pommeau, la jeune fille sentait ses muscles endoloris protester contre la tension qu'elle leur imposait et son corps, qu'elle ne savait pas équilibrer, tressautait durement et dangereusement sur sa selle d'amazone. Quand donc parviendrait-elle à se tenir à peu près à cheval ? L'image de Benoît, monté sur son destrier couleur de nuit, passa fugitivement devant ses yeux. C'était là l'exemple d'un accord parfait et harmonieux entre un homme et un animal, un symbole de puissance et de beauté. Où qu'il pût être à présent, elle espérait que le chevalier allait bien. Son cœur se mit à battre plus vite et elle se mordit la lèvre, espérant avoir pris la bonne décision en n'honorant pas la promesse faite à Benoît de ne pas informer Ferchar avant son retour. Lui en voudrait-il ? Non, sans doute. Elle lui rendait service en disparaissant de sa vie.

— Est-ce encore loin, damoiselle ? demanda le régent, sur le ton pressant d'un enfant impatient.

— Non, plus très, répondit Tavia en regardant toujours droit devant elle, pour conserver son équilibre. Si je me souviens bien, la cachette est tout au fond de la vallée.

— Mieux vaudrait pour vous que vos souvenirs soient exacts, dit le régent, ironique, sans quoi je vous fais mettre aux fers pour nous avoir lancés sur une fausse piste.

On arriva au fond de la vallée et Tavia se sentit enfin un peu plus stable sur sa selle d'amazone. Tout autour d'elle, le sol moussu était constellé d'anémones, comme autant d'étoiles blanches sur un ciel vert. Emerveillée, la jeune fille regarda autour d'elle, admirant la lumière diffuse, les pétales délicats des fleurs…

— C'est ici ? demanda Ferchar, comme un rappel à l'ordre.

Elle sursauta. Elle ne s'était pas même rendu compte que sa jument avait fait halte.

— N… non, un peu plus loin.

D'une pression du talon, Tavia poussa sa monture en avant. A sa droite, le torrent chantait sur son lit de rochers moussus et de galets. Voilà, c'était là ! L'énorme chêne dans sa clairière, l'écorce de son tronc couvert d'un lichen vert pâle. La clé de sa liberté. Elle reconnut sans peine le curieux rocher pointu de ses souvenirs, surgissant du sol, sa surface recouverte de mousses et de lichens. Tavia fit halte et se laissa glisser de sa selle sur le sol spongieux. Sans attendre Ferchar, elle passa entre les fougères et les ronces qui s'accrochaient à sa cotte, l'odeur de la mousse foulée et de l'ail sauvage emplissant ses narines. Parvenue au pied du rocher, elle avisa, à sa base, une crevasse juste assez grande pour qu'on puisse s'y glisser. Alors, elle hésita, peu sûre d'elle, tandis que Ferchar la rejoignait, flanqué de deux hommes d'armes massifs. Essuyant son visage en sueur avec la manche de sa surcotte, le régent regarda la jeune fille, ses yeux pâles brillant d'excitation.

— Alors, s'exclama-t-il, c'est ici ou non ?

Tavia se sentait la gorge particulièrement sèche. Elle plongea la tête dans la crevasse, ses deux mains appliquées contre la paroi pour s'aider à progresser dans l'espace étroit. Sous ses doigts la roche était froide et inhospitalière. Une odeur douceâtre de végétaux en décomposition emplissait ses narines. Elle avança à tâtons dans la petite cavité. Oui, elle était sûre que c'était là, si sûre qu'elle pouvait presque sentir la présence de sa mère dans cette grotte en miniature. Etait-ce ici que les deux amants se retrouvaient ? Elle sourit à l'évocation de leur souvenir.

— Vous l'avez trouvé ? demanda impatiemment Ferchar, resté au-dehors.

Tavia choisit de ne pas répondre et continua de tâter la roche. Elle s'aperçut que la cavité s'élargissait au-dessus d'elle et que la lumière y parvenait par une fissure dans la pierre. Alors, elle leva la tête. Et vit.

Sur une étroiture, juste au-dessus, reposait un coffre aux ferrures massives, fermé par une grosse serrure rouillée.

— Je l'ai trouvé ! cria-t-elle en reculant vers la sortie, où elle cligna des yeux dans la vive lumière.

— Mais c'est trop lourd pour moi.

— Vas-y, toi, ordonna Ferchar au plus imposant des deux gardes.

L'homme regarda l'orifice naturel d'un air perplexe, mais se mettant à genoux, il parvint à s'y introduire et à en extraire le coffre, qu'il déposa devant Ferchar. L'autre retourna vers les chevaux chercher la masse que l'on avait opportunément apportée, afin de faire sauter un éventuel cadenas. Et au bout de quelques efforts, il sauta, en effet, se brisant en une pluie de morceaux métalliques. Le bruit des coups de masse se répercuta un moment dans la vallée.

Ferchar tomba à genoux, ses doigts osseux s'escrimant fébrilement sur les attaches du coffre. Tavia retint son souffle et quand il fut ouvert, les deux gardes reculèrent de surprise. Ferchar, lui, sourit en plongeant ses mains parmi les joyaux étincelants, les bagues, les colliers, les couronnes, l'or, l'argent et les pierres précieuses.

— Mon Dieu, haletait-il. Je l'ai trouvé, je l'ai enfin trouvé !

Il caressait respectueusement les rangées de perles, les broches ouvragées ornées de rubis et de saphirs, quand il sentit sous ses doigts une pochette de cuir damasquinée qui avait été déposée parmi les bijoux. Il l'ouvrit. Elle contenait un simple parchemin plié et scellé.

— Tavia…

Ferchar venait de lire à voix haute le nom écrit au verso du document. Il n'y jeta qu'un coup d'œil et le tendit à sa destinataire, incapable de se détourner, fût-ce un instant, de la contemplation du trésor.

Tavia rompit le sceau de cire rouge aux armes du comte Henry et déplia le parchemin. Une haute et élégante écriture à l'encre noire le couvrait. Elle leva les yeux, dépitée.

— Je ne sais pas lire, murmura-t-elle.

Avec un soupir agacé, Ferchar reprit le document et y jeta un rapide coup d'œil.

— « A ma fille chérie, Tavia, lut-il à voix haute, rapidement, comme on se débarrasse d'une corvée. Si tu as trouvé ce coffre, c'est que j'ai trépassé et je suis bien désolé de n'avoir pu te connaître mieux. Malheureusement, les circonstances et ma naissance m'ont dicté leurs lois. Si je n'avais été le fils du roi, les choses eussent pu être bien différentes, entre ta mère et moi. Pourtant, je l'ai toujours aimée, je t'aime aussi et quel que puisse être ton chemin dans cette vie, le contenu de ce coffre t'appartient. »

Avec un ricanement de mépris, Ferchar jeta le parchemin à terre. Tavia le ramassa pieusement, le plia avec soin et le rangea dans l'aumônière de cuir qu'elle portait à la ceinture. Dans sa peine, une nouvelle certitude lui réchauffait le cœur : le comte Henry avait aimé sa mère et elle ne pouvait plus en douter.

— Je m'institue votre tuteur, à présent, ma chère, lui déclara Ferchar d'une voix doucereuse, et par conséquent, ce qui est à vous est à moi.

Puis il reprit toute sa superbe pour s'adresser aux gardes.

— Silence, vous autres ! Videz ce coffre et rangez tout cela dans les fontes des selles. Quant à vous…

Il regarda Tavia comme s'il s'attendait à une protestation.

— Remontez à cheval. Si vous vous conduisez raisonnablement, je pourrai vous laisser un petit quelque chose, un souvenir qui vous rappellera vos parents.

Il prononça ce dernier mot avec une intonation de dégoût, comme si Henry et Mary avaient commis quelque crime répugnant. Tavia serra les poings. Elle ne laisserait pas Ferchar souiller leur mémoire et celle de leur amour.

— Je ne veux rien d'autre que ceci, affirma-t-elle, la main sur son aumônière, où elle avait rangé le parchemin.

— A votre guise, s'empressa de répondre le régent, estomaqué mais ravi.

Cette fille était décidément folle. Comment pouvait-on renoncer ainsi à ne fût-ce qu'une petite part d'une telle fortune ?

— Montez à cheval, nous rentrons à Dunswick.

Tavia releva la tête.

— Je voudrais rester encore un peu ici. Je vous rejoindrai plus tard.

Le besoin de demeurer seule, quelque temps, sans que la beauté et la paix du lieu fussent davantage altérés par la présence de Ferchar et de ses hommes, avait soudain saisi la jeune fille. C'était là que ses parents s'étaient retrouvés, qu'ils avaient parlé, qu'ils avaient fait l'amour. Là que leur esprit flottait encore, peut-être. Elle voulait rester seule avec leur souvenir.

Ferchar fronça les sourcils.

— Je ne puis vous laisser sans escorte et ces gardes doivent m'accompagner, pour protéger toutes ces richesses que nous transportons.

— Ce n'est pas grave, je connais le chemin et n'ai rien à craindre.

— Je reste avec elle.

La voix bien connue, chaude et grave, avait retenti sous

les frondaisons. Tavia leva la tête, son cœur s'emballant soudain.

Les lions d'or d'Henry II Plantagenêt brillaient sur la cotte d'armes écarlate de Benoît, qui se tenait au centre de la clairière, vivante statue équestre de la puissance virile, sur son étalon couleur de nuit.

Son regard vif et impérieux scruta le visage fatigué de Tavia et elle baissa honteusement la tête, devinant sa colère.

— Soit, dit précipitamment Ferchar, trop heureux de pouvoir rentrer et tout au bonheur de sa découverte. Messire Benoît, je n'ai pas besoin de vous rappeler que la sœur de notre roi mérite tous vos égards ?

— Nul besoin, en effet, répondit sèchement le chevalier.

Il ne daigna pas même tourner la tête pour voir les trois cavaliers, leurs fontes de selle alourdies par l'or et les joyaux, piquer des deux vers Dunswick et ne jeta qu'un regard de dédain au coffre abandonné, ouvert et vide, au milieu d'un parterre d'anémones.

— Ainsi vous l'avez trouvé, murmura-t-il, surtout pour lui-même, en allant attacher son cheval à un arbre. Vous m'aviez promis d'attendre mon retour.

Sa voix était dure, tranchante et prononçait là une condamnation sans appel. A l'entendre, Tavia sentit un froid glacial s'insinuer jusque dans ses veines.

— Que pouvais-je faire d'autre ? protesta-t-elle. Le roi Henry semblait dire que vous seriez parti très longtemps. Alors, je… je…

— Vous quoi ?

Il se pencha, impressionnant, au-dessus d'elle.

— Vous avez cru pouvoir tout régler toute seule, c'est ça ?

Il ne portait pas de heaume. Le camail, cette cagoule de mailles, repoussé en arrière, mettait en valeur ses traits durs et les muscles de son cou.

— Vous n'aviez pas besoin de venir à mon aide, Benoît, je pensais…

Elle tordait nerveusement ses mains. Comment lui dire qu'il valait mieux qu'elle disparût de sa vie ? Que le roi Henry le souhaitait ?

— Vous pensiez quoi ? Dites-le, morbleu, j'aimerais bien savoir une fois pour toutes ce que vous avez dans la tête !

— Je pensais que vous préféreriez que je ne sois plus là lorsque vous seriez de retour, acheva-t-elle précipitamment, ses yeux pervenche cherchant les siens, comme pour quémander un peu de compréhension.

— Qu'est-ce qui a bien pu vous faire penser cela ?

— Votre roi me l'a… suggéré, répondit-elle enfin en se tordant les mains de plus belle.

Ses yeux d'argent la fixant toujours, Benoît revivait en pensée leur dernier baiser, l'émerveillement de sentir son corps souple et chaud contre le sien, le goût de ses lèvres. Un puissant besoin de protéger cette femme, fût-ce malgré elle, le taraudait. De quoi Henry se mêlait-il ?

— Quand je pense que vous êtes venue seule ici avec Ferchar et ses sbires… Vous savez ce qui aurait pu se passer ?

Sans y penser, il leva le bras pour passer furieusement la main dans ses cheveux et ce mouvement lui arracha un rictus de douleur : il avait oublié sa blessure à l'épaule. Il pâlit affreusement et, au supplice, se mordit la lèvre.

Ce geste alarma aussitôt Tavia qui posa sa main sur son bras.

— Qu'avez-vous ? Que vous est-il arrivé ?

Il repoussa sa main.

— Rien, une égratignure.

— Je ne crois pas, insista-t-elle scrutant les mailles du haubert. A son expression, Benoît comprit qu'elle distinguait le gambeson de cuir teinté de sang au pli de l'aisselle.

— Ça a l'air bien plus sérieux qu'une égratignure.

— Laissez donc cela, grommela-t-il, résistant à l'envie de repousser la main qu'elle venait de poser sur son épaule. C'étaient bien les femmes de détourner une conversation embarrassante en feignant de s'intéresser à un détail !

La jeune fille le regarda droit dans les yeux, les mains sur ses hanches.

— Non, je ne vous laisserai pas, lui répliqua-t-elle. Il faut s'en occuper avant que cela ne soit beaucoup plus grave.

Les lèvres serrées, impassible, il soupira :

— Cessez donc ce harcèlement ridicule !

Alors elle posa ses deux mains sur sa poitrine et le repoussa en arrière. Il fut stupéfait de la force qui se cachait dans ce corps si menu.

— Asseyez-vous, avant de tomber, lui ordonna-t-elle d'un ton sans réplique. Allez-vous être un peu raisonnable ?

Il ne put s'empêcher de sourire.

— Vous me parlez comme à un enfant !

— Parce que vous vous conduisez comme tel !

— Bah, ce n'est qu'une entaille.

Les deux mains sur sa poitrine, Tavia essayait toujours de le faire tenir tranquille. Lui brûlait de lui prendre la taille et de la renverser dans la mousse. Mais un simple coup d'œil à son expression déterminée l'en dissuada.

— C'est bon, je me rends, conclut-il finalement en se laissant tomber à genoux devant elle, le délicat parfum des fleurs sauvages qu'il était en train d'écraser montant à ses narines.

— Il faut enlever tout ceci, dit Tavia en tombant à genoux à son tour, les mains sur l'ourlet de sa cotte d'armes.

En se penchant, elle lui offrait un ravissant point de vue sur sa poitrine.

— Laissez-moi faire, dit-il en repoussant doucement sa main.

En un clin d'œil, il retira la cotte, le haubert, le camail et le gambeson, puis sa chainse de lin largement tachée de sang. Retirer tout son harnois de guerre lui tira plusieurs rictus de douleur, mais il lui sourit faiblement lorsque, finalement, il s'agenouilla devant elle, nu jusqu'à la ceinture.

Tavia poussa une exclamation qui pouvait passer pour de l'effroi, devant les muscles saillants sous la peau mate. Mais Benoît n'était pas dupe, il voyait bien qu'elle était troublée par la vue de son torse nu.

— Que se passe-t-il, Tavia ? demanda en souriant Benoît. Est-ce pire que ce que vous pensiez ?

Elle ne releva pas son ton railleur, le regard rivé sur sa poitrine, comme hypnotisée. Nerveusement, elle s'humecta les lèvres, puis déglutit péniblement avant de lever les yeux vers lui.

— Je… Oui, c'est plus vilain que je ne pensais. Est-ce que personne n'a pensé à nettoyer la blessure ?

Il sentait la chaleur de sa main sur son épaule. Dieu, elle était si proche ! Comment avait-il pu l'abandonner pour aller caracoler le long de la frontière avec le jeune Malcolm ?

— Si… un de nos hommes… vaguement, répondit-il, évasif et la voix rauque.

— Il faut la nettoyer mieux que cela. Vous avez une gourde d'eau ?

Il montra son cheval de la tête.

— Là, sur ma selle…

Elle alla la chercher et il suivit du regard l'ensorcelant mouvement de ses hanches, comme elle s'éloignait, puis revenait vers lui.

Il poussa un léger cri de douleur quand Tavia aspergea sa blessure et se mit à la nettoyer avec une bande de tissu arrachée à la chainse du chevalier. Elle fronça les sourcils.

— Je ne crois pas qu'il soit nécessaire de recoudre, cela ne semble pas trop profond. Je vais le bander avec mon voile.

Il admira le gracieux mouvement qu'elle fit pour retirer son voile diaphane de ses cheveux, le déchirant pour en faire un bandage. Des mèches d'un roux sombre, profond, échappées de sa coiffure en bandeaux, frisaient autour de l'ovale parfait de son visage. La robe grossière qu'elle portait à son arrivée à Dunswick avait été remplacée par un superbe bliaud vert amande, sur une cotte de lin crème. Les servantes du château avaient certainement été sommées d'habiller cette « nouvelle » princesse royale selon le rang qui était le sien, mais Benoît doutait que l'indomptable caractère de Tavia pût s'en trouver profondément changé.

— Levez le bras que je puisse nouer le bandage sous votre aisselle, ordonna-t-elle, précise et efficace.

— Vos désirs sont des ordres, altesse, lui dit-il plein d'ironie, en lui obéissant, néanmoins.

Elle le regarda sans indulgence.

— Voulez-vous que je vous aide, ou non ?

Sous les soins efficaces de la jeune fille, la douleur aiguë s'était muée en un simple élancement, mais le mouvement lui arracha un nouveau rictus.

— Il a longtemps qu'on ne m'avait soigné ainsi, dit-il entre ses dents.

— Ce n'est pas une raison pour se montrer désagréable, répondit-elle doucement en mettant en place le bandage.

Il ne répondit rien. Emplissant ses narines de la fraîche odeur de lavande qui montait du morceau de voile qu'elle appliquait sur la plaie, il respira profondément, se raidissant contre la douleur.

— Voilà, dit enfin Tavia, après ce qui lui parut une éternité.

Elle recula, admirant son travail d'un air satisfait. Benoît sentit son cœur battre plus vite sous cet examen minutieux : elle ne regardait pas que le bandage, les yeux s'attardant sur sa peau dorée.

— Voulez-vous que je vous aide à remettre votre chainse ? offrit-elle au bout d'un moment d'une voix mal assurée.

Il secoua la tête en souriant.

— Je ne sens pas la rose, fit-il remarquer. N'y a-t-il pas un endroit où l'on peut se laver, par ici ?

Il tourna la tête pour inspecter la clairière. Le feuillage, au-dessus de lui, projetait des jeux d'ombres et de lumière sur son visage.

— Venez, dit Tavia, je connais effectivement un endroit.

Elle alla vers la lisière, semblable à une nymphe de la forêt sur le vert des arbres et lui tendit la main dans un simple geste d'amitié.

Benoît se releva doucement, une étrange torpeur envahissant ses membres. Docilement, il la suivit, mettant sa main dans la sienne. Le long bliaud de la jeune fille effleurait les pâles anémones sur leur lit de verdure.

Elle avançait avec précaution, d'un pas léger, et il la suivait en silence, admirant la ligne élégante de son dos sous le beau vêtement et les belles épaules si droites. Comment cette jeune fille pouvait-elle dominer ainsi toutes ses pensées ? Elle qui était si loin de ces femmes précieuses et minaudières qu'il côtoyait — qu'il fuyait plutôt — à la cour. Il avait cru longtemps que seule l'ambiance des camps et le métier de chevalier mercenaire lui permettraient de survivre à la perte de toute sa famille. Mais il n'en était plus si sûr, à présent. Tavia était si différente, tellement incomparable. Son esprit prompt, indomptable, sa beauté sauvage, tout cela l'attirait, le captivait encore et toujours.

La brise soufflait dans les branches au-dessus de leurs têtes agitant les tendres pousses nouvelles des feuilles. Sur leur droite, ils pouvaient entendre le grondement du torrent, qui se faisait de plus en plus fort au fil de la pente qu'il suivait de rocher en rocher. Tavia s'arrêta net, si brusquement que Benoît faillit la heurter. Il fallut au chevalier toute sa volonté pour ne pas se plaquer contre elle et refermer ses bras autour de son corps menu.

— Nous y sommes, dit fièrement la jeune fille tout sourire, en s'écartant pour mieux lui montrer l'endroit.

Il fit quelques pas en avant. Là, le grondement de l'eau s'adoucissait et semblait s'apaiser. A six pieds environ au-dessous d'eux, le torrent avait creusé une grande vasque naturelle aux reflets d'émeraude. Sur la droite, une cascade se précipitait dans les eaux tranquilles depuis de hauts rochers. C'était un endroit secret, bien caché, niché dans la verdure comme un bijou dans son écrin.

— Comment est-ce que… ? murmura-t-il éberlué, toute son ironie et sa rudesse envolées.

Elle rit.

— Comment je connais cet endroit ?

Ses yeux d'un bleu limpide cherchèrent les siens.

— Ma mère et le comte Henry se rencontraient ici. C'était un lieu qui n'était qu'à eux.

— C'est très beau…

Il restait immobile au bord du bassin, émerveillé par la vision enchanteresse qu'il découvrait, le murmure de l'eau, le vert tendre des feuilles. L'air était doux et chargé du parfum des fleurs.

— Eh bien, allez-y, l'encouragea Tavia. Baignez-vous !

Il déboucla sa ceinture et la jeune fille détourna pudiquement les yeux.

— Je crois que je ferais mieux de vous laisser, murmura-t-elle.

— Je n'ai pas l'intention d'offenser votre pudeur, la rassura Benoît.

A présent qu'il l'avait retrouvée saine et sauve, il répugnait à la quitter, ne fût-ce que des yeux. Il retira ses chausses et ses bottes, ne gardant sur lui que ses braies de lin. Puis il plongea du haut de leur promontoire.

Tavia, plus que troublée par la quasi-nudité de Benoît, admira l'harmonieux et aérien mouvement de son corps musclé, qui s'élevait dans les airs avant de retomber et d'entrer dans l'eau.

Benoît remonta à la surface, à l'évidence heureux de sentir la soyeuse caresse de l'eau sur sa peau. Tavia hésitait. Devait-elle partir ou rester ?

Demeurer là à le regarder, c'était flirter avec le danger. Le laisser profiter seul de son bain était de loin la solution la plus sûre. Elle admirait l'impeccable compas de ses longues jambes sous la surface, qui le maintenait tandis qu'il secouait la tête pour chasser l'eau de ses yeux.

— Comment est-elle ? demanda-t-elle avec envie.

Il sourit largement, montrant des dents très blanches dans un visage bronzé.

— Elle est délicieuse !

Sous les plis du bliaud, la cotte de Tavia commençait à la démanger quelque peu. L'eau en effet devait être agréablement fraîche et délassante. Tavia suivait le bord de l'étendue d'eau, ses pieds chaussés glissant sur l'herbe humide, en rêvant secrètement de rejoindre dans l'onde tranquille le magnifique spécimen de mâle quasiment nu dont elle ne pouvait détacher ses yeux.

— Pourquoi ne pas venir, quand je sortirai ? lui lança-t-il, notant du regard la façon dont elle tirait sur sa cotte, comme si ce vêtement la gênait.

— Vous croyez que je pourrais ?

Elle regarda autour d'elle avec un air d'inquiétude si enfantin que Benoît faillit éclater de rire.

— Pourquoi pas ? répliqua-t-il en haussant les épaules. Ferchar ne vous a pas interdit de vous attarder un peu.

Tavia ne se le fit pas dire deux fois. Baissant la tête, elle commença à défaire les lacets de son bliaud. Elle avait tellement hâte de se retrouver à l'eau qu'elle en devenait nerveuse.

— Attendez que je sorte, lança-t-il sans sourire, et que je me rhabille !

Il poussa un grognement en la voyant passer le vêtement par-dessus sa tête. Le bruit de la cascade avait couvert sa voix. Visiblement, elle ne l'avait pas entendu. Il n'avait lui-même aucune envie de sortir si tôt de l'eau, mais, comprenant que cela valait mieux pour eux deux, il se mit à nager vers le bord puis à marcher sur les galets instables du fond. Enfin, choisissant un endroit où il pourrait reprendre pied, il se hissa sur ses avant-bras, l'eau ruisselant sur sa peau couleur de miel et éclaboussant tout, autour de lui. Du coin de l'œil, il vit un éclair blanc et sut, sans qu'il lui fut besoin de regarder davantage, que Tavia ne portait plus sur elle que sa chainse. Dieu du ciel ! Quand allait-elle cesser de le soumettre à la tentation ?

— Allez-y donc ! cria-t-il en filant retrouver ses vêtements.

Avec un soupir de bonheur, Tavia s'immergea à son tour dans l'eau fraîche. Machinalement, Benoît tourna la tête dans sa direction et le désir le transperça comme une flèche ; elle flottait sur le dos, une expression extasiée sur le visage, le tissu de sa chainse trempé révélant tous les détails de son corps voluptueux.

Il était perdu…

Toujours vêtu de ses seules braies, il plongea de nouveau sous le regard éberlué de Tavia.

— Je… je croyais que vous vouliez vous rhabiller, balbutia-t-elle, ses bras dessinant des cercles pour se maintenir en surface.

— J'ai changé d'avis, lui répondit-il, le regard très intense.

Debout sur le fond, de l'eau jusqu'à la poitrine, il lui prit les mains.

— Je ne puis vous résister davantage, Tavia, lui dit-il doucement. Dieu m'est témoin que j'ai essayé. Mais je ne le peux pas.

Sa confession était franche et sans ambages, il la prononçait d'une voix que le désir rendait rauque.

— Je suis désolé…

Il voulait ne plus la quitter, lui faire l'amour et éprouver enfin toutes ces émotions qu'il avait passé toute sa vie à fuir.

Tavia s'accrocha à ses avant-bras pour maintenir son équilibre.

— Non, murmura-t-elle. Ne soyez pas désolé.

Une étincelle passa dans l'argent des yeux de Benoît. Il

porta la main de la jeune fille à ses lèvres et en embrassa doucement la paume. Une joie profonde et glorieuse montait en lui.

— Voici le moment de me repousser, lui murmura-t-il.

— Je ne le peux pas, moi non plus, lui répondit-elle avec franchise.

Benoît posa sa bouche fiévreuse sur les lèvres de Tavia. Il la sentit perdre l'équilibre, sur le point de couler à pic dans l'eau cristalline. Mais il la maintint de ses bras solides en l'attirant contre lui, en sécurité. Leurs bouches jointes et leurs membres mêlés, il la sentit se laisser aller contre lui, nouer les bras derrière son cou et caresser des doigts sa chevelure toute mouillée.

Emportée par la frénésie de la passion qu'il témoignait soudain, elle avait été incapable de lui mentir. Cette fois, elle voulait aller au bout… pour toujours. Il mit ses mains en coupe autour du visage de la jeune fille pour approfondir leur baiser, sa langue jouant, provocante, à l'orée de sa bouche. Elle eut l'impression que son sang se figeait un instant dans ses veines, avant de pulser de plus belle, à une incroyable vitesse. Ils étaient accrochés l'un à l'autre, seul point saillant sur la surface lisse de l'eau, comme scellés par leur baiser.

Le cœur de Tavia battait si fort qu'elle en était effrayée. Allait-il résister ? Par son baiser, ses caresses, Benoît la conduisait vers une terre inconnue d'elle, un continent de désirs secrets et de passion débridée. Une terre qu'elle brûlait de découvrir avec lui.

Sa main délicate, à la base du cou de son compagnon, envoyait des spirales de sensations voluptueuses dans tout son corps. A travers le toucher de ses doigts curieux, il pouvait sentir qu'elle acceptait et accueillait le feu dévorant qui s'était allumé entre eux. Il la plaqua contre lui, ventre contre ventre, hanches accolées, et elle frémit en sentant la rigide évidence de son désir pour elle.

— Pas ici, murmura-t-il près de sa bouche.

Les lèvres de Tavia étaient encore brûlantes de leur baiser. La soulevant dans ses bras, Benoît l'emporta sans peine vers l'endroit où le plan d'eau se vidait dans le lit du torrent et il reprit doucement pied sur la berge, son précieux fardeau serré contre lui, l'épaule de Tavia contre sa poitrine. La chainse trempée de Tavia lui collait à la peau, révélant les courbes séduisantes de ses seins et de ses hanches. Elle enfouit son visage dans le creux du cou de Benoît, incapable de soutenir l'intensité de son regard.

Il la déposa sur un lit odorant de mousse et d'anémones, au-dessous des frondaisons d'un chêne majestueux, puis il s'étendit tout contre elle et elle eut un coup au cœur en prenant conscience qu'il était nu.

— Quelqu'un pourrait nous voir, murmura-t-elle, sachant que, par ces simples mots, elle scellait son sort, et désirant ce qui allait venir de toutes ses forces.

— Est-ce vraiment important ? chuchota-t-il à son oreille, et son souffle chaud attisa le désir de la jeune fille comme on avive une flamme.

— Non.

Il sourit et son doigt dessina un tendre chemin le long de la joue de Tavia, sur son cou, plus bas encore. Elle tressaillit, chaque sensation lui semblant se démultiplier et éclater en elle comme une bulle de savon.

Il écarta le tissu mouillé de sa chainse, dénudant une épaule crémeuse et scintillante comme une perle dans l'écrin vert de la forêt. Le souffle de Tavia s'accéléra, une vive émotion lui creusant l'estomac. Les lèvres de Benoît reprirent le dessin de la tendre ligne sur son épaule, sa gorge…

Soudain, il se redressa et passa une main tremblante dans ses cheveux, comme s'il voulait chasser le brouillard de passion qui les enveloppait tous deux. Absurdement, Tavia regardait le pansement qui bandait son épaule et son cœur se serra douloureusement. Voilà, c'était l'instant où il allait lui dire qu'il ne pouvait continuer, qu'il était déjà allé bien trop loin. Elle se sentit terriblement vulnérable, exposée et pitoyable, dans sa chainse mouillée. Alors elle se redressa elle aussi et s'assit, essayant de reprendre son contrôle sur elle-même et de dominer sa terrible déception.

— Cela ne fait rien, bredouilla-t-elle nerveusement en se mordant la lèvre. Je vais partir, si vous voulez. Je comprends, je… je suis trop maigre pour le goût de la plupart des hommes.

Il la dévisagea, abasourdi, puis son regard descendit le long de son corps parfait, l'enveloppant de désir comme une écharpe.

— Etes-vous folle ? Qui a bien pu vous mettre dans la tête une telle sottise ?

— Je…

Il se pencha de nouveau sur elle et passa doucement le bout de ses doigts sur le satin de son visage et de son cou.

— Ecoutez-moi bien. De toute ma vie, je n'ai connu femme plus belle que vous, vous entendez ? Il faut me croire.

Il avait l'air si sévère qu'elle ne put retenir un éclat de rire nerveux, qu'il étouffa en la faisant rouler de nouveau sur le sol. Eperdue de soulagement, elle se sentait fondre et se liquéfier d'excitation. Benoît enfouit ses doigts dans le cuivre étincelant des cheveux de la jeune fille, caressant légèrement sa tête, puis ses mains glissèrent le long de la tendre colonne de son cou, avant de jouer un instant au bord du col ouvert de sa chainse.

— Benoît... je... je...

Elle crut bien qu'elle allait se consumer sous ses caresses et dans le feu dévorant du désir qui explosait en elle.

— Chut... Ayez confiance, à présent, lui chuchota-t-il à l'oreille.

Il étendit son corps dur et sinueux tout contre elle et Tavia sentit un torrent de sensations déferler en elle, la virilité saillante de Benoît effleurant sa cuisse. Sans lui laisser un instant de répit, il prit de nouveau sa bouche et, saisissant l'ourlet de sa chainse, il la retroussa le long de ses jambes si douces jusqu'au nid secret de sa féminité.

— Benoît, murmura-t-elle en soupirant, quand il la toucha là où aucun homme ne s'était encore aventuré.

Toute raison l'ayant abandonnée, elle se laissa couler dans les eaux chaudes de la passion, emportée par le tourbillon enivrant du désir.

Son corps se tendit et devint rigide quand il entra doucement en elle. Les deux mains sur le visage de Benoît, elle plongea dans le feu dévorant de ses yeux d'argent et ne les quitta plus. Une sauvage frénésie faisait bouillir sa chair et son sang. Ses mains descendirent vers les épaules de son amant, vers son dos...

Il reprit ses lèvres, une fois encore.

Il la posséda avec une passion qui l'étonnait lui-même. Une fois passée la résistance de sa virginité, il la remplit profondément et totalement. La petite douleur qu'elle ressentit au passage fit vite place à une extraordinaire volupté et à un indescriptible sentiment de plénitude, tandis que Benoît allait et venait en elle, doucement et prudemment, d'abord, puis plus vite et plus fort. Elle bougea avec lui, remuant à son rythme et savourant avec délice chacun de ses coups de reins en l'accompagnant de son mieux, fermant les yeux, à la limite extrême de perdre conscience devant l'ouragan de sensations qui la transportait. Elle s'agrippait à l'homme au-dessus d'elle, sa seule sécurité au milieu de ce tourbillon, jusqu'à ce que son plaisir éclate comme une pluie d'étoiles. Elle cria. Ce fut comme si une bulle crevait, libérant des torrents et des torrents de jouissance en elle. Benoît rejeta la tête en arrière, atteignant le même pic que sa compagne, en même temps qu'elle. Il cria lui aussi et les doigts de Tavia s'enfoncèrent dans ses cheveux trempés de sueur tandis qu'il retombait sur elle, le corps lourd, repu et merveilleusement vivant.

15

Tavia et Benoît restèrent longtemps étendus à l'ombre du grand chêne, dont les vertes frondaisons filtraient les rayons du soleil, qui caressaient leur peau. Le rythme fou de leurs deux cœurs apaisés, le tumulte de leur passion avaient cédé la place à une tranquille, délicieuse et soporifique langueur.

Couché sur le dos, les jambes soyeuses de Tavia emmêlées aux siennes, Benoît regardait pensivement l'entrelacs des branches au-dessus de sa tête, ce mélange végétal au travers duquel on apercevait quelques bouts de ciel bleu.

Un sentiment de profonde sérénité l'habitait. L'homme qu'il avait été, endurci par la guerre et la mort, refermé sur lui-même, sur ses souvenirs et ses fantômes, cet homme-là avait disparu. Pour combien de temps ? Il l'ignorait. Mais pour la première fois depuis bien des années, il connaissait la paix, la satiété et aussi une joie encore fragile, mais très profonde. Toutes les aspérités de sa personnalité semblaient s'être adoucies sous les caresses et contre le corps de Tavia. Etait-ce vraiment son œuvre ? Est-ce que cette petite créature, si menue et si belle avait vraiment su remplir le grand vide de son cœur avec toute sa tendresse, sa générosité et sa passion ? La beauté, la plénitude de ce qu'ils venaient de partager avait été une bouleversante expérience. Jamais il n'avait connu une union aussi complète et aussi enthousiasmante, non seulement physiquement mais aussi émotionnellement.

Il poussa un profond soupir, savourant la douce fatigue de ses muscles, et suivit rêveusement du regard le vol d'un roitelet dans le sous-bois. Tavia toujours serrée dans ses bras, il laissa ses pensées dériver à la suite du gracieux oiseau, l'esprit léger et le cœur empli d'espoir. Jamais encore, l'idée de partager sa vie avec quelqu'un ne lui était venue. Cette pensée lui était même tellement étrangère qu'il était à peu près incapable de la formuler vraiment. Pourtant, l'image de Tavia enceinte, rentrant avec lui sur ses terres, là-bas en Anjou, et lui permettant de faire enfin le deuil de ses chers fantômes, s'imposait de plus en plus à lui. Serait-ce un jour possible ?

Contre son flanc, Tavia frémit et murmura dans son sommeil. Sa joue rose enfouie dans la poitrine de Benoît, sa main reposait sur son cœur, plus légère qu'un papillon. Il était surpris de la vive émotion qui déferlait en lui. Il s'était abandonné corps et âme en lui faisant l'amour, comme immergé, perdu dans ses caresses. Quel arrogant imbécile il avait été, de croire que la posséder supprimerait du même coup tout son désir pour elle ! Rien n'aurait pu être plus éloigné de la vérité.

— A quoi penses-tu ? murmura Tavia, tout contre son épaule, la voix encore pleine de sommeil.

Sa chainse humide et tachée d'herbe encore relevée haut sur ses hanches, elle se pelotonna contre le corps musclé de son amant.

— Je pensais à la façon dont je t'avais traitée, à Dunswick, répondit-il.

Il grimaça à ce souvenir. Le rève d'un avenir avec elle commençait à s'estomper.

— Chut, n'en parle pas, lui murmura Tavia en souriant, un doigt sur ses lèvres.

La manche de sa chainse retroussée sur son poignet délicat, elle montrait ses fines veines bleues.

— J'ai été une brute, confessa Benoît, le visage dans les cheveux de Tavia, les mèches rousses, légèrement parfumées, caressant sa joue.

Mais dans le moment même où il prononçait ces mots, une désagréable petite voix intérieure lui disait qu'il n'avait pas pour autant cessé d'en être une et qu'il le serait toujours. Comment pouvait-il espérer offrir à Tavia une vie normale, avec la douleur toujours vive des cicatrices de son passé ? Il tourna la tête et, d'instinct, chercha son épée dans l'herbe. N'était-ce pas la preuve ? Oui, le premier objet qu'il cherchait autour de lui, c'était elle, la fidèle lame qui avait traversé tant de batailles et fauché tant de vies.

— C'est vrai, je suis une brute, murmura-t-il, l'air sombre, toute trace de vie éteinte dans son œil.

Mais Tavia rit doucement, prenant sa main dans la sienne pour la lui faire poser sur sa joue.

— Si je pensais cela, je n'aurais jamais fait l'amour avec toi…

— Tu t'es trompée, lui répliqua-t-il, son bras se raidissant un peu autour d'elle.

Un coup de tonnerre roula dans le ciel, qui les fit sursauter. De lourds nuages s'accumulaient au-dessus de leur tête, assombrissant le ciel avec une grande rapidité. La forêt elle aussi se remplit d'ombre, à mesure que la lumière déclinait.

Ce brusque changement de temps ne fut pas la seule raison qui poussa Tavia à se tourner dans les bras de Benoît, pour scruter son visage. Elle avait senti un changement s'opérer en lui. Et ce qu'elle vit la terrifia. Son rire tourna court dans sa gorge, devant l'expression vide, impersonnelle, de ses traits. C'était le masque du guerrier professionnel qui revenait en place. Dire que ses pensées étaient toutes entières dédiées au moment qu'ils venaient de partager, à la sensualité de la présence de cet homme tout contre elle et au plaisir qu'elle avait éprouvé.

Le cœur de Tavia se serra, puis s'emplit de colère. Elle aurait voulu le secouer, lui tirer les cheveux, n'importe quoi qui fît revenir un peu de vie en lui. Une vague de fureur la submergeait.

— Pourquoi es-tu comme ça ?

— Comme quoi ?

Ses larges mains sur les épaules de la jeune femme, il l'aida à se redresser tandis qu'il s'asseyait, cherchant ses braies dans l'herbe.

— Comme s'il ne s'était rien passé, répondit-elle, son œil bleu chargé de colère, en se remettant sur pieds.

Ses cheveux, défaits au plus fort de leur joute amoureuse, retombaient glorieusement sur ses épaules et jusqu'à ses hanches.

— Je suis ce que je suis, répondit-il brièvement en remettant ses chausses.

La fureur donna du courage à la jeune femme. Elle fit face.

— C'est faux, tu n'es pas comme ça ! lui asséna-t-elle en lui tapant du doigt sur la poitrine. Tu n'es pas indifférent. Tu m'as suivie jusqu'à Dunswick, m'as protégée de Ferchar au moment où je m'aveuglais, m'as aidée à supporter le chagrin de la mort de ma mère. N'essaie pas de dire le contraire !

Il la regardait, muet de stupéfaction devant cet éclat.

— Tu aimes montrer comme tu te soucies peu des autres, mais la vérité n'est pas là. Je le sais. Je te connais.

Il repoussa sa main, le visage fermé, intimidant, ajusta ses chausses et enfila ses bottes.

— Non, tu ne sais rien, dit-il calmement. Si tu savais qui je suis vraiment, tu ne resterais pas ici.

Une mèche de cheveux châtains retombait sur son front têtu.

— Je te connais, répéta-t-elle, la main sur son bras savourant ce contact brûlant.

— Mais non. Tu ne sais pas ce dont je suis capable…

— Très bien.

Tavia se détourna, car les larmes affleuraient, après son coup de colère. Défaite, les épaules basses, elle reprit sa cotte chiffonnée et la fit passer par-dessus ses épaules. Elle aurait voulu lui marteler la poitrine de ses poings, crier, pleurer, menacer… Mais à quoi bon ? Elle avait essayé de l'atteindre, de le faire réagir. En vain. Pourquoi lutter, alors ? Mais elle savait, au plus profond de son cœur, qu'en ce moment même, elle luttait pour gagner son amour, pour qu'il lui rende celui qu'elle lui portait.

Oui, elle aimait cet homme impossible à la mesure de ce qu'il l'avait tout d'abord terrifiée et mise en rage, lui qui lui avait volé des baisers, puis l'avait prise. Elle l'aimait, mais elle était quasi certaine qu'il allait lui briser le cœur.

— Ramenez-moi à Dunswick, lâcha-t-elle, en marchant vers le cheval de Benoît, qui attendait tranquillement sous un chêne.

Elle se tenait très droite, essayant de garder la face, mais en elle, tout n'était que tumulte, chaos et humiliation. Au même instant les nuages crevèrent et une lourde averse s'abattit sur la forêt, sous le grondement du tonnerre et la brève, blafarde illumination des éclairs.

— Trop tard…

Benoît s'élança à sa suite et il la retint à l'épaule, l'empêchant de se hisser en selle. Elle se débattit, avança sa main vers les rênes, mais il l'immobilisait fermement.

— Laissez-moi, enfin ! lui cria-t-elle sous le rideau de pluie, ses doigts serrés sur les lanières de cuir et l'eau ruisselant sur son visage, brouillant sa vision.

Il lui arracha finalement les rênes.

— Arrêtez, Tavia, nous ne pouvons pas rentrer maintenant, c'est trop dangereux.

Elle le regarda à travers le rideau de pluie.

— C'est une plaisanterie ?

— Je suis tout à fait sérieux, il faut trouver un abri.

Elle se tut, sachant bien qu'il avait raison et se résignant aux circonstances, qui allaient l'obliger à passer davantage de temps dans sa compagnie. Ce n'était pourtant guère, Dieu savait !, ce dont elle avait besoin. Il lui fallait du temps pour se remettre de ce qui venait de lui arriver, pour panser ses plaies, retrouver son équilibre et ranger à jamais, dans un recoin de son cœur, le cher souvenir de leur union passagère.

Les éléments en avaient décidé autrement.

— Suivez-moi, lui dit-elle simplement.

Sous la pluie toujours torrentielle, Benoît regarda Tavia s'approcher de la fente rocheuse qui menait à la petite caverne. Elle avait toujours cet air courroucé. C'était très bien ainsi, songea-t-il. Elle était bonne et d'une tendre nature. Généreuse, aimante… Lui, au contraire, était, sans aucun espoir de rémission, dur, amer, hanté par son passé. Il ne pourrait que la rendre malheureuse. A présent qu'elle était riche et apparentée au roi d'Ecosse, elle était hors de danger. On lui trouverait un bon mari, aussi tendre et généreux qu'elle.

Il admira les jolies courbes de sa silhouette contre la pierre grise, son visage très pâle mais étonnamment lumineux, son corps menu mais toujours si plein de force et d'énergie malgré ses proportions réduites. Surpris, il la vit se glisser dans l'étroiture, se retourner pour lui faire signe d'entrer. Il hocha la tête et se faufila à son tour, comme il le put. Puis il s'installa confortablement, étendant pour eux deux la couverture qu'il avait retirée de sa selle, et s'asseyant, dos à la roche. Elle ne l'y suivit pas, préférant l'ignorer et lui tourner le dos, debout face à l'ouverture, montrant par là qu'elle avait hâte de sortir de cette grotte, hâte de le quitter.

Il ne pouvait l'en blâmer. Il l'avait blessée en lui témoignant de l'indifférence. Mais il le fallait, car c'était la seule façon de lui faire comprendre qu'il n'était pas l'homme qu'elle croyait. Elle devait le comprendre et l'admettre, pour son bien, sinon il la détruirait. C'était ainsi. Son âme était noire, mauvaise, son cœur mort.

Le tonnerre éclatait violemment au-dehors. Un éclair fulgurant illumina l'entrée de la grotte et Tavia, effrayée, fit un bond en arrière.

— Je m'assiérais, si j'étais vous, lui dit tranquillement Benoît. L'orage ne passera pas plus vite parce que vous le souhaitez.

Elle se tourna enfin, cherchant la silhouette du chevalier parmi les ombres de la caverne.

— Croyez-vous vraiment que j'ai envie de m'asseoir près de vous, Benoît ? Après ce que vous m'avez dit… après… après…

— Que je vous ai prise ? acheva-t-il en haussant l'arc sombre de ses sourcils. Vous ne devriez pas y attacher trop d'importance. Je sais bien que ce n'est pas tous les jours que vous perdez votre virginité, mais…

Elle le coupa.

— Arrêtez ! Dieu du ciel, vous parlez de moi comme d'une… commodité, d'un intermède sans importance ! Comment pouvez-vous être aussi brutal, aussi rude ?

Les yeux de Benoît étaient de glace, dans la pénombre.

— Parce que c'est exactement ce que je suis, Tavia, un homme de guerre, rude et brutal. Vous semblez avoir du mal à l'admettre.

Elle appuya sa main à la roche, s'y accrocha, la tête penchée. Dans la pénombre, il distingua sur son visage des larmes de rage et de désespoir.

— Vous ne vouliez que mon corps, c'est cela ?

Elle avait articulé ces mots d'une voix blanche, tremblante de colère.

— Vous êtes une femme extrêmement désirable, Tavia. A quoi vous attendiez-vous donc ? A une demande en mariage ? répliqua-t-il calmement, se maudissant de lui faire du mal.

— Non, lui répliqua-t-elle, mais peut-être à quelque chose d'un peu plus doux, d'un peu plus tendre qu'un rejet sans appel.

Il tressaillit en entendant ces mots, mais camoufla sa réaction en un haussement d'épaules. C'était mieux ainsi, s'entêtait-il à penser. Mieux valait qu'elle sache quel homme il était, avant qu'il ne soit trop tard.

Elle s'approcha encore et se tint devant lui.

— Eh bien, Benoît, on peut dire que vous vous êtes bien joué de moi, n'est-ce pas ? Et moi qui croyais que nous venions de partager une expérience extraordinaire, la plus bouleversante de ma vie ! Et voilà que par quelques mots vous faites voler tout cela en morceaux et en effacez toute la beauté. Merci à vous, vraiment, merci !

Benoît sauta impulsivement sur ses pieds, la dominant de nouveau de toute sa haute taille. Jamais une femme ne lui avait parlé ainsi, avec tant d'énergie, de franchise et de passion. Elle avait parlé. Elle lui avait dit son fait. Elle leva les yeux vers lui, sans frémir, simplement dans l'attente d'une réponse.

— Cessez de prétendre faire de moi un autre, lui dit-il, la voix dangereusement basse. Je ne suis pas un de ces chevaliers servants prêt à vous couvrir de fleurs, de mots doux et de vers joliment troussés par quelque troubadour !

— Je ne vous demande rien de tout cela, lui répliqua-t-elle très simplement.

Il la saisit par les épaules, la soulevant presque de terre, ses yeux droit dans les siens.

Sa voix impérieuse, exigeant une réponse, tonna sous la voûte de la caverne.

— Que voulez-vous de moi, alors ?

Sans détourner les yeux, Tavia répondit, toute droite, évidente, sa voix très claire dans le silence.

— Vous le savez, Benoît, ce que je veux.

« Votre amour ». Les mots ne furent pas prononcés. Pensés, ressentis, seulement.

Mais il savait bien ce qu'elle voulait lui dire. Oui, il le savait.

— Vous demandez ce que je ne puis donner.

Il se tut et son regard se tourna vers l'entrée de la grotte.

— L'orage est passé, annonça-t-il simplement. Rentrons à Dunswick.

Tavia se plongea dans la baignoire de bois et s'enfonça jusqu'au cou dans l'eau chaude, au milieu d'un nuage de vapeur. La tension de ses muscles commençait à se relâcher et elle s'étira agréablement, les orteils contre la toile de lin qui garnissait le fond de la cuve. On avait versé des pétales de rose qui flottaient à la surface, leur parfum exacerbé par la température du bain. La fatigue alourdissait les membres et les paupières de Tavia, qui savait que l'activité physique n'était pas la seule cause de son épuisement. Une bouffée de chagrin la saisit de nouveau et elle s'enfonça plus profondément, comme si elle espérait que l'eau laverait la douleur de son cœur meurtri, ne fût-ce qu'un instant.

Ils étaient rentrés à Dunswick dans un silence morose, sa tranquille jument suivant docilement le fringant étalon de Benoît et les rares mots qu'ils avaient prononcés n'avaient été que des banalités empreintes d'une froide et formelle politesse. A chaque instant, Tavia regrettait d'avoir parlé sans détour dans la grotte et de lui avoir révélé « sa » vérité. Cela n'avait servi à rien, puisqu'il était si visiblement désireux de se débarrasser d'elle. Au moins ne pourrait-il ignorer ce qu'elle ressentait. Elle rougit de honte de s'être abaissée ainsi devant lui, non pas une fois, mais deux. Et à présent…

Les chevaux avaient cheminé dans la forêt détrempée où le soleil, revenu, filtrait à travers les branches alourdies par la pluie, faisant scintiller chacune des gouttes et gouttelettes qui coulaient alentour. Dès qu'ils avaient passé la herse de la haute cour, Benoît avait mis pied à terre et s'était éloigné, lui faisant à peine l'aumône d'un regard. Elle eût aimé crier, tempêter et l'accuser de fuir ses responsabilités, mais elle savait qu'il était trop tard. Elle lui avait déclaré ses sentiments et il l'avait repoussée. Mieux valait garder le souvenir de ce moment dans les bois au plus profond de son cœur et l'y conserver bien caché, pour toujours.

— Où étiez-vous ?

Tavia sursauta en entendant Ada entrer en trombe, sans frapper, dans son logis. Toute chance de souffrir en paix semblait perdue. La princesse se laissa tomber sur le lit, le visage dévoré de curiosité. Elle passa paresseusement la main sur les couvertures de fourrure, dont le poil luisait à la lumière des chandelles, et une lueur sarcastique passa dans ses yeux.

— Ferchar était fou d'inquiétude…

Tavia essora d'un air innocent le rebord du drap de bain, regardant les gouttes tomber sur le plancher.

— Il y a eu un orage, répondit-elle sans montrer d'émotion particulière. Nous n'avons pas pu rentrer tout de suite.

— Il était hors de lui, de ne pas vous voir de retour.

— Et pourquoi donc ? Il savait que je désirais rester un peu dans les bois, rétorqua-t-elle, le regard fier.

— Mais, Tavia, vous êtes partie des heures ! s'exclama Ada, en écarquillant les yeux d'une façon théâtrale. Et vous n'étiez pas seule… Il y avait messire Benoît…

Au désespoir qu'on lui rappele ces moments pénibles, Tavia haussa les épaules.

— Le régent avait accepté qu'il reste auprès de moi… pour me protéger.

Elle baissa les yeux, songeant à l'amère ironie de tout cela. Elle n'aurait pu paraître plus vulnérable… On eût dit un agneau emmené à l'abattoir.

Ada se releva et s'approcha doucement de la baignoire, le plancher craquant à peine sous ses fines chaussures de cuir.

— Il s'est passé quelque chose, durant votre absence…

Tavia passa doucement un linge sur son bras, inquiète de la sorte de menace qu'elle discernait dans le ton de sa sœur.

— Le roi Henry a fait observer à Ferchar que même

s'il était à présent, de droit, votre tuteur, puisque comme moi vous êtes la sœur de Malcolm, cela ne lui donne aucun droit sur votre fortune. Les bijoux sont à vous, Tavia, et rien qu'à vous.

Benoît avait grand-faim. Il chargea son tranchoir de fines tranches de jambon, en essayant de suivre la cordiale conversation que menaient Ferchar et Henry, auprès de lui. Mais il n'y parvint pas, son esprit revenant encore et toujours à la scène idyllique qu'il avait vécue auprès de sa douce naïade, au fond des bois. Malgré tous les efforts qu'il déployait pour chasser ce délicieux épisode de ses pensées, il était bel et bien pris, comme par un sortilège. L'air absent, il roulait un peu de mie de pain entre ses doigts.

— Assure-toi que les hommes seront prêts à partir dès demain matin, lui dit son roi en lui assénant familièrement une claque derrière l'épaule.

— Partir ? répéta-t-il, sans comprendre.

— Eh bien oui, répondit Henry en riant. N'as-tu donc rien entendu de ce que j'ai dit ? Notre mission est remplie : messire Ferchar et moi nous sommes mis d'accord sur le nouveau tracé de la frontière. Nous n'avons plus de raison de nous attarder.

« Et si j'en avais une, moi, de raison ? songea soudain Benoît. Une raison qui illumine ma vie de ses yeux si bleus, de sa vive intelligence, qui réchauffe de sa douceur mon âpre existence… »

Les mots que Tavia avait prononcés la veille le hantaient. Elle le croyait capable d'aimer. Etait-ce donc possible ?

Henry baissa la voix.

— D'ailleurs, il serait de bonne courtoisie que nous

laissions messire le régent s'occuper un peu d'affaires… plus personnelles.

Le roi fronça légèrement les sourcils, en constatant que Benoît l'écoutait à peine.

— De Tavia de Mowerby, pour être précis, ajouta Ferchar, la bouche pleine de truite fumée, des petits morceaux de poisson tombant dans sa barbe.

Il s'essuya d'un revers de main, y laissant une petite traînée grasse.

— Elle serait donc une… affaire personnelle ? demanda Benoît d'un ton faussement badin.

— Votre roi, expliqua le régent en gesticulant, son couteau à la main, prétend que le contenu du coffre du feu comte doit entièrement revenir à la donzelle, bien que je n'en voies pas la raison.

Il enfourna une nouvelle bouchée de truite, à la hâte, comme s'il voulait remplir ses joues au plus vite.

Henry soupira et se laissa aller contre le dossier de son fauteuil de bois sculpté.

— Je vous l'ai dit, Ferchar, ce n'est pas seulement mon opinion, c'est la loi commune, dans toute la chrétienté. Comme son tuteur, vous pouvez certes la conseiller, mais le seul homme qui aura des droits sur sa fortune sera son mari, si d'aventure elle en prend un.

Les yeux du régent se mirent à briller et il se trémoussa sur son fauteuil, comme s'il était au comble de l'excitation.

— Oui, si elle se marie, approuva-t-il, faisant rouler ces mots sur sa langue comme s'il les savourait.

Dans un coin de la grande salle, un groupe bigarré de baladins se mit à jouer une mélodie à la mode. Le son délicat de la lyre celtique, mêlé aux notes légères de la flûte s'éleva sous les voûtes et les convives, dames et chevaliers, se regardèrent en souriant d'un air entendu. On repoussa les tables à tréteaux contre le mur, pour pouvoir danser.

A une porte de côté, deux taches de couleur attirèrent l'attention générale : les sœurs du roi Malcolm faisaient leur entrée. Pendue au bras de Tavia, la traînant presque, Ada riait et plaisantait tout le long du chemin vers l'estrade royale. Le visage de sa compagne restait au contraire fermé, pâle et tendu.

« C'est à cause de moi », songea Benoît en la suivant du regard, le cœur serré en voyant sa démarche mécanique. Une vague de remords l'envahit. « C'est moi, moi qui l'ai rejetée, après la bouleversante beauté de ce que nous avons vécu ensemble. » Comme elle était différente alors de ce qu'elle était à présent ! Elle souriait, dans la forêt, riait avec lui, seulement vêtue de sa chainse diaphane, les pieds nus sur l'odorant tapis de mousse. A présent, ses beaux cheveux étaient ordonnés en tresses et en bandeaux compliqués, alors qu'il les avait vus répandus sur ses épaules en un complet abandon. Son bliaud, taillé dans une étoffe précieuse, avait une longue traîne qui ralentissait ses mouvements. Elle avait un regard de bête traquée, accablée par les circonstances. Plus tôt il aurait disparu de sa vie et mieux cela vaudrait.

— Venez vous asseoir.

Ferchar se leva laborieusement de son siège pour inviter les deux princesses à rejoindre le haut bout de la table. Tavia fit une petite halte, presque imperceptible, pour permettre à Ada de s'installer à côté de Benoît. Elle n'avait pas la force d'affronter son hostilité, ce soir, elle était trop brisée. Si elle parvenait à l'éviter, peut-être ne réussirait-il pas, une fois encore, à la faire pleurer…

Se glissant sur le banc à côté d'Ada, elle garda la tête baissée, regardant obstinément son écuelle et son tranchoir, que sa sœur garnissait de nourriture sans qu'elle y prît vraiment garde. Tout cela lui paraissait fade et bien peu appétissant : à la lumière des torches, le poisson poché semblait enduit d'une pellicule de graisse, le pain sec et rassis. Son estomac se révulsait à la seule idée de devoir avaler quoi que ce soit. Son épaule contre la sienne, Ada bavardait familièrement avec Benoît, du moins si l'on peut dire, car il ne répondait guère que par des grognements évasifs. Dieu du ciel, se disait Tavia en mâchonnant distraitement un morceau de pain arraché à son tranchoir, combien de temps faudra-t-il supporter encore sa présence ? Le moindre de ses regards, la plus légère inflexion de sa voix donnait à la malheureuse jeune femme une sorte de sursaut de joie, que le rappel de son infortune venait immédiatement et irrémédiablement gâcher. Elle l'aimait et il ne l'aimait pas. Elle devait faire face à cette évidence et admettre que son pauvre cœur s'était emballé pour rien.

— Je suppose qu'Ada vous a annoncé la bonne nouvelle, ma chère ?

Tavia sursauta au son de la voix de Ferchar résonnant au-dessus du brouhaha. Elle saisit sa coupe dont le métal brillait sous la lumière des chandelles et la porta à ses lèvres, avalant à la hâte une gorgée d'eau qui nettoya sa gorge des minuscules miettes de pain qu'elle avait grignotées, puis elle se tourna vers le régent.

— Vous êtes riche, à présent, lui dit-il d'une voix doucereuse, un sourire engageant révélant largement ses dents jaunes.

Tavia hocha la tête en signe d'acquiescement, en essayant d'empêcher ses yeux de se remplir de larmes de nouveau. La richesse ne signifiait rien du tout pour elle, c'était sa vie même qui n'avait plus la moindre valeur, comme si le soleil s'était à jamais caché derrière les nuages, laissant le ciel morne et gris. Soudain, elle sentit le regard d'argent de Benoît posé sur elle et ne put s'empêcher de se tourner vers lui à son tour. Son souffle s'accéléra, tant elle était comme toujours sous l'emprise de l'étonnante beauté de son visage, qui lui était pourtant bien familier à présent et ne devait plus, normalement, la surprendre. Comme c'était injuste ! Comment faire pour forcer son corps à ne plus réagir à sa vue, au lieu de se mettre à vibrer sous un seul de ses regards ? Elle détourna les yeux et se mordit la lèvre en s'obligeant à regarder les couples de danseurs qui prenaient place au milieu de la salle.

Elle sentit une large et puissante main se poser sur son épaule. *Sa* main !

— Venez danser.

Il était déjà debout et avait prononcé ces mots de toute sa hauteur. Ils sonnaient comme un ordre et non comme une prière.

— Oh, mais elle a à peine touché son…, protesta Ada avant de s'interrompre brusquement, clouée net par le regard impérieux de Benoît.

Elle se pencha vers Tavia et lui chuchota à l'oreille :

— Vous feriez mieux de le suivre, il a l'air très fâché.

— Altesse ?

Benoît tendit sa main, une main forte et dure, habituée à dominer les destriers les plus rétifs. Tavia poussa un soupir étouffé, sachant bien que refuser de danser avec le chevalier, familier du roi Henry, ne servirait qu'à attirer l'attention sur elle. Elle mit donc sa main dans la sienne, sentant les bords durcis de sa cicatrice sous sa paume, tandis qu'il l'aidait à se lever du banc.

— J'espère que vous avez une bonne raison de faire cela,

lui murmura-t-elle sèchement, tandis qu'ils descendaient les degrés de l'estrade royale pour se mêler aux danseurs.

— Un instant, lui répliqua-t-il en la guidant vers le centre de la salle.

Autour d'eux, on tourbillonnait déjà, le sourire aux lèvres et les joues rouges ou le visage concentré dans l'effort de ne manquer aucun des pas compliqués de l'estampie, ni de se laisser distancer par la musique. Tavia connaissait cette danse et apparemment, Benoît également. Pour un homme de cette taille, il y était même étonnamment adroit, très agile et léger dans ses mouvements. Ils évoluèrent d'abord dans la chaîne, avec les autres danseurs, puis les pas amenèrent la formation de couples et il lui prit la taille.

— Pourquoi avoir fait cela ? murmura-t-elle, un peu essoufflée par le rythme.

— Parce que je voulais vous parler loin des oreilles indiscrètes.

Il regarda brièvement Henry et Ferchar, sur l'estrade, puis lâcha sa taille, pour prendre ses mains, comme l'exigeait à présent l'enchaînement des figures.

— J'ai du mal à ne pas rire, se moqua-t-elle sans pourtant que sa physionomie fût en accord avec ses paroles, car je n'aurais pas cru que la danse soit au nombre de vos talents. Vous ne préféreriez pas saccager une ville prise, où étriper quelque malheureux ?

Cette remarque ne le fit pas sourire, au contraire. Il se rembrunit, tout en continuant machinalement à enchaîner les pas.

— Vous avez… toutes les raisons de me haïr.

Elle le foudroya du regard en guise d'approbation, juste avant qu'il ne reprît sa taille et la fît tourner. L'espace d'un instant, Tavia perdit le sens du temps et de l'espace, n'ayant plus pour repère que le bras musclé de son cavalier et l'odeur musquée qui émanait de lui.

— Mais vous devez absolument m'écouter, Tavia. Il vous faut faire très attention, murmura-t-il à son oreille.

Elle tenta de repousser son bras, qui la serrait d'un peu trop près, et leva les yeux vers lui d'un air de surprise ironique.

— Apprenez-moi donc quelque chose que je ne sache pas déjà, remarqua-t-elle d'un ton acéré et sarcastique.

Sans se laisser impressionner, il l'attira vers lui de nouveau.

— A présent que vous êtes riche, Ferchar veut vous épouser.

— Q... quoi ? s'étrangla à demi Tavia, sous le choc de cette révélation.

— Continuez à danser. On nous regarde.

La danse l'éloigna temporairement de Benoît et elle dut attendre l'exécution de plusieurs figures avant d'être de nouveau à son bras et de pouvoir lui chuchoter :

— Comment savez-vous cela ?

— Je l'ai entendu et c'est très logique. Ferchar ne renoncera pas facilement à la fortune de votre père.

Elle croisa son bras au sien dans son dos comme le voulait la figure suivante et répliqua, tandis qu'ils suivaient les autres couples :

— Il ne peut pas me forcer à l'épouser. Personne ne le peut.

— Je n'en jurerais pas. Il vous faut prendre votre or, vos bijoux et filer d'ici, en vitesse !

— Je prends mes décisions seule, lui répliqua-t-elle, sur la défensive.

Une terrible certitude lui glaçait déjà le sang : il ne serait pas là pour l'aider à fuir et la protéger. Elle soupira :

pourquoi avait-elle donc mis autant d'espoir en lui ? A présent, elle devait se débrouiller seule.

— Mais merci de m'avoir prévenue, lui dit-elle plus formellement cette fois.

— Chut, pas si fort !

Les ménestrels terminèrent leur morceau par un crescendo endiablé, puis chaque cavalier s'inclina courtoisement devant sa cavalière. Tous avaient le feu aux joues sous l'effet de l'effort, physique autant que de mémoire, qu'exigeaient les pas compliqués de l'estampie. Benoît reprit le bras de Tavia, désirant profiter d'une autre danse pour continuer à s'entretenir avec elle, mais un coup d'œil vers les musiciens lui apprit que ceux-ci faisaient une pause et allaient s'asseoir. Il n'y avait rien d'autre à faire qu'à remonter sur l'estrade, en suivant la file des danseurs qui retournaient à table.

Alors que la danse prenait fin, Ferchar considérait d'un œil soupçonneux le couple que formaient Tavia et Benoît. Henry surprit ce regard, quelques secondes avant que le régent se penche vers lui.

— Votre homme… ce Vallières, ce n'est pas la première fois qu'il vient à Dunswick, n'est-ce pas ?

— Ah oui ?

Henry feignit un nonchalant désintérêt pour la question et avala une gorgée de vin.

— Je ne crois pas, pourtant.

— Si, c'était… avant…, Ferchar fit un geste vague. Tavia est venue ici réclamer de l'argent et lui, il a prétendu être son mari et m'a prié d'excuser le comportement offensant de son épouse. Mais j'avais vu clair dans son jeu, naturellement.

— Naturellement, répondit Henry, imperturbable, en faisant signe à une servante de venir remplir sa coupe.

— Il y a eu plus que des regards entre ces deux-là.

— Je veux bien le croire, confirma le roi en pensant au baiser passionné qu'il avait aperçu quelques jours auparavant dans la cour. Vous devriez hâter vos préparatifs de mariage, Ferchar, laissa-t-il tomber. Je n'ai pas plus envie de perdre un valeureux serviteur que vous, une épouse fortunée.

Aucun des deux hommes ne remarqua l'expression d'Ada qui, suivant jusque-là distraitement la conversation des deux hommes, venait de se figer, interdite.

16

Ada retira d'un geste furieux l'un des peignes d'ivoire qui retenaient sa chevelure flamboyante et tira férocement sur sa tresse pour la démêler, faisant tomber les épingles sur le plancher verni de sa chambre, tandis que s'écroulait le savant échafaudage.

— Quel outrage ! fulminait-elle à voix haute, indifférente à la présence de sa servante. Comment ose-t-elle débarquer ici et me ravir le cœur de Ferchar. Pour qui se prend-elle donc cette catin ? Je vais lui faire payer d'avoir voulu se jouer de moi, moi qui l'ai accueillie avec gentillesse et compassion. Elle me fait cela à moi, Ada de Huntington. Elle ne perd rien pour attendre, la traîtresse… Ce n'est qu'une pauvresse, une petite paysanne toute crottée.

La servante, Béatrice, continuait de ranger calmement dans un coffre de chêne les vêtements de sa maîtresse, malgré l'agitation de celle-ci. Depuis des années qu'elle la servait, elle était accoutumée aux fureurs imprévisibles de la princesse, à ses changements d'humeur subits comme à ses jérémiades, mais il était vrai que depuis quelque temps, ces traits de caractère empiraient, devenaient plus fréquents et moins contrôlables encore que par le passé. Quand elle eut terminé sa tâche, Béatrice referma le couvercle du coffre.

— Dois-je vous préparer à vous mettre au lit, altesse ?

La servante évoluait calmement dans la pièce, suivant les déplacements erratiques et désordonnés de sa maîtresse avec une évidente sérénité. Depuis longtemps, elle savait comment s'y prendre avec elle et gagnait à ce jeu plus de cadeaux, de petits profits, commettait même, sous le nez d'Ada, davantage de menus larcins que n'importe lequel des serviteurs du château. Il faut dire que la princesse était très facile à voler. Comme elle possédait tant de choses, elle ne remarquait jamais que tel ou tel objet n'était plus à sa place et quand, par un hasard extrordinaire, elle s'en apercevait, Béatrice lui expliquait, calmement et avec tact, qu'il avait probablement disparu au cours de l'une de ces « crises » dont elle était coutumière.

La princesse ne répondit pas à la question toute prosaïque de sa servante, mais regarda autour d'elle, les traits déformés par la colère.

— Ce n'est pas juste, gémit-elle, son visage très pâle déjà plein de larmes, pathétique à la lueur des chandelles. Ferchar doit être mon mari et non le sien !

— Il le sera, altesse, lui murmura Béatrice. Notre sire Dieu ne voudra pas qu'il en soit autrement.

La servante retira les dernières épingles d'or, surmontées d'une perle, qui retenaient encore la lourde chevelure rousse aux reflets vineux.

— Non, je les ai entendus, reprit Ada en échappant aux doigts agiles de Béatrice, sans souci des précieuses épingles qu'elle répandait au passage.

Elle fit quelques pas comme un animal en cage puis se retourna soudain, le doigt menaçant, vers sa servante.

— J'ai entendu parler Ferchar avec le roi Henry, il expliquait comment il voulait garder la fortune de Tavia et que le seul moyen pour cela était de l'épouser. Comment peut-il la vouloir, elle, quand il peut m'avoir, moi ?

— Oui, comment cela se peut-il ? demanda servilement Béatrice.

— Ne suis-je pas la plus belle ?

Ada fit la moue et passa ses mains sur la soie précieuse de son bliaud, pour faire ressortir ses formes. Comme Béatrice, occupée à ramasser les épingles, ne répondait pas assez vite, son œil bleu se durcit.

— Réponds-moi, espèce de sotte ! exigea-t-elle.

Sa voix baissa jusqu'à un menaçant murmure.

— Ne suis-je pas plus belle qu'elle ?

— Oh si, altesse, bien sûr que vous l'êtes, s'empressa d'affirmer la servante.

Ada leva la main et gifla à toute volée la malheureuse.

— Tu mens ! Tu ne fais que me dire les mots que je veux entendre !

Puis soudain, sans transition, elle tomba à genoux, les mains jointes comme pour une prière. Les larmes se mirent à couler à flots sur ses joues, étoilant le plancher de chêne en dessous d'elle et sa voix passa de la récrimination criarde au gémissement plaintif.

— Oh, Béatrice, pardonne-moi…

Elle s'accrocha convulsivement à la cotte de la servante, ses doigts tremblants froissant le tissu rugueux.

— Je… je ne sais pas ce qui m'a pris.

— Vous êtes simplement hors de vous-même, altesse, dit doucement Béatrice en lui tapotant l'épaule. C'est déjà oublié, ne vous mettez pas en peine.

Ada leva vers elle son visage baigné de larmes.

— Comme tu es bonne, hoqueta-t-elle. Vraiment, je ne te mérite pas.

« Sans doute, mais ne t'inquiète pas, ma belle, je veille à ce que ma peine soit justement récompensée », songea perfidement la servante.

Elle avança sa main et caressa doucement la joue de sa maîtresse.

Ada se plia en deux, ses cheveux défaits balayant le plancher.

— Si seulement elle n'était pas venue ici, murmura-t-elle. Si elle n'était pas venue tout gâcher, quand Ferchar voulait m'épouser !

Elle s'accrocha frénétiquement aux fortes mains de la servante.

— Il faut nous débarrasser d'elle, Béatrice. Tavia doit partir.

— Chut, chut, altesse, vous êtes épuisée… Tout cela vous paraîtra plus clair demain.

Mais les doigts longs et fins d'Ada s'agrippèrent plus nerveusement encore aux poignets de la servante, ses ongles entrant même dans la chair.

— Non, Béatrice, cela n'ira pas mieux demain.

Elle criait presque.

— Car demain, elle sera toujours là !

On frappa à la porte et les deux femmes sursautèrent. La voix de Tavia se fit entendre, basse et insistante, à travers le panneau de bois.

— Ada ? Ada, vous êtes là, il faut que je vous parle…

La princesse releva la tête, les yeux fous et hagards.

— Dis-lui de s'en aller, chuchota-t-elle, véhémente. Dis-lui que je ne peux pas lui parler !

Béatrice plaça ses deux mains, rassurante, sur les épaules de sa maîtresse.

— Mais non, altesse, murmura-t-elle près de son oreille.

Il faut voir ce qu'elle veut, au contraire. Peut-être pourrez-vous ainsi tourner les choses à votre avantage.

Sans transition, Ada se mit à sourire, toute sa confiance soudain revenue.

Béatrice prit les choses en main. Elle fit relever sa maîtresse et la fit asseoir au bord de son lit bordé de fourrures. Puis elle alla ouvrir le gros loquet d'acier de la porte de chêne, permettant à Tavia de se glisser dans la pièce.

— Merci, chuchota celle-ci en reconnaissant la servante.

Tavia chercha des yeux sa demi-sœur et faillit pousser un cri de surprise en découvrant Ada assise sur le bord du lit. Elle était échevelée, ses boucles pendant sur ses épaules et avait visiblement les yeux rouges d'avoir pleuré.

— Que se passe-t-il, Ada ? demanda-t-elle, stupéfaite.

— Je n'en sais rien, c'est plutôt à vous de me le dire, répondit la princesse d'un air profondément ennuyé.

— Vous… n'en savez rien ?

Tavia hésita, se demandant si elle ne faisait pas erreur en venant parler à Ada. Mais sa demi-sœur, en dépit de son caractère instable et fragile, représentait sa seule chance de s'enfuir de cet endroit et surtout, loin du régent. Elle devait essayer.

— Vous m'avez volé Ferchar, dit la princesse d'une voix suraiguë de petite fille gâtée.

— Oh non, maîtresse, vous n'allez pas recommencer à vous agiter ! intervint Béatrice en venant précipitamment s'asseoir auprès d'elle. Mieux vaudrait exposer tout de suite votre affaire et partir, altesse, murmura-t-elle à Tavia. Ma maîtresse est dans tous ses états à cause de… enfin, vous savez…

Ses petits yeux, semblables à ceux d'une fouine, la fixaient d'un air de connivence.

— Mais enfin, Ada, reprit Tavia avec véhémence, je n'ai aucunement l'intention d'épouser messire Ferchar ! C'est même à ce sujet que je viens vous voir, j'ai besoin de votre aide.

— Demandez donc celle de messire Benoît. Il n'a échappé à personne que vous passiez beaucoup de temps auprès de lui, répliqua Ada.

Tavia essaya désespérément d'ignorer la vague de honte et de désespoir qui la submergeait au rappel de ses relations passées avec le chevalier.

— Il m'a secourue quelques fois, c'est vrai, dit-elle un peu piteuse, mais pour le moment, le service du roi Henry le réclame.

En fait, sa fierté blessée lui interdisait de faire appel à lui. Moins il en saurait sur ses plans et mieux cela vaudrait.

— Alors, il vous abandonne à votre triste sort ? constata Ada, un accent de cruauté dans la voix.

Tavia fit la grimace.

— Un sort que je n'ai nullement souhaité et que je refuse, vous pouvez me croire. Ferchar peut bien garder tous les bijoux qu'il voudra ; tout ce que je veux, moi, c'est partir d'ici.

— Il obtient toujours ce qu'il veut, dit doucement la princesse, il vous retrouvera.

— C'est bien pourquoi je dois fuir aussi loin que possible. Quelque part où il n'aura pas même l'idée d'aller me chercher.

— Alors, je crois que je peux vous aider, en effet, répondit lentement Ada, comme si l'idée se formait dans son esprit. J'ai une idée qui nous conviendra à toutes deux : vous disparaissez et moi, j'épouse Ferchar. Comme prévu.

*
* *

La forêt royale, qui s'étendait à l'ouest de Dunswick, fournissait la cour d'Ecosse en gibier noble depuis des décennies. Des collines densément boisées, riches en cerfs et en sangliers, s'étendaient sur des milliers d'arpents. Nul n'avait le droit d'y chasser sans la permission du roi et quiconque y était pris à braconner était sévèrement puni. Tandis que Ferchar, à cheval, y entrait à la suite de son Grand-Veneur, il se félicitait mentalement d'avoir eu l'idée d'offrir au roi Henry une parfaite conclusion à leur négociation. Le Plantagenêt était connu pour sa passion de la traque. Une exaltation juvénile s'était peinte sur son visage lorsque Ferchar, la veille, lui avait proposé cette journée de chasse.

Dès l'aube, à l'heure où la rosée se dépose sur l'herbe des lisières, le Grand-Veneur de la cour d'Ecosse était entré sous bois, accompagné de ses valets de chiens, lesquels tenaient en laisse deux des meilleurs limiers de la meute royale. Ils n'avaient pas tardé à relever des traces fraîches. Sans la science et l'expérience de ces hommes, Ferchar et ses nobles invités eussent pu errer des heures sans apercevoir le moindre gibier.

Le Grand-Veneur était revenu au château au moment du déjeuner, un sourire satisfait sur les lèvres. Si tout se passait bien, la chasse serait bonne.

Et à présent, la meute se déployait devant les chevaux, les chiens s'ébrouant, heureux d'être au grand air, de lever une trace et de se préparer à courir les bois pendant des heures, tout à l'excitation de la traque.

— Vos piqueux connaissent leur affaire, lança aimablement Henry à Ferchar, en manière de compliment.

Il chevauchait à la gauche du régent et Malcolm, à sa droite. Ils avaient abandonné leurs lourdes montures de bataille, pour d'alertes chevaux de chasse, rapides et habitués à galoper entre les arbres et parmi les mille et un obstacles qu'offrait la forêt.

— Ils traquent depuis l'enfance et sont généralement au service du roi depuis de longues années, répondit le régent en changeant inconfortablement de position.

Il lui semblait que les palefreniers n'avaient pas sanglé convenablement son cheval : la selle glissait et il avait mal à la hanche, à force de se déporter pour la remettre en place. Henry poussa son cheval à sa hauteur.

— Avez-vous annoncé la bonne nouvelle à la princesse Tavia ? demanda-t-il.

Ferchar lança un coup d'œil par-dessus son épaule pour s'assurer que les dames étaient à quelque distance en arrière. Il sourit, rassuré, en constatant qu'Ada maintenait sa haquenée à la hauteur de celle de sa future femme. Il avait chargé la princesse de toujours garder un œil sur Tavia et comme d'habitude, elle lui avait témoigné une gratitude pathétique, éperdue de fierté de se voir confier une telle mission. Il savait qu'il pouvait se fier à elle ; après tout, il l'avait habituée à lui obéir dès la mort de son père. Mais ses yeux s'étrécirent à la vue de Benoît, qui chevauchait juste derrière les dames. Un rayon de soleil brillait sur la garde de son épée.

— Non, répondit finalement Ferchar au roi Henry. Je pense que je vais garder cette information secrète jusqu'à ce que vous nous quittiez. Je préfère qu'elle ne puisse plus trouver, au château, aucune complicité… pour l'aider à s'enfuir, par exemple.

— Vous pensez à Benoît de Vallières, je suppose ?

— Précisément.

Henry se pencha sur sa selle et tapota familièrement l'épaule du régent.

— Ne vous inquiétez pas, mon cher. Nous repartons vers le sud demain et Benoît est du voyage, naturellement.

— Plaise à vous qu'il le soit, sire, murmura Ferchar. Je vous en serai très reconnaissant.

En cahotant désagréablement sur sa selle d'amazone, à côté d'Ada, Tavia se demandait si elle pouvait réellement se fier à sa demi-sœur.

La princesse, il est vrai, s'était montrée très efficace, choisissant pour elle des vêtements adaptés à un long voyage et dérobant aux cuisines, à son intention, de la nourriture et de l'eau qu'elle l'avait aidée à dissimuler dans ses fontes de selle, avec quelques-uns des bijoux que Ferchar avait bien été obligé de lui rendre, quoique de fort mauvaise grâce. Ada et Béatrice avaient minutieusement mis au point le plan d'évasion de Tavia. Il était le suivant : durant le laisser-courre, les deux femmes se laisseraient distancer par la meute et les suiveurs, puis Ada, qui connaissait parfaitement tous les sentiers de cette forêt, conduirait sa sœur dans une clairière où l'attendrait un valet de confiance, lequel la conduirait en toute sécurité vers le sud… et vers la liberté.

Tavia se concentrait sur tous les détails de ce programme, en essayant de ne pas trop penser à la décision qu'elle allait devoir prendre. Mais le brutal rejet de Benoît ne lui laissait pas d'autre choix. Elle avait combattu pour gagner son amour et avait perdu la bataille. Il n'était pas question qu'elle se laisse humilier davantage.

— Je n'aurais pas cru que la chasse était votre passe-temps favori…

Benoît poussa son cheval à sa hauteur, souple et détendu

en selle, tête nue, ses cheveux châtains brillant dans le soleil.

Comme il mettait sa main en visière pour abriter ses yeux, Tavia se souvint de la douceur de ses doigts.

Les siens se crispèrent sur le cuir de ses rênes et, refusant de le regarder davantage, elle se mit à fixer la crinière de sa jument.

— Et moi, je vous croyais déjà parti.

— Je suppose que je n'ai que ce que je mérite, murmura-t-il, l'air sombre.

— Qu'attendez-vous de plus ? chuchota-t-elle pour ne pas être entendue d'Ada. Que je bavarde avec vous, que nous échangions des civilités, après… après… ?

Elle s'arrêta, ne trouvant plus ses mots. Une fois de plus, elle sentait ses yeux se mouiller de larmes.

— Je voulais seulement m'assurer… que tout allait bien, marmonna Benoît.

Tavia leva vers lui ses yeux de myosotis. Ses iris brillaient comme des saphirs dans le marbre blanc de son visage.

— Oh, mais tout va pour le mieux, comme vous le pensez, répliqua-t-elle, sarcastique, à part que l'on me menace d'un mariage de cauchemar avec… lui !

D'un coup de menton méprisant, elle montra Ferchar, à quelques pas devant eux.

— Je comprends, murmura Benoît en se frottant pensivement le menton.

Elle fronça les sourcils en une ligne sévère, d'un air qui le condamnait sans appel, et elle l'agrippa sans ménagement par la manche de sa cotte.

— Je ne sais si vous osez m'interroger ainsi par manière de plaisanterie, Benoît, mais je vous assure que moi, je ne plaisante pas !

Elle eut une pincée de remords en pensant à sa fuite,

qui allait la mettre bel et bien à l'abri des manœuvres du régent. Mais elle repoussa bien vite cette faiblesse : il valait mieux que Benoît ignorât qu'elle allait s'enfuir. Pourquoi, d'ailleurs, l'aurait-elle mis dans la confidence ? Il se moquait bien d'elle, de toute façon.

— Il n'y a pas matière à rire, en effet, reconnut le chevalier. Mais il y a peut-être une solution.

Tavia, agacée, chassa une mouche noire qui bourdonnait autour de sa tête.

— Dites-moi laquelle, j'ai tourné et retourné la situation mille fois en tous sens et je n'en vois aucune.

Elle le regardait d'un air dur et glacial. Et c'était à présent des aigues-marines qui brillaient dans son visage d'albâtre.

— Si vous étiez déjà mariée…

Mais Tavia ne l'entendit pas, car ces mots furent couverts par l'appel d'une trompe de chasse, venant du groupe des piqueux. On sonnait le lancer de la meute.

— Qu'avez-vous dit ? demanda Tavia.

— Plus tard.

Il lui dédia un sourire bref, puis piqua des deux pour rejoindre les veneurs, sa courte cape volant au vent derrière lui.

Surprise par l'attitude attentive qu'il venait de lui témoigner, Tavia le regarda se fondre dans le groupe de cavaliers richement vêtus. La plupart des invités à cette chasse royale s'étaient habillés avec munificence, conscients de l'importance de l'événement. Les riches couleurs de leurs habits, le bleu, l'or, le pourpre et l'écarlate, contrastaient étonnamment avec les simples bruns et verts des cottes qu'arboraient les piqueux s'activant autour de la meute et même des habits du Grand-Veneur, à leur tête. Benoît, comme à son habitude, portait du cuir et de la laine brune.

Tavia regarda à la dérobée son fier profil, tandis qu'il se penchait sur sa selle pour parler au roi Henry. Il semblait décidément très différent, aujourd'hui. Ses manières envers elle étaient différentes. Sa franche hostilité de la veille avait été remplacée par… oui, par quoi, au fait ? Par une sorte de compréhension attentive, peut-être.

Elle ferma un instant les paupières. Mais elle voyait toujours les yeux de granit de Benoît, devant les siens.

— Venez donc, Tavia, s'impatienta sa demi-sœur.

Agacée de la voir sans réaction, Ada la tira par la manche.

— Qu'avez-vous ? demanda-t-elle d'un ton autoritaire.

Elle scruta les traits défaits de sa demi-sœur, puis montra Benoît d'un coup de menton.

— Oh non, c'est encore à cause de lui, n'est-ce pas ? Que vous a-t-il dit ?

— Qu'il pourrait peut-être m'aider.

Ada poussa un ricanement méprisant et se tourna de nouveau vers sa sœur, son visage rendu plus sévère encore par une coiffure qui lui tirait les cheveux en arrière pour les réunir en deux fines tresses.

— N'en croyez pas un mot. Ce ne peut être qu'une nouvelle ruse de ces chiens d'Anglais. Ce sont toujours nos ennemis, même s'ils feignent de vouloir discuter avec nous.

— Mais…

— Faites confiance aux vôtres, Tavia, c'est-à-dire à moi, votre sœur et votre amie.

L'esprit de la jeune femme fonctionnait à toute vitesse. Justement, pour le moment, elle ne savait trop à qui se fier.

Ada se pencha vers elle avec des mines de conspiratrice.

— Vous n'avez pas changé d'idée, n'est-ce pas ? murmura-t-elle.

Il y avait comme une inquiétude désespérée dans sa voix.

— Non, bien sûr que non, s'empressa de répondre Tavia.

Dieu du ciel, voilà que cet homme la faisait douter de ses propres décisions, à présent !

— Il faut que je m'en aille loin d'ici… et de lui, acheva-t-elle.

Ada posa sa main sur son bras.

— Très bien ! approuva-t-elle.

Puis une trompe retentit de nouveau et les doigts de sa sœur se crispèrent désagréablement sur son poignet.

— Les chiens ont pris la voie, chuchota-t-elle, ses yeux bleus plein de détermination. Ce sera bientôt le moment.

Le cœur de la forêt était dense, quasi impénétrable, les troncs des arbres et les buissons de ronces, de la hauteur d'un homme, vous y barrait le chemin. Sans Ada, qui la parcourait depuis l'enfance, à son côté, Tavia n'aurait pu aller bien loin. Derrière elle, les sonneries de trompe semblaient de plus en plus lointaines et bientôt, elle ne les entendit plus. La chasse s'était éloignée, sur ses chevaux rapides comme le vent. Ada ne la quittait pas d'un pouce, le flanc de son cheval constamment contre les jambes de sa sœur, réunies sur l'étrier unique de la selle d'amazone. On eût dit qu'elle craignait de la perdre. Les traits mobiles de son visage étaient constamment en alerte, semblant chercher quelque chose ou quelqu'un. Tavia sourit nerveusement, en essayant d'évacuer un peu de la tension qui était en elle.

— Vous n'avez pas besoin de me serrer d'aussi près,

finit-elle par lui dire en manière de plaisanterie, je ne vais pas chercher à m'enfuir sans vous !

Un air malin passa sur le visage de la princesse.

— Non, vous ne feriez pas cela, n'est-ce pas ?

Elle souriait, mais son sourire avait quelque chose de forcé et de tendu. Comme Tavia s'en apercevait et la regardait avec surprise, Ada passa sa main sur son visage, comme pour le laver de toute trace.

— Désolée, dit-elle, je suis un peu nerveuse. Je me demande si Ferchar s'est aperçu de notre départ.

Une branche basse se prit dans le voile de Tavia, qui l'écarta en répondant :

— J'en doute. Il avait l'air pris par l'excitation de la chasse.

— Il m'a demandé de garder un œil sur vous et de veiller à ne pas vous laisser vous enfuir. Vous voyez, il a confiance en moi !

Il y avait une émouvante fierté dans la voix d'Ada. Elle se redressa sur sa selle, élégante et fine cavalière, princesse jusqu'au bout des ongles.

— Cela risque d'être différent quand il saura que vous m'avez aidée, remarqua Tavia. Croyez-vous que vous en pâtirez ?

En comparaison d'Ada, elle se trouvait lourde et malhabile à cheval, ne parvenant pas à s'habituer à cette maudite selle d'amazone. La princesse la regarda comme si elle était folle.

— Mais non. Il aura toujours confiance. Il m'aime, voyons !

Quelque chose, dans l'attitude de sa demi-sœur, dissuada Tavia de la questionner davantage, quoiqu'elle ne fût pas vraiment persuadée des sentiments de Ferchar à l'égard d'Ada. Un sourire d'extase illuminait les traits de la princesse lorsqu'elle parlait du régent et il était évident qu'elle aurait fait n'importe quoi pour lui. Une peur glacée s'empara soudainement de Tavia. Avait-elle commis une erreur en se fiant à Ada pour l'aider à fuir la perspective d'épouser Ferchar ?

L'étroitesse du sentier les obligea bientôt à cheminer l'une derrière l'autre et non plus côte à côte. Tavia suivait le fringant palefroi de sa sœur, en se félicitant d'avoir choisi comme elle de porter des couleurs sombres et ternes qui pouvaient se fondre dans la nature. Sa cotte était brune et sa surcotte, verte, galonnée d'une nuance plus foncée ; il serait difficile de discerner sa silhouette entre les arbres.

Le sous-bois devenait plus dense, impénétrable. Ada dut mettre pied à terre et fit signe à Tavia de faire de même. Celle-ci se laissa glisser au sol maladroitement, puis fit passer les rênes au-dessus de la tête de son cheval qui broncha de surprise. Elle sentit l'air chaud de ses naseaux sur sa main. Tavia prit le cheval par la bride et l'entraîna parmi les ronces qui s'agrippaient à sa cotte.

— Je me suis emberlificotée dans un roncier, pesta bientôt Ada. Laissez-moi votre jument et passez devant. La clairière n'est pas loin. Voyez si Dougal nous y attend.

Tout ce que Tavia pouvait voir, c'était, par intermittence, le haut de la tête de sa sœur derrière les ronces et la croupe de son palefroi. Elle devait, en effet, comme elle le disait, se débattre avec la végétation.

Elle amena la jument à sa hauteur.

— Ne puis-je vous aider ?

— Non ! s'écria Ada. Dougal va partir s'il ne nous voit pas venir. Continuez, c'est là, juste devant !

De son doigt gracile, elle montrait ce qui, pour Tavia, semblait n'être qu'un roncier de plus, entre deux grands chênes.

— Là, vous n'avez qu'à suivre le sentier, insista Ada comme elle hésitait.

Tavia fit un pas en avant… et disparut. Sous la végétation se dissimulait une fosse, habilement camouflée par des branchages qui s'effondrèrent sous le poids de la jeune femme, griffant au passage ses vêtements, ses cheveux et son visage. Elle cria de surprise et de peur, tentant instinctivement de se raccrocher à quelque chose, mais les parois du trou n'offraient aucune prise. Elle tomba sur les genoux et les mains sur le fond boueux, son front heurtant violemment au passage une grosse pierre qui sortait de la paroi. Ses poumons se vidèrent sous la violence du choc et pendant un moment elle resta étourdie, tout le corps douloureux et le sang coulant sur son visage.

— Au secours, Ada ! parvint-elle à crier lorsqu'elle eut récupéré un peu de conscience.

Sa voix lui paraissait faible, comme éteinte par la douleur. Avec difficulté, elle leva la tête vers le rond de lumière qui lui paraissait très haut au-dessus d'elle et par lequel elle pouvait voir le ciel et le faîte des arbres. Elle vit Ada se détacher à contre-jour, penchée au-dessus du trou. Il était impossible de discerner ses traits.

— Non, ma chère sœur, répondit la princesse. Je ne viendrai pas à votre secours.

Sa voix paraissait si lointaine, étouffée, assourdie par les parois de la fosse, que Tavia crut avoir mal entendu.

— Il faut m'aider, Ada ! lança-t-elle encore, mais plus faiblement.

Ses jambes se dérobant sous elle, elle s'effondra au fond du trou. C'était comme si toute sa force vitale s'échappait d'elle, comme l'eau d'une outre percée.

— Je le pourrais, répondit la princesse avec une jubilation féroce et triomphante, mais il ne fallait pas essayer de me voler le cœur de Ferchar, espèce de catin ! Car il est à moi, vous entendez ? Il est à moi !

Une violente panique s'empara de Tavia. Ada était-elle donc vraiment devenue folle ?

— Mais je ne veux pas l'épouser, répliqua-t-elle faiblement, vous le savez… Aidez-moi à sortir de là et je disparaîtrai pour toujours. Je vous en prie, Ada, je vous en prie !

— Mais lui, il veut vous épouser, rétorqua la princesse. Seulement il ne le pourra pas, maintenant.

Sa tête disparut du bord de la fosse.

— Jamais il ne vous trouvera, Tavia, jamais !

La voix d'Ada s'éloignait déjà.

Tavia se laissa aller contre la paroi de terre, abasourdie et vaincue. Elle avait mal à la tête, en raison du choc contre la pierre, et tout son corps était égratigné et douloureux, à cause de sa chute. Qui viendrait à son secours, ici, au milieu de nulle part ? Anéantie, elle enfouit son visage dans ses mains et se mit à pleurer.

17

Benoît se dressa debout sur ses étriers et se leva de sa selle pour scruter une fois encore la forêt, à la recherche de Tavia. Il cherchait à apercevoir entre les arbres ses cheveux d'un roux presque mordoré, son sourire lumineux, ses yeux bleus, si vifs. Rien de tout cela n'était en vue. Il jura sourdement entre ses dents. Longtemps, il avait cru qu'elle se trouvait dans le groupe coloré des dames et des seigneurs invités à cette chasse mondaine. Parfois, il avait aperçu Ada et avait supposé que les deux sœurs étaient ensemble.

Depuis qu'il avait dansé avec elle la veille et que son départ vers le sud se précisait, il ressentait une profonde impression de manque en même temps que le besoin de protéger cette femme grandissait en lui. Il ne pouvait tout simplement pas imaginer l'abandonner ici, à la garde sourcilleuse de ce messire Ferchar, qui ne voulait rien de moins qu'en faire sa femme. Peut-être, songea-t-il, y aurait-il une manière de s'occuper d'elle de façon platonique, comme un frère, un parent ? Mais tandis qu'il la cherchait sans relâche parmi les veneurs et les chiens, il savait bien qu'il se mentait à lui-même. A force de tourner la tête en tout sens, il finit par se convaincre, avec angoisse, qu'elle avait bel et bien quitté la chasse. Avec une appréhension grandissante, il chercha Ada et essaya de repérer dans le sous-bois sa flamboyante chevelure, semblable à celle de Tavia. Henry poussa son cheval à la hauteur du sien, son visage rond tout rayonnant encore de l'excitation de la poursuite.

— Si j'avais su qu'elle était aussi giboyeuse, j'aurais négocié avec Ferchar le transfert de cette forêt à la Couronne anglaise ! plaisanta-t-il, en donnant au passage une grande claque dans le dos de Benoît.

Il regarda avec satisfaction le beau dix-cors gisant dans la charrette qui suivait les chasseurs.

— Oui, approuva distraitement le chevalier. Avez-vous vu Tavia, sire ?

Le roi fronça les sourcils.

— Jour de Dieu, Benoît, t'arrive-t-il jamais de penser à autre chose ? Comment peut-on se préoccuper des dames, par une belle journée de chasse comme celle-ci ?

— Je me sens responsable de ce qui lui arrive, répondit sourdement le chevalier.

Le roi rejeta sa tête en arrière, sa barbe rousse brillant au soleil, et éclata de rire.

— Toi ? Voilà qui est inattendu, ventrebleu ! Depuis quand te sens-tu responsable de quoi que ce soit, ou de quiconque ?

Les yeux gris de Benoît virèrent à l'acier.

— Depuis que je l'ai rencontrée.

— Allons... mets-la dans ton lit et tu n'y penseras plus !

— Cela n'a pas eu l'effet escompté, répondit doucement Benoît, ses yeux scrutant toujours la foule des veneurs et les bois alentours.

Henry resta un instant médusé.

— Ah, tu... N'en dis rien à Ferchar, surtout. Il la croit

vierge. Ah ! Cela risque d'être plaisant quand il s'en apercevra, pendant leur nuit de noces ! Mais elle sera sous sa responsabilité et non plus sous la tienne.

Benoît n'entendit pas ces derniers mots, car il venait d'apercevoir Ada à l'orée de la clairière. Immédiatement, il avait éperonné son cheval et s'était dirigé vers elle. Le reste des veneurs se préparait à tourner bride pour retourner à Dunswick, où un banquet les attendait au château.

— Où est Tavia ? demanda-t-il, d'un ton sévère et impérieux, quand il eut rejoint la princesse.

Ada se tenait très droite en selle, une expression dédaigneuse sur le visage. Elle le toisa quand il vint mettre son cheval à la hauteur du sien.

— Le bonjour à vous aussi, messire, lui lança-t-elle avec un sourire plein d'ironie, lui indiquant par là que ce n'était pas ainsi que l'on s'adressait à la sœur cadette du roi d'Ecosse.

— Altesse, répondit Benoît en s'inclinant profondément sur sa selle, pardonnez-moi ; j'oublie mes bonnes manières. Je me demandais où était Tavia.

En regardant de plus près la princesse, il s'étonnait des différences entre les deux sœurs, à première vue si semblables. Leurs chevelures étaient de la même couleur, mais Tavia était fine et musclée, quand Ada était plutôt maigre. Le teint de l'une était lumineux et plein de santé, tandis que l'autre était d'une pâleur un peu maladive.

— Elle est rentrée au château, daigna expliquer la princesse.

Mais étrangement, son regard fuyait celui de Benoît.

Elle mentait et il le sut tout de suite.

— Pourquoi ?

— Elle avait la migraine et a pensé qu'elle ferait mieux d'aller s'étendre un peu.

Bien qu'Ada parlât d'un ton calme et serein, elle ne pouvait contrôler le tremblement de ses mains sur les rênes.

Benoît la regarda, les lèvres serrées et les yeux fixes.

— Ne me dites pas qu'elle est rentrée seule ?

— Non…

Ada mit la main sur son bras, comme pour le rassurer, mais elle la retira bien vite, en croisant son regard dédaigneux.

— Non, bien sûr. J'ai renvoyé un piqueux avec elle.

Un mauvais pressentiment nouait le cœur de Benoît.

— Je ne vous crois pas, altesse, dit-il sourdement, à voix basse, pour ne pas être entendu de Ferchar ou d'Henry.

Il avait remarqué la façon dont Ada lançait continuellement des regards vers le groupe de veneurs, derrière elle. Avait-elle dans l'idée d'appeler à l'aide ou bien voulait-elle s'assurer que personne ne pouvait les entendre ?

La princesse lâcha les rênes d'une main pour caresser la crinière blonde de son palefroi.

— Et pourquoi cela, messire ? Je dis la vérité.

Elle lui sourit, d'un air ostensiblement innocent et cordial.

Les yeux de Benoît flamboyèrent de fureur.

— Je vais vous dire pourquoi je ne vous crois pas. Parce que tout ce qui se passe ici, depuis ce matin, sonne faux. Il est étrange que Tavia ait tenu à assister à cette chasse et quant à vous, Ferchar m'a dit que vous n'aviez jusqu'ici jamais manifesté le moindre intérêt pour cet exercice. Il est curieux également que, ayant été chargée par le régent de veiller sur Tavia, vous n'ayez pas cru bon de la raccompagner vous-même au château.

La colère vibrait dans le ton de sa voix, dure et menaçante.

— Laissez-moi !

Prise de panique, elle tenta de tourner bride pour lui échapper, mais il lui barra le chemin et mit sa main sur ses rênes.

— Je vais crier, le prévint-elle.

— Oh non, vous ne crierez pas, lui répondit-il tranquillement. Vous ne tenez pas à attirer l'attention sur vous, notamment celle de Ferchar. Mais pourquoi ? Je me le demande… Oui, pourquoi, sinon parce que Tavia est quelque part, dans cette forêt et que vous ne voulez pas qu'il la trouve ?

Elle blêmit, son visage instantanément transformé en masque de terreur et Benoît sut qu'il avait deviné juste. Une terrible rage monta en lui et il se pencha vers elle, formidable et menaçant.

— Tudieu, altesse. Je fais serment sur mon épée que je vous étranglerai de mes propres mains si vous ne me dites pas où elle est.

— Vous ne la trouverez pas, répliqua Ada, un sourire énigmatique sur son visage.

Sous le coup d'une fureur incontrôlable, Benoît la saisit par ses minces épaules, si frêles sous ses doigts.

— Où est-elle ? répéta-t-il.

— Il ne va pas l'épouser, vous comprenez ? dit Ada tout à trac, en essayant de se dégager. C'est moi qu'il veut, moi !

Ferchar et Henry s'approchèrent, sur leurs chevaux.

— Tout va bien ? demanda le régent d'un ton soupçonneux.

Benoît lâcha instantanément la princesse.

— Oui, son altesse m'expliquait que Tavia était rentrée au château, escortée par l'un de vos piqueux.

Ferchar fonça les sourcils d'un air courroucé.

— Eh bien, espérons qu'il aura la bonne idée de la tenir à l'œil, répliqua-t-il sèchement.

Puis il se tourna vers Ada d'un air mécontent.

— Je vous avais dit de rester avec elle, quoi qu'il arrive. Pourquoi ne l'avez-vous pas suivie ?

— Je voulais rester ici… avec vous, répondit Ada avec des mines coquettes.

— Jour de Dieu ! jura Ferchar entre ses dents. Eh bien, suivez-nous et priez pour qu'elle soit en sécurité.

Benoît ne suivit pas le joyeux cortège des invités, dont il vit la file s'éloigner au long du sentier. Il resta avec les piqueux et les valets de chiens, qui s'occupaient à rassembler la meute pour la ramener aux chenils royaux. Il aurait donné sa main droite à couper que Tavia était encore dans la forêt. Il pouvait sentir sa présence aussi sûrement que si elle se trouvait à côté de lui. Il devait la trouver, avant que Ferchar ne constate qu'il avait été berné. La trouver et l'emmener loin d'ici, là où personne ne lui ferait du mal.

En regardant les chiens fureter, la truffe au sol, il comprit comment il allait pouvoir s'y prendre.

Recroquevillée, immobile, contre la paroi de terre meuble de la fosse où elle avait été prise au piège, Tavia savait qu'elle aurait dû se lever et essayer de grimper, de se hisser au-dehors d'une façon ou d'une autre. Mais même bouger simplement la tête lui était un effort douloureux et elle s'en aperçut en levant les yeux vers le trou de lumière, là-haut, qu'elle jugeait à la hauteur de deux hommes, l'un juché sur les épaules de l'autre.

Escalader les parois lisses de la fosse était impossible. A moins que… Enfin, il fallait essayer.

Quand elle se releva, un vertige la saisit, probablement

dû au coup reçu à la tête durant sa chute. Elle dut s'appuyer à la paroi. Se ressaisissant, elle se mit à creuser la terre meuble de ses doigts fébriles afin de pratiquer des sortes de marches ou de points d'appui qui lui permettraient de se hisser au-dehors. Des tremblements secouaient sa mince silhouette ; elle ne parvenait toujours pas à réaliser qu'Ada, la douce Ada qui l'avait accueillie avec tant de gentillesse dans sa nouvelle vie, avait été capable de l'attirer dans ce piège mortel. Comment avait-elle été assez aveugle pour ne pas le pressentir ?

Ses ongles abîmés, endoloris par ce travail de terrassier sans outils, Tavia posa le pied dans la première marche qu'elle avait creusée. Maintenant, elle n'avait plus qu'à se hisser pour pratiquer la suivante, au-dessus. Tous ses muscles protestèrent douloureusement quand elle les étira pour y parvenir, la main levée pour aller chercher un appui. Las ! La terre meuble se déroba sous elle et elle dégringola de nouveau au fond de la fosse, les genoux et les poignets dans la boue. Elle tapa du poing sur la paroi, des larmes de rage et d'impuissance coulant sur ses joues. Le caractère désespéré de sa situation sapait ses dernières forces, la laissant brisée, sans résistance. La panique s'empara d'elle. Allait-elle vraiment mourir dans ce trou ? Elle ouvrit la bouche pour crier, oui, crier sa révolte contre cette injustice, et cria jusqu'à s'enrouer, la voix rauque et trop faible pour seulement émettre encore un son. Alors, en sanglotant, elle se roula en boule parmi les débris végétaux qui jonchaient le fond de la trappe, épuisée, à bout de forces.

Elle se demanda si elle s'était endormie, lorsqu'un faible bruit parvint jusqu'à elle, au milieu des brumes de sa conscience. Rêvait-elle ?

Mais non… C'était comme un souffle animal, au-dessus

d'elle, à la surface. Puis il y eut un jappement et un aboiement excité.

Le cœur de Tavia fit un bond dans sa poitrine. Elle se haussa et se tordit le cou pour essayer voir ce qui se passait au-dessus. La tête d'un chien de chasse apparut au bord du trou, les oreilles pendantes. La brave bête la regardait en geignant et en se dandinant comme si elle voulait sauter dans la fosse pour la rejoindre.

Et puis, il y eut *sa* voix… Benoît. Elle faillit s'évanouir de soulagement. Il l'avait retrouvée !

— Au secours ! Je suis là, Benoît, dans la fosse… Au secours !

— Tavia ?

Elle faillit sourire, tant il y avait d'incrédulité dans sa voix. Il s'agenouilla au bord du trou, cherchant à la distinguer dans la pénombre.

— Je suis là !

Tavia sauta sur ses pieds et tendit les bras, doigts écartés, avide de sentir le réconfort de ses mains sur les siennes. Mais comme il semblait loin !

— Je vous en prie, Benoît, sortez-moi de là !

La panique, terrible, sauvage, déformait sa voix.

— Restez calme, Tavia, je vais vous aider.

Celle du chevalier, chaude, vibrante et sonore, l'apaisa. Il s'écarta du trou et elle l'entendit s'entretenir avec quelqu'un. Elle ferma les yeux car un nouveau vertige l'assaillait, qui la fit vaciller. Une nausée lui tordit l'estomac, puis elle eut l'impression de flotter au-dessus de la scène, comme si elle n'y participait plus. Tout ce qu'elle voulait, c'était se coucher et dormir, rien que dormir. Elle s'appuya contre la paroi de la fosse, essayant vaguement de reprendre ses esprits dans la brume mentale qui l'enveloppait et brouillait chacun de ses gestes. Machinalement, elle toucha l'entaille de son front.

— Tavia ? Tavia, vous m'entendez ?

La voix de Benoît lui parvenait, au fond de son brouillard. Quelque chose descendit de là-haut et entra dans son champ de vision. Une lanière de cuir. La laisse du chien.

— Attachez-vous par la taille, Tavia, lui cria Benoît. Nous allons vous hisser.

Tout ce qu'elle avait à faire, c'était lever la main, attraper cette laisse et s'en entourer.

— Impossible, je ne peux pas l'atteindre, murmura-t-elle, prise malgré elle d'une envie irrépressible de rire en voyant le trait de cuir se balancer au-dessus de sa tête, comme une invite.

Là-haut, au-dessus de Tavia, Benoît poussa un juron bref.

Elle n'eut que le temps de se reculer, mal assurée sur ses jambes. Une sorte de souffle et il atterrissait devant elle, au fond du trou. Il avait sauté pour la rejoindre.

Elle tressaillit sous son regard ému et pénétrant qui détaillait son visage ensanglanté, sa cotte tachée de boue, son corps chancelant.

— Venez, nous allons vous sortir d'ici, murmura-t-il.

Dans la pénombre, ses yeux luisaient d'un éclat farouche et protecteur à la fois.

Tavia était comme hypnotisée par l'extraordinaire vitalité qui se dégageait de lui, sa volonté, son indomptable énergie. Puis soudain, sa vision se brouilla et la silhouette de Benoît vacilla…

— C'est… c'est bien toi ? balbutia-t-elle.

Et s'il surgissait d'un rêve, d'une vision irréelle suscitée par l'angoisse ou le désespoir ? Elle avança une main glacée, tremblante, vers le visage du chevalier, effleurant doucement son menton qui piquait un peu sous ses doigts. Il captura sa main dans la sienne, la réchauffant dans sa paume.

— Oui, c'est moi et tout va bien se passer, à présent — il sourit. Tu me remercieras plus tard…

Puis il la fit doucement pivoter sur elle-même, dos à lui, et attira son corps défaillant contre les muscles durs du sien afin de pouvoir s'attacher avec elle. Sa chaleur se propageait dans les membres gelés de Tavia.

Il lança un appel vers la surface et le son vibra agréablement dans le dos de la jeune femme. Alors, la laisse se tendit sous leur poids. Tout de suite, Benoît posa ses pieds contre la paroi de terre pour aider au hissage, sa compagne pelotonnée sur ses cuisses. Peu à peu, elle vit le cercle de lumière s'agrandir au-dessus de leurs têtes et enfin, ils émergèrent au-dessus des branchages qui avaient cédé sous son poids.

Désorientée, éblouie par la lumière, c'est sur les mains et les genoux que Tavia reprit contact avec le sol. Elle s'assit en clignant des yeux, respirant avidement l'air frais de la forêt. Benoît sortit de la fosse avec agilité. Il s'assura du regard que Tavia allait aussi bien qu'il était possible, avant de se diriger vers son cheval, qu'un jeune valet de chien tenait par la bride. Benoît claqua familièrement l'épaule du garçon.

— Merci, lui dit-il en souriant, je ne crois pas que j'aurais retrouvé la princesse sans ton aide…

Le jeune valet sourit en retour et son sourire s'élargit encore lorsque le chevalier glissa dans sa paume quelques pièces d'or.

— Rentre maintenant, lui recommanda Benoît. Je ne veux pas que messire Ferchar s'apercoive que tu as quitté la chasse. Et souviens-toi, tu ne nous as pas vus.

Le garçon acquiesça et défit la laisse, laquelle, attachée à la selle de Benoît, avait permis que le cheval pût les hisser hors de la fosse.

Puis le chevalier s'en retourna auprès de Tavia, qui était toujours prostrée au pied d'un arbre. Le visage soucieux, il constata sa pâleur et fit la grimace devant sa vilaine blessure au front. Avec peine, elle leva la tête à son approche. Son regard d'acier la transperçait.

— Comment… m'avez-vous retrouvée ? balbutia-t-elle, toujours aussi étonnée de le voir là.

Benoît tira un bout de tissu de l'aumônière qu'il portait à sa ceinture.

— J'avais ceci… C'est un morceau de votre voile, avec lequel vous m'aviez bandé l'épaule. Il conserve votre odeur…

Comme elle le regardait avec étonnement, il précisa :

— Je l'ai fait sentir à l'un des limiers de la meute et il a pu retrouver votre trace.

— Je suis surprise que vous l'ayez toujours, répondit-elle en regardant le bout de tissu taché de sang qu'il tenait entre ses doigts.

Il sourit d'un air énigmatique en replaçant le morceau de voile dans son aumônière, négligeant d'expliquer qu'il n'avait pu se résoudre à s'en séparer, parce que ce chiffon portait encore, en effet, son léger parfum de fleurs.

— Et maintenant…

Il se pencha et la souleva de terre dans ses bras, la tenant bien serrée contre sa poitrine. L'ourlet de la cotte de Tavia se souleva et révéla ses fines chaussures qui battaient l'air, haut au-dessus du sol.

— Vous venez avec moi.

Tavia ne protesta pas quand il l'installa, assise en travers sa selle, mais elle se raccrocha au pommeau comme à une bouée dès que le cheval, qui devait à peine sentir son faible poids, remua un peu. Benoît monta souplement derrière elle, cala ses pieds dans les étriers de métal et tout de suite, entoura la taille de sa compagne d'un bras protecteur. Trop épuisée pour se formaliser de sentir ses cuisses musclées contre sa hanche et même pour seulement s'écarter un peu de lui, elle se laissa aller avec gratitude contre sa poitrine. Sans la lâcher, il saisit les rênes d'une main experte et poussa sa monture hors du roncier.

Le soleil, qui filtrait à travers les branches, allumait des reflets cuivrés sur les cheveux châtains de Benoît comme sur la crinière de son cheval. La boue séchait sur les doigts de Tavia qui les frotta machinalement et prit alors conscience de l'état de ses ongles, de ses doigts égratignés sous leur gangue de terre. A chaque cahot du cheval, elle sentait des élancements douloureux dans sa tempe. Machinalement, elle voulut y porter la main. Mais Benoît interrompit son geste.

— Non, n'y touchez pas.

Il tenait fermement sa main dans la sienne, large et forte.

— Vous pourriez infecter la plaie, expliqua-t-il. Ne vous inquiétez pas, nous la nettoierons tout à l'heure.

— J'ai essayé... de grimper, pour sortir, murmura-t-elle en guise d'explication.

— Je m'en doutais, murmura-t-il sur le même ton. Vous n'êtes pas du genre qui se rend sans combattre.

— Mais les parois étaient friables. Je n'y suis pas arrivée.

Elle eut un frisson à ce souvenir et éprouva soudain une peur rétrospective à la pensée qu'elle aurait pu croupir dans ce trou, seule et terrifiée, jusqu'à ce qu'il devînt son tombeau.

— Vous avez gardé votre sang-froid, Tavia. C'est très

bien, répondit-il d'une voix qui trahissait une certaine émotion.

Une crainte saisit la jeune femme, qui se retourna à demi vers lui, sur la selle.

— Vous n'allez pas me ramener là-bas, n'est-ce pas ? Nous n'allons pas à Dunswick ?

Tout son corps en tremblait d'appréhension. Il esquissa un sourire grimaçant qui se voulait rassurant.

— Non, pas question. Nous allons au château de Langley. Il nous offrira un abri et c'est de l'autre côté de la frontière.

Apaisée, Tavia se laissa de nouveau aller contre lui. Elle sentait confusément que la peur qui la bouleversait risquait d'altérer sa raison.

— Je pensais que personne ne viendrait, expliqua-t-elle. Je… j'ai cru que j'allais mourir.

Il lâcha sa main pour mieux la serrer contre lui.

— Je vous aurais trouvée Tavia, j'aurais battu ces bois jusqu'à ce que je vous retrouve.

Un accent de passion troublait le timbre grave de sa voix. Ainsi il se préoccupait de son sort…

Tavia ferma les yeux, savourant la présence de cet homme tout contre elle, la force de son bras qui la maintenait et l'abritait ainsi, tout simplement, que la caresse du soleil sur son visage.

— Pourquoi ? lui demanda-t-elle tout soudain.

— Pourquoi ? Mais parce que… parce que je ne veux pas que vous épousiez Ferchar.

Il n'était pas temps de lui révéler son plan, pas encore. Elle était trop épuisée, trop blessée pour cela.

La brise soufflait doucement dans les branches, jusqu'à eux, et les ombres que projetaient les arbres dansaient sur leurs visages. L'intense lumière révélait le moindre détail de l'écorce des troncs, des nervures du feuillage. Un épervier, le corps immobile, mais la tête toujours en mouvement à la recherche du gibier, s'envola juste au-dessus d'eux. Il ne les avait entendus venir qu'au tout dernier moment et les plumes blanches de son cou brillèrent un instant dans le ciel avant qu'il n'atteigne les plus hautes branches où celles, brunâtres, de son dos et de ses ailes se confondirent avec les ombres et la végétation.

Tavia suivit son vol rapide, ponctué par le cri rauque par lequel il signalait leur intrusion dans son domaine.

Même à travers le brouillard de son pauvre esprit harassé, surmené, elle savait que Benoît ne lui avait pas donné la bonne réponse. Sa bouche disait une chose, mais son corps parlait autrement ; en ce moment, elle aurait juré qu'il l'aimait, qu'il avait besoin d'elle. Sinon pourquoi se démener ainsi pour elle ?

Mais une sorte d'intuition lui dictait de ne rien demander, de ne pas chercher pour l'instant à en apprendre plus, de profiter simplement du bonheur de sentir ses bras autour d'elle. Il lui avait clairement fait savoir, à Dunswick, qu'il la désirait, mais ne souhaitait pas s'engager davantage, préférant suivre son roi, rentrer en Angleterre et continuer à le servir.

— Je suppose que je dois vous remercier, murmura-t-elle, car si vous n'étiez pas parti à ma recherche, je… enfin…

La fin de sa phrase mourut dans un souffle, tant la peur rétrospective l'étreignait toujours. La mort était passée très près, tout près d'elle. Son sort eût été scellé, s'il ne s'était pas inquiété d'elle.

— Enfin, vous m'avez sauvé la vie.

Elle frotta convulsivement, de nouveau, ses mains gantées de boue.

— Ada voulait vraiment que je meure.

— Elle voulait Ferchar pour elle seule, dit Benoît.

A ces mots, il baissa la tête pour éviter une branche basse et son souffle vint caresser le cou découvert de Tavia qui en éprouva une douce langueur. Ils gardèrent rêveusement le silence un moment et l'on n'entendit plus que le pas tranquille du cheval sur le sentier, qui s'élargissait car on arrivait à la lisière et les arbres s'espaçaient. Sous les sabots du destrier, la terre était plus sèche et plus dure.

A l'orée de la forêt, le paysage s'ouvrait sur la vallée d'une rivière aux paresseux méandres et, au-delà, sur une colline aux formes arrondies sous le ciel bleu.

— La frontière, annonça Benoît, qui semblait chercher la meilleure route possible. Il va falloir grimper là-haut. Vous en sentez-vous capable, Tavia ?

— Oui, je crois, répondit-elle avec plus d'assurance qu'elle n'en éprouvait réellement.

Mais elle aurait fui sur ses genoux et sur ses mains, pour échapper à Ferchar.

La lumière de l'après-midi projetait déjà de longues ombres sur l'herbe et la brise soufflait sans bruit dans les branches. On n'entendait, de loin en loin, que le cri d'un engoulevent. Le granit rose qui les composait affleurait sur les collines, en déchirant le tapis de verdure.

— Nous devrions atteindre le château de Langley avant la nuit, annonça Benoît. Il va être plus facile de progresser, en terrain ouvert.

Assurant la prise de son bras autour de la taille de sa compagne, il poussa sa monture au trot. Tavia blêmit sous le coup de sa douleur à la tempe que le pas saccadé du cheval amplifait dans tout son crâne. Elle s'accrocha désespérément à l'avant-bras de son compagnon, sentant ses muscles durs sous ses paumes moites, tandis qu'elle essayait de discipliner sa respiration, pour calmer la souffrance. Sa cotte claquait au vent contre le flanc du cheval et les chausses de Benoît.

Une nausée monta jusque dans sa gorge parcheminée. Elle la ravala frénétiquement, en espérant ne pas être malade.

— Tavia ?

Benoît haussait sa voix pour couvrir le bruit du vent qui sifflait à leurs oreilles. Elle s'affala d'un coup contre lui. Il tira sur les rênes, ramenant son cheval au pas. Puis il sauta à terre et contourna l'animal pour voir Tavia de face et mieux se rendre compte de son état. Elle lui rendit son regard, consciente qu'elle ne devait pas être belle à voir.

— Je ne me sens pas très bien, murmura-t-elle, ses muscles tétanisés par l'effort qu'elle devait produire pour se maintenir en selle.

— Je vois cela… Venez, nous allons nous reposer un peu.

— Je suis désolée.

Il leva les bras pour la faire descendre et la serra contre lui dès qu'elle eut touché le sol.

— Je ne comprends pas ce qui m'arrive. Je ne suis pas comme cela d'habitude.

Elle devina plus qu'elle ne vit son sourire alors qu'il l'entraînait vers un gros rocher.

— C'est qu'habituellement, on ne vous jette pas dans un trou pour vous y laisser mourir, expliqua-t-il doucement.

Il l'installa sur un talus herbeux, l'aidant à s'adosser au rocher, puis il alla décrocher son outre de cuir afin de la faire boire. Il la lui présenta et l'encouragea du geste. Le frais liquide la revigora, humectant sa gorge asséchée. Elle but avidement, puis il remit en place le bouchon de liège.

Tavia se sentait beaucoup mieux à présent et elle se mit à rire.

— Non, en effet... vous avez raison.

Benoît regardait intensément Tavia. Mis à part les rigoles de sang séché qui souillaient toujours son visage, celui-ci avait à peu près retrouvé son teint habituel et un peu de rose revenait même à ses pommettes. Il avança sa main pour écarter de ses yeux une mèche de cheveux durcie par le sang, le visage grave.

— Nous nettoierons tout cela quand nous serons chez Langley, lui dit-il doucement.

— Je pourrai le faire moi-même, répliqua-t-elle en essayant d'injecter suffisamment de force dans sa voix. Vous n'aurez pas besoin de prendre soin de moi, lorque nous serons là-bas.

Sa voix était encore faible, lointaine et triste.

— Si, je le ferai.

Elle le regarda, la tête penchée, avec un sourire triste et plutôt surpris.

— Je ne comprends pas, Benoît. Pourquoi faites-vous cela ? Vous qui étiez si pressé de vous débarrasser de moi, après... après...

Elle n'osa pas continuer et rougit violemment à l'évocation de leur folle joute amoureuse dans l'herbe, près de la cascade. Comme elle était attendrissante !

— Après que nous avons fait l'amour ? acheva-t-il pour elle.

Il se souvenait encore de ses yeux brillant de désir. De sa chevelure cuivrée qui tapissait le sol vert de la clairière où ils s'étaient aimés.

— J'ai cru qu'il serait plus facile de sortir simplement de votre vie, dit-il. Mais sans doute me suis-je trompé.

Tavia regardait fixement le sol, les épaules basses sous

le tissu de sa cotte. L'amigaud de son col, légèrement entrouvert, laissait deviner la naissance de ses seins.

— Trompé ? Mais… comment cela ? demanda-t-elle enfin, comme si elle redoutait sa réponse.

— Je suis un guerrier, Tavia. Je vis les armes à la main depuis l'âge de neuf ans. J'ai du mal à imaginer que je pourrais connaître une autre existence.

— Il faut du courage pour en changer, répondit-elle doucement, en se disant qu'elle interprétait sans doute mal ce qu'il essayait de lui dire.

— C'est vrai, admit-il, et vous le savez, vous qui en avez plus que quiconque.

Il prit sa main dans la sienne pour l'aider à se relever.

— Venez, il faut repartir, à présent.

— Croyez-vous que Ferchar va se lancer à notre recherche ?

Elle passa une main encore tremblante sur sa joue et y laissa une petite traînée de boue.

— Cela ne fait aucun doute, répondit Benoît en se dirigeant vers son cheval.

— A quoi bon fuir, alors, dit-elle en soupirant, si je suis dans la même situation en Angleterre qu'en Ecosse ?

— Pas tout à fait. De ce côté-ci de la frontière, le régent du royaume voisin n'a que peu de pouvoir.

— Il aura toujours celui de me ramener à Dunswick.

— Pas si vous appartenez à un autre.

— Voyons Benoît, que me chantez-vous là ? Je n'appartiens à personne, voyons !

— Je veux dire, expliqua-t-il patiemment, que nul n'aura le pouvoir de vous ramener en Ecosse, si vous êtes légalement mariée.

Les yeux de Tavia s'agrandirent de surprise.

— Mais… qui diable voudrait m'épouser ?

Le vent, qui forcissait à l'approche du soir, colorait les pommettes roses de la jeune femme. La lumière dorait sa peau et sculptait ses lèvres, que Benoît mourait d'envie de toucher.

— Moi, je le veux, dit-il simplement.

18

Tavia dut s'appuyer au rocher derrière elle pour conserver son équilibre. Son esprit fonctionnait à toute vitesse, cherchant à comprendre tout ce que pouvaient signifier les mots que Benoît venait de prononcer. Le soleil derrière lui, qui découpait sa silhouette, était éblouissant, mais elle n'en écarquilla pas moins les yeux, pour tenter de déchiffrer l'expression de son visage et deviner ses intentions. Ne sachant trop comment réagir, elle partit d'un rire hésitant.

— Ne plaisantez pas, voyons, Benoît ! protesta-t-elle, surprise.

Il fit un pas en avant et se tourna légèrement vers elle. Ainsi, elle pouvait mieux voir ses traits bien dessinés.

— Mais je ne plaisante nullement.

Elle sentit son odeur l'envelopper quand il se pencha pour prendre sa main, toujours crispée sur le rocher, et l'entraîner vers son cheval.

— Venez, nous parlerons de tout cela chemin faisant.

Un peu vacillante, Tavia se laissa emmener à travers la lande au sol parfois instable, l'ourlet de sa cotte balayant les herbes sèches au passage. Benoît plaça fermement ses mains autour de sa taille et la hissa en selle d'un seul mouvement, sans effort, puis il sauta souplement derrière elle.

— Ne vous inquiétez pas, lui dit-il en l'entourant de nouveau de ses bras pour saisir les rênes dans ses mains brunes, nous irons au pas. Bien sûr, il nous faudra plus de temps.

Tavia écouta à peine cette explication. Comment pouvait-il parler de l'allure de son cheval, alors qu'il évoquait leur mariage, seulement quelques minutes auparavant ? Son esprit à elle fonctionnait toujours à plein régime, cherchant quelque bribe de certitude, de logique à laquelle se raccrocher.

— Vous devez être complètement fou, finit-elle par dire en soupirant.

— Je vous demande pardon ?

Elle écarta nerveusement une mèche folle de son corsage.

— Si vous voulez vraiment m'épouser, c'est que vous êtes fou.

Le dos contre sa poitrine, elle sentit résonner son rire.

— Sans doute, mais cela me paraît la seule solution à votre problème.

Le cœur gros, elle se mordit la lèvre. Il ramenait tout cela à une affaire de convenance, un marchandage. Comment avait-elle pu être assez bête pour s'imaginer qu'il pût y avoir autre chose entre eux ? La folle lueur d'espoir qui s'était allumée dans son cœur, l'espace d'un instant, s'éteignait déjà. Il parlait du mariage comme d'une solution, d'un moyen pour échapper à son sort et non de ce qu'il devrait être : l'union de deux êtres faits l'un pour l'autre.

Il ne l'avait jamais aimée et ne l'aimerait jamais.

Elle se redressa fièrement sur la selle, le menton levé.

— Et si je refuse ?

Il eut un rire bref.

— Je vous aurait crue plus avisée, Tavia. Il vous faut

trouver un mari et vite, avant que Ferchar ne remette la main sur vous.

Elle sentait contre sa nuque les muscles durs de la poitrine de Benoît, tandis que le destrier escaladait la pente de la colline. Et aussi son souffle chaud, contre son oreille, quand il se pencha pour lui chuchoter :

— Par ailleurs, je ne crois pas avoir vu une file de prétendants se presser à votre porte…

Elle détourna la tête, agacée, et il sourit.

— Je ne veux pas de votre pitié, lui répliqua-t-elle fièrement.

Mais la fierté était une attitude difficile à conserver bien longtemps lorsque l'on était cahotée sur le dos d'un cheval. Elle faisait tout son possible pour se tenir à distance de lui malgré la proximité forcée où ils se trouvaient.

— Cela n'en est pas, Tavia, répondit le chevalier. Je veux seulement vous aider.

— M'aider ? Avez-vous si peu confiance en moi que vous me pensiez incapable de survivre seule ?

— Bien au contraire, je vous sais douée pour la survie plus que nulle autre. Vous êtes êtes courageuse et même brave… Mais cette fois, je crois que vous avez besoin de moi. Je peux vous protéger.

Tavia n'appréciait que modérément le caractère très possessif de ses paroles.

— Que dira le roi Henry ? demanda-t-elle, essayant de le déstabiliser par un autre biais.

Benoît fronça les sourcils.

— Qu'aurait-il à y redire ? Ce sont mes affaires et non les siennes.

— Il est votre souverain.

— Certes, mais je ne suis pas son esclave. Je le sers

parce que je l'ai choisi et non parce que j'étais poussé par un quelconque besoin.

Tavia songea à leur première rencontre, quand elle l'avait vu paraître dans la nef de l'église, les yeux brûlants de colère, domptant la brutalité de ses hommes par sa seule présence. C'était cela, sa vie : pas de liens entravant sa liberté, aucune allégeance. Une liberté totale, exigeante.

— Pourquoi combattez-vous à son service, puisque vous n'y êtes pas obligé ? demanda-t-elle doucement.

— J'ai longtemps cru que c'était parce que cela m'aidait à oublier, mais je n'en suis plus si sûr, à présent.

Le cheval, les muscles de son cou tendus sous l'effort de porter deux cavaliers, parvint enfin en haut de la colline et alors, les yeux de Tavia s'agrandirent d'admiration. En dessous d'elle, à perte de vue jusqu'à l'horizon, s'étendaient les plaines de l'Angleterre. A cet endroit, le vent soufflait fort et elle frissonna sous sa cotte. La proposition de Benoît tournait et retournait dans sa tête. Un mariage avec lui signifiait la sécurité, la protection contre les menaces de Ferchar, mais pas davantage, et elle l'envisageait avec tristesse. Qu'avait-elle à attendre d'une union sans amour ?

Il rabattit en avant les pans de sa cape, l'abritant de la bourrasque.

— Eh bien, qu'en dites-vous ?

Le vent emporta la réponse, mais il en saisit les mots les plus importants, au passage.

— Oui, je vous épouserai, Benoît. Vous avez raison, c'est la seule solution.

Benoît soupira d'aise. Voilà qui le réconfortait. Tavia acceptait sa protection. Il n'avait pas eu le courage de lui avouer qu'il ne l'épousait pas que pour la soustraire à la concupiscence de Ferchar. Il la voulait pour lui seul et l'idée même qu'un autre homme pût la toucher lui était insupportable. Il regarda ses cheveux, qu'il brûlait de caresser. Oui, elle était à lui, à personne d'autre.

La massive silhouette du château de Langley se détachait sur le ciel bleu, que le crépuscule teintait déjà de mauve. La lune était levée et son disque blafard, lumineux dans l'air du soir, se détachait derrière des écharpes de nuages. Sur le terre-plein devant les douves, là où l'on célébrait toujours les fêtes et les tournois, on avait allumé le premier feu de joie. Ce soir, on se préparait à célébrer dignement l'arrivée de l'été. Un brouhaha d'excitation montait de la foule assemblée. On riait et on s'interpellait, tout au plaisir des festivités qui allaient commencer.

Le sire de Langley, ses mains croisées sur son ventre rond (il sortait de table et venait de faire bonne chère, comme à son habitude), observait la scène depuis le châtelet d'entrée. Il prenait toujours grand plaisir à voir ses gens s'amuser, paysans, bourgeois et chevaliers tous ensemble, réunis dans la perspective d'une nuit de fête, après la plus longue journée de l'année. La lumière dorée enjolivait jusqu'aux faces recuites des paysans dans leurs rudes vêtements. Des ménestrels attaquaient un air joyeux et déjà, une sarabande se formait. Langley sourit. Ces gens travaillaient dur toute l'année ou bien lui prêtaient main-forte sur le champ de bataille ; ils cultivaient ses terres, comme ils l'avaient fait pour son père, avant lui. Ils méritaient bien de prendre un peu de plaisir, de temps à autre.

— Que la fête commence !

Langley se tourna vers celle qui venait de murmurer ces mots à son oreille : son épouse, Sabine. Il la regarda avec tendresse. Habillée d'un élégant bliaud aux vives couleurs qui mettait en valeur son abondante chevelure noire et son teint d'ivoire, Sabine était une véritable beauté.

Nombreux étaient ceux qui avaient été bien surpris

lorsque l'affable mais quelque peu replet Langley avait fait la conquête de la jeune comtesse française Sabine de Bruart. On disait volontiers qu'un tel mariage ne durerait pas. Mais depuis deux ans que leur union avait été célébrée, la loyauté de Sabine envers son mari ne s'était jamais démentie. Elle tolérait son penchant à la bouffonnerie, qui en aurait irrité plus d'une, et riait même franchement à ses joyeuses et incessantes plaisanteries.

Le regard de Langley s'attarda sur la taille de son épouse, qui avait désserré sa cotte pour donner un peu d'aise à son ventre arrondi. Elle le protégeait de ses mains avec précaution et le cœur de Langley bondissait de joie à la voir ainsi. Car leur premier enfant allait naître à l'automne et il était excité comme un jeune chiot à cette perspective.

— Voulez-vous vous joindre à la fête ? demanda-t-il avec une certaine réticence, avec un regard protecteur vers le ventre de sa femme, pour lequel il redoutait un peu la foule.

Sur le terre-plein, on déployait beaucoup d'énergie, les danses étaient de plus en plus bondissantes et tourbillonnantes, la musique, plus forte. Des tonneaux d'hydromel avaient été mis en perce, les chopes s'entrechoquaient dans la lumière du jour finissant et le nectar miellé coulait dans les gosiers secs.

— Restons d'abord un peu à la regarder d'ici, répondit sagement Sabine en coulant son bras sous celui de son mari.

Langley acquiesça et leva les yeux vers les remparts, pour s'assurer que ses hommes d'armes veillaient. Malgré la fête, il était inquiet. Le roi Henry avait quitté son château depuis plusieurs jours déjà et il n'avait reçu de lui qu'un seul message, lui annonçant qu'un accord avait été trouvé avec les Ecossais. Depuis, le souverain n'était toujours pas de retour.

Quittant les remparts, son regard se dirigea, au-dessous de lui, vers le pont-levis, où un cavalier solitaire venait de passer sous la herse de fer. Il prit impulsivement la main de Sabine.

— Jour de Dieu, c'est Benoît !

Il se précipita dans l'escalier, puis sur les pavés luisants de la cour.

— Benoît !

Il appela joyeusement son ami en allant au-devant de son cheval écumant. Surpris, il constata que l'animal portait non pas un seul, mais deux cavaliers et qu'une femme était assise devant Benoît, regardant autour d'elle d'un air inquiet.

— Mais que veut dire… ?

Il saisit le cheval par son mors dans un cliquetis de métal et ce n'est qu'alors qu'il reconnut la cavalière. C'était la fille qui les avait leurrés en se faisant passer pour la princesse Ada. Celle que Benoît avait raccompagnée à Dunswick.

— Il nous faut un prêtre, de toute urgence !

La voix pressante de Benoît résonna dans la cour.

— Pourquoi ? demanda Langley interloqué, en scrutant le visage pâle et éprouvé de Tavia, qui avait les yeux clos. Elle va mourir ?

Benoît se mit, inexplicablement, à sourire largement.

— Mais non, nous allons nous marier !

— Euh… pardonne-moi, bredouilla son ami. Je… je n'avais pas compris.

Il considéra avec un air de doute le teint de craie de Tavia, les traînées de sang sur son visage, sa cotte souillée dont dépassaient, sur le flanc du cheval, ses chaussures au cuir détrempé béant à la couture et laissant entrevoir des orteils couverts de boue. Il remarqua aussi que Benoît la tenait précautionneusement par la taille, pour empêcher la pauvre jeune femme épuisée de tomber du haut de sa selle.

— Euh… peut-être pourrait-elle se laver un peu, d'abord, proposa-t-il avec ménagement. Un bon bain, une nuit de sommeil et mon chapelain vous mariera demain.

— Impossible, trancha Benoît. Il faut que ce soit ce soir même.

Langley vit son ami ciller alors que Sabine approchait, l'air intrigué. Il réprima un sourire. Sabine était bien connue pour sa manie de se mêler de tout ; ce qui ne plaisait guère à Benoît. Tant pis, s'il voulait de l'aide, Benoît allait devoir lui expliquer la situation.

— Dis-moi un peu ce qui se passe, au moins ! protesta-t-il.

En quelques phrases, Benoît résuma les événements qui les avaient conduits là.

— Ah bon ? C'était donc une vraie princesse, alors ? s'étonna-t-il, avant de s'aviser que Sabine se tenait désormais à son côté.

— La bienvenue à vous, messire Benoît, dit-elle.

— J'espère que vous voilà en bonne santé…

Benoît s'inclina d'une manière un peu raide, son bras toujours passé, protecteur, autour de la taille de Tavia.

— Notre ami va se marier, expliqua Langley.

— Avec… cette… damoiselle ?

Sabine désigna la forme pantelante que Benoît retenait de son bras.

— Mais elle a l'air à moitié morte… Elle ne peut pas se marier dans cet état !

— Quel état ? demanda faiblement Tavia qui venait vaguement de réaliser qu'on parlait d'elle.

Sabine s'avança.

— Il faut vous laver ma chère, lui dit-elle d'un ton amical et compréhensif. Il vous faut une robe, des fleurs…

— Nous n'avons pas du tout de temps à perdre en fanfreluches, la coupa Benoît.

Il reprit Tavia dans ses bras et la déposa doucement sur les pavés de la cour.

— Va chercher ton chapelain, Langley, je la laverai moi-même.

— Dans ce cas, si vous voulez bien me suivre, proposa Sabine.

Soutenue, quasiment portée par Benoît, Tavia gravit d'un pas chancelant les marches du donjon des Langley, en essayant de remettre un peu d'ordre dans son cerveau embrumé. Elle ne comprenait rien à ce qui se passait, moins encore aux joyeuses festivités qui semblaient se dérouler au-dehors et tous les événements paraissaient s'accélerer vertigineusement pendant qu'elle essayait d'éclaircir ses idées. Peut-être le coup qu'elle avait reçu à la tête avait-il endommagé son cerveau ? C'était ce qu'elle supposait en trébuchant sur le seuil de la grande salle du château, heureuse de l'assistance vigoureuse que lui prodiguait Benoît, qui ne la lâchait pas d'un pouce, son bras la maintenant toujours fermement.

En comparaison du sombre château de Dunswick, celui de Langley était clair et accueillant. La lumière y brillait partout ; celle des torches de poix, qui brûlaient dans des supports de fers scellés aux murs, et celle des chandelles, posées tout le long de la table commune. Un bon feu crépitait dans la vaste cheminée. De gigantesques tapisseries habillaient les murs, du sol au plafond. Les dames du château avaient dû, durant des générations, broder leurs fils de laine aux vives couleurs. Ces magnifiques œuvres d'art donnaient à toute la salle une atmosphère chaleureuse et accueillante, qui manquait cruellement au château de Dunswick. En regardant autour d'elle avec un vif plaisir, Tavia soupçonna l'influence de Sabine dans la décoration de celui-ci.

Ils suivirent la cotte froufroutante de leur hôtesse dans l'escalier qui menait à l'étage des chambres. Posant une main soignée sur le loquet de la première porte du corridor, Sabine se tourna vers Benoît d'un air d'autorité. Dans la demi-pénombre, elle regarda le chevalier sans ciller, de ses grands yeux en amande.

— Laissez-moi m'occuper d'elle, offrit-elle en montrant Tavia. J'ai demandé aux cuisines que l'on monte de l'eau chaude pour son bain.

— Nous n'avons pas le temps, répliqua Benoît avec au moins la même autorité que la comtesse. Elle pourra avoir un bain plus tard.

— Voyons, messire, elle ne peut pas se marier dans cet état, protesta Sabine. Si je devais, moi, vous épouser, j'aurais, je crois, mon mot à dire à ce sujet…

— Je suis bien aise que ce ne soit pas le cas, répondit Benoît, incisif. Merci, dame, je m'occuperai d'elle et de sa blessure.

— Comme vous voudrez.

Tavia sentit le regard navré de Sabine parcourir sa silhouette à demi effondrée avant de s'effacer, manifestement à contrecœur.

— Je vous remercie, dit Benoît en aidant sa compagne à passer le seuil.

Tavia s'apprêtait à voir disparaître Sabine, mais au passage, celle-ci lui tira une manche.

— Damoiselle, voulez-vous que je reste ?

— Non, je vous remercie, répondit-elle faiblement,

appréciant la sollicitude de la jeune femme. Je sais que je suis en sécurité avec lui.

A peine eut-elle prononcé ces mots qu'elle se demanda s'ils étaient bien exacts. Etait-elle si sûre que cela d'être en sûreté, alors que chaque fois que Benoît s'approchait, son cœur se gonflait dans un tourbillon d'excitation ? Sabine hocha la tête et tourna les talons. Tavia faillit la retenir d'un geste.

Benoît la déposa sur un tabouret près d'un coffre de chêne sur lequel avait été placé une écuelle et un pot en céramique ainsi que des serviettes dont la fraîche odeur rappelait à la jeune femme ces beaux jours d'été où l'on étendait le linge sur les buissons et les haies, au soleil, pour le faire sécher.

— Elle ne semble pas vous aimer beaucoup, observa-t-elle, en faisant allusion à Sabine.

Elle frémit légèrement tandis que Benoît posait doucement ses doigts sur sa plaie souillée de cheveux entremêlés et de caillots de sang.

Il eut un rire profond, qui venait du ventre et résonnait dans sa poitrine.

— Elle aime organiser toute chose, fût-ce le mariage d'autrui. Je me souviens des jours, que dis-je, des mois de préparation et d'attente de ses noces. Le pauvre Langley n'était plus que l'ombre de lui-même. Elle doit penser que je précipite les choses.

Tavia rit à son tour, son visage levé vers le sien, regardant les traits anguleux, le teint bronzé qui lui était devenu si familier, depuis ces derniers jours.

— Eh bien, c'est précisément ce que vous faites, non ?

— J'ai mes raisons, je pense, dit-il en lui rendant son sourire. Vous savez que c'est la seule façon de vous protéger… Lorsque nous serons mariés, Ferchar ne pourra plus rien contre vous.

Il trempa un linge blanc dans l'écuelle, le laissa suffisamment s'imprégner puis, se penchant au-dessus de Tavia, pressa doucement le tampon humide sur son front.

— Désolé si je vous fais mal, murmura-t-il, j'essaie de procéder aussi délicatement que possible.

L'eau coulait sur le visage de la jeune femme, dégoulinant inconfortablement sous son col, le long de sa peau nue, tandis que Benoît nettoyait soigneusement la plaie.

— En êtes-vous bien sûr ? demanda-t-elle soudain, d'une toute petite voix. Je veux dire : êtes-vous certain de vouloir m'épouser ?

Elle essayait de trouver les mots justes, de clarifier sa pensée.

— Je suppose… que je ne suis pas exactement celle que vous choisiriez pour femme, normalement…

La main de Benoît s'immobilisa.

— Quelle épouse croyez-vous que je choisirais ?

— Eh bien, plus grande que moi, peut-être, plus… mieux faite et aussi, sans doute, moins têtue.

Sa bouche se tordit un peu.

— N'ai-je pas raison ? demanda-t-elle alors qu'il éclatait de rire.

— Non, vous ne pourriez vous tromper davantage !

Le gris de ses yeux s'adoucit et se mêla d'éclats de diamants.

— Mais, avez-vous pensé aux conséquences ? insista-t-elle, toujours aussi réservée. Que va-t-il arriver, ensuite ?

Il haussa les épaules.

— Que voulez-vous qu'il arrive ? Nous serons mari et femme, voilà… Ne posez pas trop de questions, je pourrais changer d'avis.

Tout en nettoyant la plaie de Tavia, Benoît essayait de se concentrer sur sa tâche. Pourquoi donc ne parvenait-il pas à être franc avec elle, à lui avouer qu'il ne supportait pas l'idée de la voir épouser Ferchar, ou quiconque, d'ailleurs ?

— Tant que cela n'est pas pour ma richesse subite, ni pour mon rang de princesse, apparu d'un coup de baguette magique, plaisanta-t-elle.

Benoît ne put réprimer un sourire en rinçant le linge taché de sang.

— Non, je ne vous épouse certainement pas pour votre argent.

« Je veux me marier avec toi pour ta beauté, ta tendresse, ton esprit si vif, ta générosité et pour ces millier d'aspects de toi qui sont impossibles à décrire », songea-t-il.

Les yeux de Tavia se piquèrent de larmes quand il essaya de démêler ses cheveux collés par le sang.

— Laissez, lui dit-elle en retenant sa main, je porterai un voile, nul ne verra rien.

Le contact de sa peau contre la sienne brûlait Benoît comme un fer rouge. Elle retira sa main, comme à regret, tandis qu'il replaçait le linge sur le coffre.

— Sabine avait raison, avoua-t-il, il faudrait un bain, pour retirer tout cela…

A la grande surprise de Tavia, il tomba subitement à genoux devant elle, les yeux dans les siens.

— Nul ne verra rien, car personne ne sera là pour voir, corrigea-t-il. Je suis désolé que cela doive se passer ainsi, à la hâte et en secret. Mais il n'y a pas d'autre moyen…

Il se sentait gauche et emprunté en s'excusant. C'est qu'il n'en avait pas l'habitude et cela l'embarrassait.

— Je comprends, répondit-elle en souriant sans le quitter du regard de ses grands yeux. Je sais que vous essayez de m'aider et je vous en remercie.

Tavia passa doucement sa main sur la joue de Benoît, sur la ligne dure de sa mâchoire, sentant son souffle léger sur ses doigts. Il réagit par une profonde respiration, vibrante de désir, et le gris de ses yeux devint plus profond. Au coin de la chambre, la braise rougeoyait dans le brasero, une douce chaleur envahissait la pièce et incitait à la torpeur. Tavia caressait toujours la joue de Benoît, le cœur battant très fort car il ne s'était pas dérobé et ne l'avait pas non plus repoussée. Ses doigts s'attardèrent sur les hautes pommettes et les mèches vigoureuses qui brillaient dans la lumière rougeoyante. Il semblait tendu, vibrant de cette tension extraordinairement intense qui s'était installée entre eux et qui avait le goût de l'inconnu, de l'interdit.

— Tavia…, murmura-t-il dans un souffle.

Ses bras l'entourèrent, l'attirant, la collant à lui et il prit ses lèvres avec fureur, effaçant toute objection que d'aventure, elle aurait pu poser. Mais protester était bien la denière chose qui lui serait venue à l'esprit, car elle se coulait, se fondait contre lui, sentant en elle l'ascension fulgurante de la passion. Ses bras vinrent se nouer autour du cou de Benoît, elle enfonça les doigts dans la masse drue de ses cheveux. Leurs langues se mêlèrent furieusement et le désir, boule de feu au creux du ventre de Tavia, s'enflamma de plus belle, comme de la lave en fusion. Leur baiser s'approfondit…

Et la porte s'ouvrit. Langley se tenait sur le seuil. Les mots qu'il avait préparés restèrent coincés dans sa gorge, qu'il dut éclaircir non pas une, mais deux fois pour enfin attirer l'attention du couple.

— Euh… le prêtre vous attend à la chapelle, finit-il par articuler au bord du fou rire.

Tavia, devinant qu'ils devaient avoir l'air d'écoliers pris

en faute, saisit l'humour de la situation et sourit, gênée, sans oser regarder Benoît.

Sabine fit son entrée, chargée de vêtements, en passant avec grâce sous le bras de son mari, resté appuyé au montant de la porte.

— Pour cela, vous avez du temps, mais pas pour laisser la pauvre chérie prendre un bain, lança-t-elle à Benoît, sarcastique. Vous devriez avoir honte de vous !

L'interpellé se remit rapidement sur ses pieds, le rouge au front. Sabine traversa la pièce et déposa la pile de vêtements sur le coffre, puis elle mit les mains sur ses hanches.

— A présent, débarrassez-nous de votre présence, chevalier, lui dit-elle en souriant tout de même, et laissez-moi un peu seule avec Tavia.

Comme il hésitait, elle dut lui montrer la porte.

— Allons ! Nous ne serons pas longues. Allez nous attendre dans la chapelle.

Benoît s'inclina et, se tournant vers Tavia, il lui dit, avec un sourire :

— A bientôt, chérie…

19

En rejoignant la chapelle, Tavia se tordait les pieds sur les pavés arrondis de la cour. Ses chaussures, empruntées à Sabine, étaient un peu trop larges et elle devait recroqueviller ses orteils à l'intérieur, pour éviter qu'elles ne glissent. Heureusement, la comtesse de Langley lui donnait aimablement le bras, la maintenant d'aplomb, et elles cheminaient toutes deux ainsi, sous les regards admiratifs des serfs et des hommes d'armes qui vaquaient à leurs occupations. Tavia avait été soulagée de voir Sabine l'entraîner loin du tumulte des festivités, qui battaient leur plein devant le château. Par bonheur, la chapelle se trouvait exactement à l'opposé. La future mariée se sentait encore bien trop faible pour souhaiter que la cérémonie ait de nombreux spectateurs.

Sabine pressa affectueusement son bras quand elles approchèrent de l'arche d'entrée de la petite église.

— Pardonnez-moi de vous demander cela, Tavia, commença-t-elle, un peu hésitante, en faisant une halte. Mais... êtes vous bien sûre de ce que vous allez faire ? Je veux dire... ce mariage... enfin... Je ne vous connais que depuis peu de temps, mais...

— Oui, j'en suis sûre, Sabine.

Pourtant, elle dut se forcer un peu pour parler d'une

voix suffisamment assurée et convaincante. Elle savait, certes, pourquoi elle épousait Benoît et ce n'était pas pour la même raison que lui. Il voulait la protéger et elle, elle l'aimait. Un mariage avec lui, même bref, même stérile, serait comme la consécration de cet amour.

Mais il ne le saurait jamais.

— Enfin, il est si… brusque. Il va vous traiter comme l'un de ses soldats, vous savez…

— Oh, il n'est pas toujours comme cela.

Le simple fait de le défendre devant Sabine faisait éclore en elle une agréable sensation.

— Ah… vous l'aimez, c'est cela ? Malgré ses défauts ?

— Oui, je l'aime, murmura Tavia en passant le seuil et en pénétrant dans la pénombre de la chapelle.

L'odeur exotique de l'encens l'accueillit, avec tout son mystère sacré.

Lorsque la porte grinça en s'écartant sur ses gonds, trois paires d'yeux se tournèrent vers la travée. On put entendre distinctement l'exclamation de surprise de Benoît monter vers la voûte.

— Mon Dieu, quelle beauté ! chuchota Langley à côté de lui.

Sabine avait bien fait les choses. Un bliaud de soie vaporeuse semblait mousser autour de la fine silhouette de Tavia, épousant à la perfection les courbes de ses hanches et de sa poitrine. Le précieux tissu, brodé de fils d'argent, scintillait à la lumière des cierges, à chacun de ses mouvements. Le bord incurvé de ses longues manches effleurait les dalles en un murmure soyeux. Largement ouvertes, elles laissaient voir les manches longues de la cotte, très ajustées, au contraire, dont la couleur d'un vert très pâle de lichen faisait flamboyer la glorieuse chevelure rousse de la jeune femme. Un cercle d'argent ciselé retenait son voile court, qui flottait délicatement autour de sa tête, comme une aura la nimbant tandis qu'elle traversait la nef.

Benoît prit sa main comme elle atteignait l'autel, venant se placer à côté de lui. Les yeux de saphir de Tavia cherchèrent les siens, pour trouver enfin une réponse à sa lancinante question : pourquoi cet homme déployait-il donc tant d'efforts pour lui venir en aide ?

— Prête ?

Il lui sourit et pressa doucement sa main, visiblement satisfait de la voir remise grâce aux soins de Sabine. Lui portait toujours les mêmes vêtements tachés de boue qu'au cours de leur fuite après la chasse et le sauvetage de Tavia : tunique en cuir de buffle et chausses de laine serrées au mollet par des lanières de cuir croisées.

— Autant que je peux l'être, lui murmura-t-elle en réponse, son teint de perle lumineux dans la pénombre de la chapelle.

Devant eux, le prêtre semblait s'être endormi sur place, bouche ouverte, le menton presque abaissé sur la poitrine, les yeux clos. Un courant d'air vint souffler un gros cierge juste derrière lui, enveloppant un instant sa silhouette replète d'une sorte de brouillard de fumée âcre.

— Eh ! L'abbé, réveillez-vous ! chuchota Langley en le tirant par la manche.

Lentement, avec grande difficulté, le chapelain ouvrit des yeux rouges. A son air, Tavia conclut qu'il avait dû être arraché aux délices de la fête. Le religieux scrutait à présent sa fine silhouette, l'air mécontent. « Seigneur, il pense que je suis enceinte ! » se dit Tavia, frustrée de ne pouvoir rétablir sur-le-champ la vérité.

Et après tout, que lui importait de passer pour une péronnelle de bonne naissance qui ne saurait assumer la honte de donner naissance à un enfant hors des liens sacrés du mariage ?

L'abbé fit un pas et s'éclaircit la gorge, enfin décidé à débuter le service religieux.

— Mes bien chers frères, nous…

— Un instant ! s'écria Sabine. Attendez, mon père, j'ai oublié quelque chose !

Et elle se précipita vers la porte, aussi vite que son état le lui permettait.

Benoît, excédé, se tourna vers son ami.

— Ah, Langley, pesta-t-il, ta femme, ta femme ! Qu'a-t-elle encore inventé ?

Le jovial seigneur eut un haussement d'épaules d'impuissance et un sourire embarrassé.

La porte de la chapelle tourna sur ses gonds une fois encore et le pas rapide de Sabine résonna sur les dalles. En quelques enjambées, elle était auprès de Tavia, lui mettant entre les mains, à sa grande surprise, un bouquet de fleurs des champs.

— Oh, qu'elles sont belles ! s'écria la mariée, ravie, en respirant le frais parfum des lavandes et en admirant le bleu délicat, ainsi que le blanc immaculé des pétales de marguerites.

A l'opposé des lourdes senteurs d'encens qui flottaient dans la chapelle, ce bouquet évoquait les prés gorgés de soleil de l'été. Tavia adressa à Sabine un rapide sourire de remerciement.

— On peut commencer, maintenant ? grommela Benoît.

Le chapelain s'éclaircit de nouveau la gorge en une longue et théâtrale éructation, puis il ouvrit le lourd manuscrit qui reposait sur un lutrin de bois et commença la lecture du service de mariage d'un ton lent et monocorde.

Comme dans un rêve, Tavia écoutait la cadence du prêche sans en comprendre vraiment les paroles. Elle faillit sursauter de surprise quand le prêtre prit sa main pour la poser sur celle de Benoît et elle répéta docilement les mots qu'il lui indiqua.

— Et maintenant, si vous voulez placer l'alliance sur le saint-livre…

Le chapelain leva ses yeux rouges vers Benoît, qui resta de marbre.

— Ah oui, l'anneau, bredouilla Langley. Attends, Benoît, prend celui-ci.

Et il commença à s'activer pour retirer une bague de ses doigts.

La main de Benoît se resserra autour de celle de Tavia et une ombre passa, l'espace d'un instant, sur son visage.

— Inutile, dit-il à mi-voix pour faire cesser l'agitation de son ami. J'en ai un.

Il mit la main sous le col de sa tunique et en tira un lacet de cuir, qui pendait à son cou. Il le fit passer par-dessus sa tête et un anneau d'argent apparut, brillant à la lueur des cierges.

— Il appartenait à ma mère, expliqua-t-il, en le détachant du lacet.

Puis il reprit la main de Tavia, dont les doigts tremblaient quand il lui passa l'alliance. Un motif de minuscules fleurs gravées courait autour du cercle d'argent. L'anneau de sa mère ! Tavia sentit sa gorge s'étrangler d'émotion. Elle leva les yeux vers le visage redevenu impassible de Benoît, cherchant à deviner ce qu'il ressentait. Mais ses traits, immobiles, semblaient taillés dans le granit et ses yeux restaient fixés sur le chapelain.

— Je vous déclare tous deux mari et femme, prononça

celui-ci avec précipitation, pressé de conclure et camouflant un bâillement derrière sa main.

Et il claqua son missel, la poussière s'échappant légèrement des pages.

Tavia ressentait une impression bien étrange et déstabilisante. Voilà, c'était fait. Elle était mariée. Unie à un homme qu'elle ne connaissait que depuis bien peu de temps, même s'il lui semblait qu'il faisait partie de sa vie depuis toujours.

— Et maintenant ? chuchota-t-elle, sa voix tremblant un peu.

Benoît leva un soucil interrogateur.

— Maintenant ? Nous attendons Ferchar.

— Et s'il ne vient pas ? Vous m'aurez épousée pour rien.

— Pour rien ? Pas si sûr…, répondit-il, un brin énigmatique.

Avec un léger soupir de soulagement, Tavia entra dans l'eau bien chaude de son bain qui, presque instantanément, soulagea la tension de ses muscles meurtris. Elle étira langoureusement ses membres dans la grande baignoire, remua ses doigts et ses orteils, sentant toujours la présence de l'alliance autour de son annulaire : elle n'y était pas encore habituée. Sous l'effet bienfaisant de l'eau, tout ce qui en elle était tendu, contracté, froissé se détendait enfin. Les yeux clos, elle se laissa aller, la tête en arrière, appuyée sur le rebord de la baignoire. Derrière elle, Sabine, dont l'indomptable énergie ne paraissait pas connaître de limites, allait et venait dans la pièce. Elle avait demandé, ou plutôt avait sommé Benoît de la laisser préparer le bain de sa nouvelle épouse. Il avait accepté avant que Tavia n'ait eu le temps de réagir.

Un parfum de lavande montait de la surface de l'eau. Un sachet de mousseline rempli d'herbes sèches avait été plongé dans la baignoire et diffusait sa douce odeur. L'eau pénétrait par chaque pore de la peau de Tavia, la lavant de toute la poussière récoltée durant sa mésaventure. De temps à autre, elle ressentait comme un pincement au creux de l'estomac. Ne s'était-elle pas montrée insensée en acceptant d'épouser Benoît ? Sa décision allait-elle la conduire à la désillusion, au désespoir ? Elle eût bien aimé connaître la réponse à ces questions-là.

— Comment est l'eau ? demanda Sabine qui, tout en gardant un œil sur la servante qui pliait le beau bliaud qu'avait porté Tavia et le rangeait dans le grand coffre, s'approchait de la baignoire, dont les bords et le fond étaient recouverts d'un grand drap de lin. Ainsi, celui ou celle qui prenait son bain n'avait à redouter aucune écharde qui se serait détachée du baquet.

— Oh, elle est divine ! Merci Sabine.

La comtesse s'assit sur un tabouret à côté de la baignoire, son ventre arrondi faisant saillie.

— Ne me remerciez pas. C'est bien le moins que nous puissions faire, après tout ce que vous avez traversé.

Elle regarda d'un œil critique l'entaille qu'elle avait au front.

— Evidemment, j'aurais préféré pour vous que Benoît vous laisse prendre votre bain avant la cérémonie.

Elle effleura doucement, du bout des doigts, les bords de la blessure.

— Enfin, il ne s'est pas si mal débrouillé, pour un homme aussi pressé.

— Il ne faut pas le blâmer. Il s'inquiétait seulement de

la possible irruption de messire Ferchar avant que nous soyons mariés.

Tavia avait bien noté la critique sous-jacente, dans les propos en apparence légers de Sabine.

La jeune comtesse éclata de rire et se pencha vers Tavia, une lueur complice dans ses yeux noisette.

— J'avoue que je ne l'avais jamais vu aussi agité. Le plus souvent, il est d'un calme glacé, même avant une bataille. Vous devez certainement compter beaucoup pour lui, sinon il ne réagirait pas ainsi.

— Oh, je ne sais, balbutia Tavia en s'enfonçant dans l'eau pour dissimuler sa confusion.

Elle préférait faire dévier la conversation du sujet de sa petite personne.

— Depuis combien de temps connaissez-vous Benoît ? demanda-t-elle finalement.

Sabine s'accouda au rebord de la baignoire.

— Connaître est un bien grand mot. Je ne suis pas sûre que quiconque le connaisse vraiment. Mais Amaury, mon époux, et lui sont de grands amis, bien que leurs caractères soient très différents. J'ai rencontré Benoît quand j'ai épousé le sire de Langley, mais j'avais déjà entendu parler de lui. On disait que c'était un chevalier accompli, un meneur d'hommes et il avait une grande réputation…

Elle scruta un instant le visage pâle de Tavia avant de conclure :

— Voilà l'homme que vous venez d'épouser.

La nouvelle mariée prit un linge et frotta vigoureusement sa peau rose et délicate.

— Il ne l'a fait que pour m'aider, expliqua-t-elle, pour m'épargner un mariage forcé avec Ferchar.

Sa voix sonnait un peu faux et elle s'en voulut de ne pas paraître plus convaincante.

Sabine se pencha vers elle, le tissu de son bliaud s'arrondissant autour de son ventre rebondi.

— Vous le croyez vraiment ? demanda-t-elle, railleuse.

— Mais oui. Il m'a épousée par sens du devoir, par obligation.

Elle frotta son cou, ses épaules, l'eau coulant le long de ses bras.

— Quoique je ne puisse pas vraiment me figurer pourquoi.

— Ah non ?

Sabine regardait sa nouvelle amie d'un air moqueur.

— Est-ce ce coup sur la tête qui aura altéré votre jugement ? demanda-t-elle toujours rieuse. Benoît n'épouserait personne pour de tels motifs, voyons, pourquoi le ferait-il ?

— Pourquoi m'aurait-il épousée, alors ? demanda Tavia d'une toute petite voix.

— Pourquoi ?

Les lèvres de Sabine s'écartèrent en un large sourire.

— Mais parce qu'il vous aime ! J'avoue en avoir douté, au début... Mais après vous avoir vus ensemble... Il vous aime et veut vous protéger, tout le monde peut le voir.

Tavia pressa nerveusement le linge de toilette entre ses doigts, le faisant s'égoutter dans l'eau de son bain.

— Je crois plutôt qu'il y a été forcé... à cause de Ferchar, balbutia-t-elle.

Mais Sabine rit de plus belle.

— Forcé ? Mais qui a jamais forcé Benoît de Vallières à faire ce qu'il ne voulait pas ? Vous-même, le pouvez-vous ?

Un brin de lavande, qui dérivait à la surface, vint piquer la cuisse de Tavia, qui leva son genou hors de l'eau. Elle se souvenait de la passion avec laquelle ils avaient fait l'amour, dans la lumière magique de la forêt, de la fureur de leurs baisers et elle appliqua le linge sur son visage pour cacher le rouge qui lui montait aux joues. Sabine disait-elle vrai ? L'avait-il vraiment épousée par amour ?

— Il ne l'a jamais dit, Sabine. Il ne m'a jamais dit qu'il m'aimait, bredouilla-t-elle derrière son linge, en essayant d'oublier la façon dont il l'avait cruellement rejetée, après.

Sa voix était triste, désabusée.

— Il ne faut pas attendre de lui des fleurs et de grandes démonstrations. C'est un guerrier, refermé et taciturne, mais si vous pouviez voir le changement opéré en lui quand il est auprès de vous ! Il montre ses sentiments d'une autre manière, de la façon dont il vous regarde, dont il s'occupe de vous…

Tavia secoua la tête, des gouttes tombant de ses cheveux mouillés.

— Je ne l'ai jamais remarqué, dit-elle, un profond désarroi dans ses yeux.

— Eh bien, laissez-lui une chance de vous le montrer.

Sabine se leva de son tabouret en faisant signe à la servante d'apporter des serviettes.

— Vous avez peut-être raison, finit par admettre Tavia en reposant le linge sur le bord de la baignoire.

Elle se leva, l'eau coulant le long de son corps nu, ses cheveux plaqués dans son dos, et se saisit de la serviette que lui tendait la jeune servante, bien consciente qu'elle venait de parler sans la moindre conviction. Elle ne croyait pas Sabine une seule seconde. Pouvait-elle accepter une vie sans amour, avec la torture supplémentaire de côtoyer chaque jour l'être aimé ? Et son amour pour lui suffirait-il pour deux ?

Benoît se tenait sur le rempart d'enceinte du château et il y était seul, dans l'obscurité, seulement rejoint à intervalles réguliers par une sentinelle qui patrouillait le long du chemin de ronde, surveillant les alentours pour détecter une éventuelle attaque. Les bras croisés sur sa poitrine, il observait avec détachement les festivités villageoises qui se déroulaient en dessous de lui. Les feux autour desquels dansaient les bonnes gens de Langley montaient, haut et clairs, dans la nuit. Benoît avait sans cesse devant les yeux l'image de Tavia traversant la chapelle pour venir le rejoindre et la vision d'une splendeur à vous couper le souffle qu'elle lui avait alors offert. Oui, sa beauté physique était à la mesure de son élévation intérieure, de sa tendresse, de sa générosité. Le besoin qu'il éprouvait de la serrer contre lui et ne plus jamais la laisser quitter l'abri de ses bras était si fort qu'il avait bien failli refuser de la laisser aux soins de Sabine, à la fin de la cérémonie. Elle était sa femme ! Cette seule idée l'exaltait, faisant naître en lui un sentiment de joie d'une telle plénitude qu'il en était tout déconcerté. Après la tragique disparition de toute sa famille, il avait fait le vœu de ne jamais se marier, ne voulant pas affliger une compagne par son deuil perpétuel, ni s'encombrer de ces liens sentimentaux qui allaient de pair, normalement, avec le mariage. Mais à présent ? Il n'en était plus tellement sûr.

— Benoît ?

Le timbre familier, musical, de Tavia résonna derrière lui et il se tourna pour la chercher dans la pénombre. Elle se tenait en haut de l'escalier qui accédait au chemin de ronde, le voile qu'elle avait posé sur ses cheveux humides ondulant doucement sous la brise. Elle lui souriait timidement, craignant sans doute de le déranger et visiblement nerveuse. Elle parut hésiter à s'engager sur le chemin de ronde.

— Je vous demande pardon… Vous vouliez peut-être rester seul ?

— Plus maintenant ! répondit-il chaleureusement, en venant à sa rencontre en quelques enjambées.

« Plus maintenant et plus jamais », ajouta-t-il dans le secret de son cœur.

Il prit sa petite main dans la sienne, la regardant lever vers lui ses yeux de myosotis, qui brillaient dans un visage qui se teintait de rose aux joues.

— Venez, lui dit-il, on a une bonne vue sur la fête, d'ici.

Il la guida le long de l'étroit passage, mais au bout de quelques mètres, se tourna pour la prendre dans ses bras, tout contre sa poitrine.

— Je ne pensais pas vous revoir ce soir, lui dit-il. Je croyais que Sabine vous aurait mise au lit de force.

Le parfum de lavande qui émanait d'elle le grisait.

— Elle a bien essayé, mais je voulais venir vous retrouver.

— Pourquoi ?

La main de Tavia serra la sienne.

— Pour m'assurer que tout ceci n'était pas un rêve.

Elle montra l'anneau d'argent à son doigt. Pourquoi, en fait, l'avait-elle rejoint sur les remparts ? Pour lui dire que ce mariage était une grosse erreur ?

Il soupira.

— Ce fut très rapide, je vous l'accorde. Sans doute

n'était-ce pas le genre de mariage dont vous rêviez et j'en suis désolé.

Tavia ne put s'empêcher de rire.

— Je n'ai jamais rêvé de mariage, vous savez. En fait, je m'attendais à rester célibataire toute ma vie. Personne n'avait jamais voulu m'épouser : ma langue est bien trop acérée, mon corps trop maigre au goût de beaucoup et ne parlons même pas de ma couleur de cheveux, qui fait fuir les hommes.

Benoît émit une sorte de petit grognement de désapprobation sur lequel Tavia se méprit. Croyant qu'il voulait la réconforter, elle s'empressa d'ajouter :

— Oh, il ne faut pas me prendre en pitié ! Ayant eu un aperçu du mariage au travers de celui de mes parents, j'étais plutôt heureuse de devoir rester seule.

— Je ne vous prends pas en pitié, Tavia. Je me considère bienheureux que tous ces imbéciles n'aient pas su y voir clair.

En dessous d'eux, sur le terre-plein devant le château, la musique se faisait plus forte. Les danseurs pirouettaient, leurs costumes de fête tourbillonnant autour d'eux au rythme de leurs pas. Les cottes des femmes virevoltaient, montrant des chevilles blanches, des mollets bien tournés et des pieds nus. Rouges de plaisir et souriant largement, les hommes faisaient tourner leurs cavalières qui rejetaient la tête en arrière en riant aux éclats. Quelques couples, peut-être échauffés par l'alcool, s'égaraient dans les buissons à la recherche d'autres plaisirs.

— On dirait qu'ils s'amusent bien, remarqua Tavia, heureuse de pouvoir changer de conversation.

— Hmm… On leur a sans doute trop donné à boire, remarqua Benoît.

— Vous n'approuvez pas ?

— L'alcool ne vaut rien à l'homme, dit-il, très raide, avec une sorte de douleur dans la voix qui la fit frissonner.

L'air lointain, perdu dans le passé, il passa ses doigts dans ses cheveux. La cicatrice, sur sa paume, était un rappel constant du drame qu'il avait vécu.

— Quand ils ont bu, les gens perdent la tête et se conduisent stupidement, acheva-t-il, d'un ton bas et retenu.

— Comme votre père ? murmura-t-elle.

Il s'immobilisa, ses bras comme un étau d'acier autour d'elle et demanda d'une voix blanche :

— Comment savez-vous cela ?

— Vous aviez commencé à me le dire, rappelez-vous, dans la grange…

Benoît se détourna et regarda rougeoyer les feux de joie, qui illuminaient le mur nord du château en teintant de rouge ses pierres.

— Mon père était ivre mort quand il est rentré, le soir de l'incendie. Sa maîtresse venait de le quitter et il avait noyé son chagrin, buvant coupe de vin sur coupe de vin. S'il n'avait pas été aussi ivre…

Sa voix mourut et l'on n'entendit plus, pendant quelques secondes, que la rumeur de la fête.

— … votre mère et votre sœur auraient pu vivre ? termina doucement Tavia.

Il serra son corps mince contre lui, à la briser.

— Je les aimais tant, Tavia, je les aimais tant…

Sa voix était hachée et tremblante ; ces mots lui échappaient enfin après avoir été enfermés durant des années dans le secret de son cœur.

— Je les aimais… et je les ai perdues. Plus jamais je ne veux revivre un tel déchirement.

— Mais cela n'arrivera pas, Benoît.

Il planta dans les siens ses yeux de granit.

— Quand on aime, Tavia, la peur de perdre l'être aimé est toujours présente.

— Quand on… ?

La phrase mourut dans sa gorge. Elle avança sa main, dans un geste de réconfort.

Le cri d'une sentinelle, dans la nuit, les ramena au moment présent. Benoît se pencha au créneau.

— Enfer et damnation ! Ferchar !

20

Ce n'était pas le régent d'Ecosse en personne, mais son messager, un jeune écuyer en livrée vert et or, qui s'avançait dans la grande salle, escorté par un homme d'armes. Près de la cheminée, Langley l'attendait, entouré de quelques-uns de ses chevaliers. Le groupe devisait en buvant une coupe d'hydromel. Certains jouaient à la merelle, leurs larges épaules attentivement penchées au-dessus du petit plateau de bois. Langley regardait s'approcher le jeune homme, dont le pas semblait ralentir, comme s'il répugnait à délivrer son message. Il tenait dans sa main un rouleau de parchemin.

— Eh bien approche, mon garçon, lui lança le maître des lieux avec une bonhommie teintée d'un brin d'impatience. Quel bon vent t'amène ?

L'écuyer déroula son parchemin d'une main tremblante. Mais à peine le sceau de cire rouge était-il brisé que Benoît, qui venait d'entrer avec Tavia, arracha la missive des mains du jeune homme interdit. Il la parcourut rapidement d'un air sombre, puis leva les yeux vers Langley, qui le regardait dans l'expectative.

— C'est de Ferchar. Il détient Henry prisonnier au château de Marwood et demande rançon. Par le Christ, il ne manquait plus que cela !

— Marwood ? Ce n'est qu'à quelques lieues d'ici, mais de l'autre côté de la frontière. Que veut-il en échange ?

— Je te le donne en mille, répondit Benoît en tournant son regard vers la menue silhouette de Tavia.

— Il me veut, moi, n'est-ce pas ? questionna celle-ci. Il veut m'échanger contre le roi ?

— Ah, le bougre n'aime pas perdre, dit Langley en se levant de son fauteuil, qui grinça sur les dalles.

— Il ne peut avoir l'héritage de votre père, sans vous, commenta Benoît. Son trésor représente bien davantage que ce qu'il pourrait espérer soutirer à Henry. Mais jamais les barons écossais, ni votre frère le roi Malcolm, ne le laisseraient mettre la main dessus.

— Eh bien, je sais ce qu'il me reste à faire, énonça simplement Tavia. La partie est jouée et j'ai perdu. Qu'on me donne un cheval, je pars sur-le-champ.

Langley et Benoît la dévisagèrent avec le même étonnement dans le regard.

— Que croyez-vous donc faire ? demanda finalement ce dernier.

— N'est-ce pas évident ? Si la vie d'Henry est en balance, nous n'avons pas le choix. Il est roi d'Angleterre, duc de Normandie, comte d'Anjou et moi je ne suis qu'une…

— Vous êtes ma femme, la coupa Benoît d'un ton sans réplique.

Tavia sentit une douce chaleur l'envahir en entendant ces mots. Mais elle préféra les ignorer et posa sur le bras de son mari une main apaisante.

— Benoît, lui dit-elle avec calme, malgré son cœur brisé, ne vous croyez pas obligé de continuer cette… parodie plus longtemps. Vous ne vous attendiez pas à ce coup de la part de Ferchar, n'est-ce pas ?

Ses yeux de myosotis fouillaient le visage de son inerlocuteur, à la recherche d'une lueur de compréhension. Mais au contraire, de sombres nuages s'amoncelaient dans le regard de loup de Benoît.

— Nous pouvons peut-être arranger une annulation, bredouilla-t-elle, effrayée en sentant monter sa colère.

— Il est un peu tard pour cela, ne le pensez-vous pas ? répondit-il, cassant, détruisant toute la résolution qu'elle avait pu rassembler en elle.

Une mèche châtaine tomba devant ses yeux, il la chassa d'un geste agacé.

— Ainsi ce mariage était une mascarade, pour vous, une... parodie, c'est cela ? Eh bien, dame, ce n'est point mon avis.

Tavia frémit honteusement sous le coup de cravache de sa voix. Il la saisit aux épaules et la força à soutenir son regard où passaient des éclairs.

— Ce mariage est réel, morbleu, et vous feriez bien de vous faire à cette idée !

Tavia voulut reculer, comme s'il allait la frapper, mais elle ne put se libérer de sa poigne de fer.

Il la regarda intensément, vit son désarroi et se fit l'effet d'une brute. Comment lui dire, lui faire comprendre qu'il l'aimait ? C'étaient là des paroles graves, qu'il était si facile de mal interpréter. Il préférait ne les lui dire que dans le secret de son cœur.

Tavia essaya de rassembler ses idées, de trouver les mots, de s'expliquer.

— Je ne voulais pas... je... j'ai cru...

Elle ne voulait pas qu'il fût pris au piège de ce mariage. Mieux valait qu'il fût libre de partir et de la quitter.

Elle baissa les yeux, morte de honte, ses longs cils sombres reposant sur ses joues. Elle avait voulu rendre les choses plus faciles et n'avait fait que les gâcher davantage.

Puis elle leva de nouveau son visage vers le sien, le cercle qui retenait son voile brillant à la lueur des chandelles.

— Je suis désolée, Benoît, finit-elle par articuler. C'est seulement que je vous suis très reconnaissante d'avoir essayé de me protéger de Ferchar et je ne veux pas que vous compromettiez davantage votre position pour moi.

— Laissez-moi donc être juge de cela, lui répondit-il, ses traits et sa voix s'adoucissant quelque peu.

Ses mains quittèrent les épaules de la jeune femme et descendirent le long de ses bras, y laissant comme une traînée de feu, sur sa peau.

— Et rappelez-vous que je suis assez grand pour veiller à mon propre bien.

— Il y aurait peut-être un moyen de tirer Henry des griffes de Ferchar, intervint Langley d'un ton pensif. Marwood est plutôt un manoir sommairement fortifié qu'une véritable place forte. En particulier, les fenêtres sont assez larges pour permettre le passage d'un homme.

— Dans ce cas, ils l'auront probablement enfermé dans les étages supérieurs, enchaîna Benoît, réfléchissant tout haut à son tour. Il faudrait lui lancer une corde pour qu'il puisse descendre le long de la façade. Et la seule façon de faire cela…

— … c'est au moyen d'une arbalète, termina Tavia, qui s'exaltait déjà.

Leux yeux se rencontrèrent, aigues-marines contre granit.

— Pas question, laissa tomber le chevalier.

— Mais je peux le faire, Benoît, je le peux ! s'écria Tavia, la voix pleine d'excitation.

Benoît l'ignora et, passant une main dans ses cheveux, il regarda autour de lui, comme s'il s'attendait à voir apparaître un maître arbalétrier dans son champ de vision.

— Il doit bien y avoir quelqu'un d'autre… Langley, parmi tes gens, tu as bien un bon tireur, à l'arbalète ou à l'arc ?

Au même instant, la partie de merelle s'achevait et les spectateurs félicitaient le vainqueur avec force claques dans le dos, avant de reprendre leur coupe de vin ou d'hydromel.

Distrait un moment par le bruit, Langley balaya la salle du regard puis se tourna vers son ami.

— J'ai bien peur que non. De rudes gaillards, l'épée ou la masse d'armes à la main, mais aucun n'a l'œil et la main d'un bon archer. Je crains que tu ne doives le faire toi-même, ou bien t'en remettre à Tavia.

Benoît garda un instant les yeux clos. Il savait bien que Tavia était bien meilleure que lui, une arbalète à la main. Il se souvenait de sa performance, lors du tournoi de Dunswick, comment elle avait placé cinq fois de suite un carreau en plein centre de la cible. Jamais il ne pourrait égaler une telle sûreté dans le tir.

— Vous ne m'en jugez pas capable ?

La voix de Tavia, douce mais déterminée, vint le distraire de ses réflexions. Il rouvrit les yeux.

Sous la peau crémeuse de son cou, il voyait palpiter son pouls.

— Non, répondit-il d'un ton bref. Je sais bien que vous le pouvez. Vous tirez mieux que tous les archers que j'ai connus.

— Qu'est-ce qui vous retient, alors ?

Elle inclina la tête, son petit nez retroussé fièrement levé. Adorable.

— Pourquoi ne voulez-vous pas me confier cette mission ? insista-t-elle.

Il la regarda avec une telle angoisse, un tel désespoir, qu'elle s'approcha de lui, pour essayer de le réconforter.

— Mon Dieu, Benoît, que vous arrive-t-il ?

Pour toute réponse, il la prit dans ses bras et l'attira contre lui, la tête penchée vers elle, si bien que ses lèvres effleuraient l'oreille de Tavia. Elle tremblait, tout son sang bouillonnant à son contact, le corps souplement accordé au sien.

— C'est très dangereux, murmura-t-il. Tous les alentours doivent grouiller d'hommes d'armes lancés à votre recherche. Et je ne veux pas vous perdre !

— Mais vous ne me perdrez pas, répondit-elle, sa voix étouffée par le cuir de la tunique de Benoît. Je ne vous quitterai pas d'une semelle, si c'est que vous voulez.

Les mots qu'il venait de prononcer avaient fait éclore une merveilleuse fleur d'espoir, dans sa poitrine.

Il acquiesça brièvement et ajouta mentalement, dans le secret de son cœur :

« Oui, ne me quitte pas. Jamais. Pour l'éternité. »

La joyeuse rumeur de la fête s'était tue, à présent, et les feux de joie n'étaient plus que braises et brandons encore rougeoyants. Deçà, delà, quelques couples étaient encore étendus dans l'herbe, à s'embrasser ou à se parler intimement, mais la plupart des participants avaient regagné leur lit. Bien peu furent ceux qui remarquèrent le groupe de cavaliers qui, passant le pont-levis, prit le galop en direction de la frontière écossaise.

Certains portaient des torches qui illuminaient la nuit de leurs hautes flammes. Au-dessus de l'ombre mouvante des arbres, des nuages passaient devant la lune, tandis que dans les trouées brillaient les étoiles, scintillantes lueurs dans le ciel nocturne.

A l'avant du groupe, sur un rapide petit cheval gris, chevauchait le jeune messager, toujours aussi intimidé et mal à l'aise d'être en compagnie de tous ces Anglais.

Drapée dans une cape de Sabine que Langley lui avait prêtée, Tavia s'accrochait au pommeau de sa selle comme elle le pouvait.

— Restez près de moi, lui lança Benoît en galopant à sa hauteur.

Il se pencha pour saisir une rêne de la jument de Tavia et la tira vers lui, si près que son pied botté se trouva contre l'étrier de la selle d'amazone.

— Attention tout de même, protesta la jeune femme avec un petit rire nerveux. Vous allez me faire tomber !

— Excusez-moi…

Il écarta son cheval de quelques dizaines de centimètres.

— J'aimerais tant que vous ne soyez pas obligée de faire cela. Il doit bien y avoir un autre moyen de faire lâcher prise à Ferchar !

— Peut-être va-t-il renoncer en apprenant notre mariage…

— C'est ce que j'espérais, mais on ne peut pas en être sûr. Il faudra peut-être que je le tue.

— Oh, Benoît, je ne crois pas que ce soit une bonne solution !

Il eut un rire bref.

— C'est celle que j'aurais choisie, autrefois. Je n'accordais guère de prix à la vie humaine, la mienne ou celle des autres, avant de vous rencontrer. Je me ruais à la bataille, sans m'arrêter aux conséquences de mes actes.

Tavia le regardait, émerveillée de la sincérité de ses paroles.

— Je ne crois pas en être la cause, dit-elle doucement. Cela a dû venir de vous, de l'intérieur.

— Vous m'avez ramené à la vie.

Il se pencha sur sa selle pour effleurer de ses lèvres le visage de Tavia. Elle frémit, l'amour brûlant en elle comme un brasier dévorant et se pencha elle aussi au-dessus du vide entre leurs deux montures pour approfondir leur baiser, jusqu'à ce que sa jument, surprise de l'étrange comportement de sa cavalière, allât s'écarter du cheval de Benoît. La jeune femme, sa lèvre encore brûlante, n'eut que le temps de s'accrocher à la crinière en riant, dans un effort désespéré pour rester en selle.

Maintenant sans difficulté son cheval à sa hauteur, il lui murmura, les yeux brûlants de désir :

— Plus tard…

L'air était lourd et oppressait les poitrines. On sentait qu'un orage se préparait. Déjà le tonnerre grondait au loin. Benoît essuya la sueur qui coulait dans son cou. Il était bienheureux de ne pas porter son haubert, qui aurait ralenti ses mouvements par cette nuit de moiteur. Langley, qui chevauchait devant lui, avait passé le sien et devait déjà le regretter.

Comme ils approchaient de la lisière des bois, le jeune écuyer montra un point devant lui et Langley leva le bras, son gantelet de métal brillant dans la nuit, pour ordonner à tous de faire halte. Ils mirent pied à terre et attachèrent leurs chevaux entre les arbres, afin de pouvoir approcher du château de Marwood à pied. Avant que Tavia eût seulement le temps de démonter, Benoît avait déjà sauté à terre pour lui offrir son aide. Il la prit par la taille, la souleva et, la maintenant un instant dans ses bras à sa hauteur, ses yeux dans les siens, il lui sourit.

— Je pensais que vous maîtrisiez parfaitement l'art de l'équitation, mais je vois qu'il vous reste quelques progrès à faire, plaisanta-t-il.

— Oh, ce n'est pas si mal, pour quelqu'un qui n'était encore jamais monté sur ces animaux, il y a peu, répliqua-t-elle sur le même ton.

Il la déposa délicatement au sol, sans toutefois la lâcher.

— Je crois que je vais avoir le plaisir de vous enseigner cet art, lui murmura-t-il enfin.

Tavia en resta bouche bée car cela impliquait une projection dans un avenir commun. Elle pria pour ne pas l'avoir mal compris.

— Benoît ! appela Langley à mi-voix, laisse-moi me présenter à l'entrée avec quelques hommes et entamer la discussion avec Ferchar. Je le tiendrai occupé aussi longtemps que je le pourrai.

— Pour ça, je te fais confiance, lui répliqua son ami en lui donnant une bonne tape dans le dos.

Langley sourit, son visage luisant de sueur sous le nasal de son heaume, qui cachait une grande partie de son visage.

— Tavia et toi, approchez du château avec prudence. Un de mes hommes vous donnera l'arbalète et la corde. Pour l'amour de Dieu, restez bien hors de vue. Marwood n'a qu'une seule tour, au nord. C'est sûrement là qu'ils ont mis Henry. Bonne chance à vous.

— Il est nerveux, chuchota Benoît à l'attention de Tavia, lorsque son ami se fut éloigné.

Ils commencèrent eux aussi à descendre vers le château, par un autre côté. Benoît tenait dans sa main l'arbalète empruntée à l'armurerie de Langley et un carquois de cuir rempli de carreaux pendait à sa ceinture. Tavia, qui avait insisté pour qu'il lui donnât quelque chose, portait la corde. L'appréhension lui tenaillait le ventre ; sur le chemin, Benoît avait su la distraire de toute son angoisse mais à présent, elle regardait l'arbalète avec inquiétude.

— Il faudrait peut-être que je tire un carreau ou deux, murmura-t-elle, les lèvres sèches. Il y a longtemps que je n'ai pas pratiqué.

— Pas tant que cela, vous m'avez dit vous être entrainée quand vous étiez retenue au château de Dunswick. Vous n'avez pas pu perdre la main en si peu de temps.

— Dieu vous entende, marmonna-t-elle, pas très convaincue.

— Ayez donc confiance en vos capacités, Tavia. Je sais, moi, que vous y arriverez.

Elle suivit son pas rapide et assuré dans les pâturages, dont les hautes herbes leur arrivaient à la taille et s'accrochaient à la cape de Tavia, ralentissant sa progression. La rosée trempait le cuir fin de ses chaussures.

Voyant qu'elle peinait à le suivre, Benoît se retourna vers elle et montra le gros rouleau de corde.

— Donnez-moi cela, lui dit-il, c'est trop lourd pour vous.

Elle pesait beaucoup sur son bras, c'est vrai, mais Tavia protesta.

— Je peux la porter, Benoît.

Sans l'écouter, il prit le rouleau de corde et l'entoura autour de son épaule.

— Vous ne cessez pas de m'aider, de vous occuper de moi, lui reprocha-t-elle doucement.

— N'est-ce pas ainsi que les choses doivent être ? répliqua-t-il avec tendresse.

— Mais moi, je ne fais rien pour vous.

— Ce n'est pas vrai, Tavia, vous faites beaucoup, au contraire…

Il avança sa main pour replacer une mèche de cheveux roux derrière l'oreille de la jeune femme.

— Plus que quiconque n'en a jamais fait…

Sur ses paroles sibyllines, il reprit sa progression, laissant Tavia s'interroger sur leur sens, tandis qu'elle le suivait.

Ils s'arrêtèrent à l'abri d'un bosquet, à quelques mètres seulement de la façade nord du château. Dans la faible lumière de la lune, Benoît mit un doigt sur ses lèvres ; à partir de cet instant, il faudrait garder le silence.

Tavia leva les yeux vers le chemin de ronde. On y voyait briller la cotte de mailles d'une sentinelle. Au-dessus de l'homme, la silhouette de l'unique tour se détachait sur le ciel sombre. Sa fenêtre, juste sous le toit, était éclairée. Tavia fut soulagée de constater qu'elle était bien large. Ce serait une cible facile.

— Il faut espérer qu'Henry est bien là-haut, chuchota Benoît en la faisant s'accroupir avec lui derrière un buisson. Jetez un coup d'œil, si jamais il se montrait à la fenêtre, pendant que je m'occupe du matériel.

Tavia se concentra sur l'ouverture éclairée, bien que des larmes de fatigue brouillassent sa vue. Les ombres lui jouaient des tours et elle crut plusieurs fois voir bouger quelque chose, avant de se rendre compte qu'il n'en était rien. Enfin, une silhouette passa un instant devant la fenêtre et la jeune femme vit distinctement une touffe de cheveux roux.

Son sang ne fit qu'un tour. Elle empoigna Benoît par l'épaule.

— C'est lui ! Il est là, j'en suis sûre !

Benoît hocha la tête, tout en plaçant sur le fût de l'arbalète un carreau auquel il avait préalablement attaché la corde. Puis il mit le pied à l'étrier d'armement et tira jusqu'au cran d'arrêt.

— Il y faut de la force, chuchota-t-il. Je ne sais pas comment vous faites…

— La mienne, celle que j'utilisais au tournoi, est plus courte et plus légère, répondit-elle de même. Vous vous souvenez ?

— Comment pourrais-je l'oublier ?

Il la regarda un instant et passa doucement son doigt sur la joue de la jeune femme. Puis il poussa un soupir.

— Bon, allons-y…

— Attendez ! Quand Henry passera la fenêtre et entamera sa descente, comment fera-t-il pour ne pas être repéré par la sentinelle ?

Benoît examina de nouveau la facade et réfléchit un instant.

— Il faudra envoyer la corde juste après le passage du garde, répondit-il finalement. De cette manière, il aura le temps de descendre avant son retour.

— Vous croyez ? Et s'il tarde un peu ?

— Eh bien, nous verrons. Tenez, prenez ceci.

Il lui tendit l'arbalète. Tavia chancela sous le poids de l'arme.

— Elle est trop lourde ! s'exclama-t-elle, des larmes de frustration lui montant aux yeux.

— Chut ! Pas si fort, lui dit Benoît en s'agenouillant devant elle. Je vais vous aider. Posez le fût sur mon épaule, ce sera plus simple.

Elle obéit, plaça l'arme comme il le lui indiquait et s'agenouilla précautionneusement derrière lui, dans l'herbe humide de rosée. Leur différence de taille les plaçait dans un angle idéal par rapport à la cible, elle plus bas que lui, l'arbalète pointée droit vers la fenêtre. Les mains moites, elle visa soigneusement. Son cœur battait à tout rompre, mais sa respiration était calme et régulière.

— Vous êtes prête ?

Son arme parfaitement stabilisée, Tavia acquiesça.

— A mon signal…

Son doigt se posa légèrement sur le levier du cranequin. Une pression et le carreau empenné volerait droit au but, là-haut, dans le rectangle de lumière de cette fenêtre ouverte. Du moins, il fallait l'espérer…

On entendait approcher la sentinelle de son pas régulier. L'espace d'un instant, son casque brilla dans la nuit, exactement à l'aplomb de la fenêtre, puis il s'éloigna.

— Maintenant !

Les deux yeux grands ouverts, Tavia pressa le levier et vit le trait filer droit dans la fenêtre, la corde qui y était attachée se détendant en sifflant derrière lui.

— J'ai réussi ! s'écria-t-elle à mi-voix, mais au paroxysme de l'excitation. Benoît, j'ai réussi !

Elle bondit sur ses pieds, abandonnant l'arbalète à terre. Benoît toujours agenouillé, le bout de la corde en main, attendait un signe qu'Henry avait pu s'en saisir. Souriant de la voir jubiler ainsi, il lui entoura la taille de son bras resté libre et l'embrassa rapidement, mais à pleine bouche. Le désir enflamma Tavia comme une étincelle dans la poix.

— Benoît !

L'intéressé sursauta et bondit sur ses pieds, scrutant l'obscurité pour voir qui l'appelait. La corde, dans sa main, n'avait pas seulement frémi.

Le roi Henry sortit d'un buisson, suivi de Langley.

— Ah, vous voilà, tous les deux, grommela le roi d'Angleterre. Vous êtes durs à trouver !

— Sire ? Mais je croyais…

— Je suis libre, Brabançon. Ferchar est mort.

Au cœur de la nuit qui s'avançait, Langley rassembla ses hommes pour rentrer au château. L'orage attendu, poussé par le vent, était parti plus à l'est sans éclater. Le ciel était pur et constellé d'étoiles. Là-bas, sous les arbres, les chevaux piaffaient, sentant qu'on allait bientôt les ramener à l'écurie.

Sous la fenêtre de la tour, Henry examinait d'un air dubitatif la corde qui pendait de la fenêtre jusqu'au sol.

— Tu voulais vraiment me faire descendre comme ça ? s'étonna-t-il. Tu te gausses, ami, ou tu me vois plus jeune et plus agile que je ne le suis.

Benoît se mit à rire, ses dents très blanches dans la nuit.

— C'est le seul moyen que nous avons trouvé, admit-il. Il aurait bien fallu que votre majesté descende...

— Heureusement, la providence ne l'a pas voulu, répondit Henry en riant à son tour. Quand Ferchar a eu un coup de sang et a rendu le dernier soupir dans la grande salle, tous les Ecossais sont montés dans la tour me demander ce qu'ils devaient faire. Me libérer, parbleu, leur ai-je répondu !

Le regard du roi passa brièvement sur la mince silhouette de Tavia, le monarque se demandant visiblement ce qu'elle faisait là. Il s'éclaircit la gorge.

— Joli tir, en tout cas, Benoît...

— Merci, sire, mais c'est Tavia qui l'a réussi, pas moi.

Avait-elle vraiment bien entendu cette fierté, dans sa voix ?

Henry regarda la jeune femme avec beaucoup d'étonnement et un respect nouveau.

— Vous, damoiselle ?

— Oui, sire.

Tavia, sur ses gardes, se demandait ce que l'impérieux et rusé monarque pensait réellement d'elle. Elle se souvenait fort bien de la conversation qu'elle avait eue avec lui, quand il avait essayé de l'éloigner de Benoît. Elle l'avait écouté, alors, et avait rompu sa promesse faite au chevalier de ne rien révéler à Ferchar avant son retour. Elle ne renouvellerait certainement pas le même genre d'erreur.

Henry s'inclina devant elle, très formellement et très bas.

— Soyez remerciée, alors, pour votre aide. Vous êtes d'une adresse… redoutable.

— C'était le moins que je pouvais faire, répliqua-t-elle avec plus d'assurance, cette fois. N'étais-je pas la cause de votre détention ?

Benoît sourit et passa son bras autour de la taille de Tavia.

— Je me le suis laissé dire, en effet, dit tranquillement Henry.

Le froid de la nuit, qui se faisait plus vif, fit légèrement frissonner Tavia dans sa cape empruntée. Benoît s'en aperçut.

— Je crois que nous devrions rentrer, à présent, suggéra-t-il.

Le roi acquiesça et se tourna vers la colline, où Langley et ses hommes les attendaient. Langley avait déniché un cheval à l'intention du monarque.

— Venez-vous avec nous, chère amie, demanda doucement Henry, ou préférez-vous retourner vers Dunswick et les vôtres ?

Il fit un geste vague en direction du manoir.

— Il y a ici suffisamment d'hommes d'armes écossais pour vous raccompagner…

— Non, elle vient avec nous, le coupa fermement Benoît. Nous nous sommes mariés ce soir, Henry. Elle est ma femme.

Le roi les considéra tous deux longuement de ses yeux noisette pétillants d'intelligence.

— Vous avez donc gagné son cœur, dame. Mes compliments ! Je perds une bonne et loyale épée. Je n'aurais pas cru que quelqu'un saurait un jour se faire aimer de Benoît de Vallières…

Sur ces mots, il tourna les talons et se dirigea vers Langley et ses hommes. Tavia sentit une faiblesse dans ses jambes et se laissa aller contre son mari. Il la fit se tourner pour pouvoir la regarder dans les yeux.

— Ne faites pas attention, lui dit-il doucement en la voyant songeuse. Il est mauvais perdant…

— Il veut vous garder.

Tavia battit des paupières, heureuse de sentir autour d'elle les bras rassurants de Benoît. Elle y posa ses mains.

— Je le comprends. Vous êtes un valeureux guerrier.

— Je l'étais, corrigea-t-il. Je suis prêt à passer à autre chose, à présent.

Ces mots restèrent un moment suspendus entre eux, comme une bulle, dans les airs. Ni l'un ni l'autre ne bougea. Langley finit par les héler de la colline et Benoît eut une grimace agacée.

— Allez-y ! répondit-il. Et laissez-nous des chevaux, nous vous rattraperons.

Des rires gaillards montèrent du groupe et Langley, tout sourire, les salua d'un grand geste du bras, après s'être remis en selle. On entendit tinter les sabots et les mors des chevaux tandis qu'ils s'enfonçaient dans la nuit.

— A passer à autre chose ? répéta Tavia, sa voix tremblant un peu.

Un espoir fou commençait à sourdre en elle. Oserait-elle… rêver ?

Il lui sourit.

— Oui. A une autre vie. Une vie avec toi.

La joie débordait du cœur de Tavia.

— Mais vous… Tu ne vas pas regretter ?

— Regretter quoi ? Les batailles, le combat ? Les jours passés en selle à voir mes compagnons se faire tuer ? Non, je ne crois pas que cela me manquera.

Il mit ses mains autour du visage de la jeune femme, ses pouces caressant doucement les joues de satin de Tavia.

— Tu m'as transformé… depuis l'instant où je t'ai vue recroquevillée sur les marches de l'autel, entourée par mes imbéciles de soldats, depuis ce moment-là, j'ai commencé ma métamorphose.

Elle écouta ces mots merveilleux tandis qu'une chaleur liquéfiante se répandait dans tout son être, chassant loin d'elle toutes ses peurs et notamment celle qu'il n'y ait plus jamais aucun avenir entre eux, après cette nuit.

— Je croyais qu'après que Ferchar n'aurait plus été une menace, tout aurait été fini, dit-elle timidement.

Il secoua la tête.

— Avant de te connaître, je croyais que le seul remède à mes tourments était de me jeter à corps perdu dans quelque bataille, pour chasser mes mauvais souvenirs.

Tavia prit sa main scarifiée dans la sienne et la caressa doucement.

— Tu m'as appris qu'il y avait d'autres façons d'apaiser son âme. Ta tendresse, ta générosité envers moi ont été comme un baume sur mes plaies… et tu as pris mon cœur.

Bouleversée, Tavia sentait des larmes de joie perler à ses cils. Toutes les barrières qui s'étaient dressées devant elle tombaient l'une après l'autre, la laissant libre d'aimer enfin.

— Oh, Benoît ! balbutia-t-elle entre ses larmes en touchant la joue de son époux, comme pour se persuader qu'elle ne rêvait pas. Puis-je vraiment croire ce que tu me dis ?

— Oui, Tavia, car c'est la vérité.

Il prit la tête de la jeune femme entre ses mains, enfonçant ses doigts dans le cuivre en fusion de ses cheveux.

— Il ne reste plus qu'une seule chose que je ne t'ai pas encore dite…

Sa voix était rauque, vibrante d'émotion.

— Dis-la-moi, murmura Tavia, pleine d'espérance et et d'excitation.

— Je t'aime. De tout mon cœur, de toute mon âme et de tout mon corps, à jamais.

Eperdue de bonheur, elle se hissa sur la pointe des pieds, jeta ses bras autour du cou de Benoît et ils scellèrent leur amour d'un baiser qui durerait jusqu'à leur dernier souffle.

A paraître
le 1er décembre 2009

LA FIANCÉE DU BRIGAND , ***de Kate Bridges - n°459***

Alaska, 1888. Orpheline et privée d'héritage, Autumn est parvenue à se faire engager comme chanteuse dans un hôtel prestigieux. Elle se réjouit encore de cette bonne fortune lorsqu'un soir, un inconnu la prend en otage. Son ravisseur, elle l'apprend bientôt, n'est autre que Quinn Rowlan, un bandit de grand chemin traqué dans tout l'Alaska et qui l'oblige à soigner son frère blessé... Terrifiée, mais néanmoins touchée par ce brigand qui veut à tout prix sauver son cadet, Autumn s'interroge : un hors-la-loi tel que Quinn est-il vraiment capable de sentiments ?

L'ÉPOUSE REBELLE, ***de Helen Dickson - n°460***

Angleterre et Italie, 1895. Choyée durant son enfance, Christina découvre un jour qu'elle est promise à un homme dont elle ignore tout. Une situation d'autant plus effrayante qu'elle va devoir suivre son futur époux Maxwell Lloyd, comte de Marchesi, dans sa propriété de Toscane, isolée au milieu des vignes et des oliviers. Christina redoute déjà ce qui l'y attend : une existence rude qu'elle se refuse à subir sans combattre. N'en déplaise à ce Maxwell qui la traite comme une de ces femmes latines soumises aux désirs de leurs maris !

LA CHÂTELAINE DE WOOLTON MANOR, ***d'Annie Burrows - n°461***

Angleterre, 1495. A seize ans, Maddy a déjà connu bien des chagrins : son père et ses frères ont donné leurs vies pour Richard d'York, ennemi juré d'Henry, l'actuel roi d'Angleterre. Hélas, ils n'ont pu empêcher ce dernier de confisquer tous leurs biens. Ruinée, Maddy croit avoir définitivement perdu le domaine de Woolton, la demeure familiale, lorsque le roi décide de le lui restituer. Mais à une condition : elle devra épouser Sir Geraint, un simple chevalier. Ce manant, cet usurpateur, sera désormais son seigneur et maître...

LA FEMME DU GUERRIER, *de Michelle Willingham* **- n°462**

Irlande, 1175. Veuve et seule pour élever un enfant illégitime, Aileen se retrouve sans ressources lorsque le chef de clan lui interdit d'exercer ses talents de guérisseuse. Une activité à laquelle elle renonce la mort dans l'âme car elle se sent incapable d'ignorer la douleur d'autrui. Aussi est-elle confrontée à un terrible dilemme lorsque Connor MacEgan, l'homme qui lui a autrefois volé sa vertu, se présente à elle, grièvement blessé…

L'ESCLAVE ET LE BARBARE, *de Louise Allen* **- n°463**

Italie, 410 av. J.-C. Arrachée à une existence dorée et réduite par la guerre à la condition d'esclave, Julia est désormais la propriété du guerrier Wulfric. Malgré sa fierté, elle doit admettre que servir un tel maître n'est pas si désagréable car, pour un barbare, il se montre étonnamment bon envers elle. Mais Wulfric est aussi un chef de clan qui, en fin stratège, envisage d'épouser la princesse d'une autre tribu. Une perspective qui désespère Julia car il y a fort à parier qu'une fois Wulfric marié, elle ne jouira plus du même traitement de faveur. Pire, elle devra s'habituer à le voir dans les bras d'une autre ; une idée qu'elle ne peut supporter…

L'INCONNUE D'HISPANIOLA, *d'Amanda McCabe* **- n°464**

Venise et Hispaniola, 1535. Propriétaire d'une taverne à Hispaniola, Bianca Simonetti n'a rien oublié de son passé vénitien – rien surtout, de ce jour maudit où le puissant Ermano Grattiano a assassiné sa mère, cartomancienne, persuadé qu'elle lui avait livré une fausse prophétie. Depuis, Bianca est taraudée par la haine. Aussi croit-elle enfin tenir sa revanche lorsqu'arrive un jour dans sa taverne Balthazar, le fils d'Ermano, qui ne la reconnaît pas. Mais Balthazar n'est plus le garçon effacé qu'elle a connu autrefois : il est devenu un homme fier et fascinant. A tel point que Bianca ne sait bientôt plus ce qu'elle désire vraiment : le tuer… ou l'aimer malgré tout.

Best-Sellers n°395 • suspense

L'héritage maudit - Heather Graham

A peine arrivé à La Nouvelle-Orléans dans la plantation dont il a hérité, le détective privé Aidan Flynn trouve des ossements humains. Des crimes récents, selon Aidan. Rien de bien intéressant, selon la police. Décidé à percer seul ce mystère, il fait appel à Kendall Montgomery, une jeune femme qui affirme non seulement être dotée de visions prémonitoires, mais aussi être en contact avec les fantômes qui hantent la propriété. Car Aidan soupçonne qu'en plus de cette demeure, il a également hérité d'un sombre secret de famille.

Best-Sellers n°396 • roman

Le temps des promesses - Emilie Richards

Rongée par le remords d'avoir jadis abandonné Kendra, sa sœur aînée, Jamie se rend au cœur de Shenandoah Valley pour offrir à sa sœur ce qu'elle estime lui devoir depuis longtemps. Grâce à ses talents d'architecte, elle dessine à Kendra la maison que celle-ci a toujours voulue. Mais ce n'est pas seulement pour l'aider à bâtir ce rêve que Jamie est revenue. C'est aussi pour offrir à Kendra un cadeau inestimable : celui d'un enfant. L'enfant que Kendra et son mari Isaac désirent de tout leur cœur mais ne peuvent concevoir.

Best-Sellers n°397 • historique

Un palais sous la neige - Rosemary Rogers

Angleterre et Russie, 1820

Pour échapper à un beau-père qui veut la mettre dans son lit, Brianna Quinn espère l'aide du duc de Huntley, son tuteur et ami d'enfance. Mais, à la place de ce dernier, c'est son jumeau, Edmond Summerville, qui lui offre sa protection… Brianna accepte bien malgré elle, car Edmond est tout l'opposé de son frère : débauché et séducteur. On raconte même qu'il est un homme de main du Tsar. Aussi, lorsqu'il décide de l'emmener en Russie avec lui, Brianna est-elle soudain prise d'angoisse : auprès d'un tel homme, sa vertu et sa vie sont plus que jamais en danger…

Best-Sellers n°398 • suspense

L'ultime refuge - Nora Roberts

Depuis qu'un inconnu lui envoie des photos inquiétantes sur lesquelles elle croit se reconnaître, Jo Hathaway vit en permanence dans la terreur. Une terreur qui monte encore d'un cran le jour où elle s'aperçoit que l'un des clichés ne la représente pas elle, mais sa mère, Annabelle, disparue vingt ans plus tôt sans laisser de traces… Peu après, la photo est subtilisée dans son appartement. Sans preuve à fournir à la police, et épuisée par la tension et la peur, Jo se réfugie alors dans la maison familiale, sur une île au large de la Géorgie. Là, espère-t-elle, elle sera en sécurité. Mais Jo pourrait bien avoir trouvé là son dernier refuge…

Composé et édité par les
éditions Harlequin
Achevé d'imprimer en septembre 2009

CPI
Bussière

à Saint-Amand-Montrond (Cher)
Dépôt légal : octobre 2009
N° d'imprimeur : 91023 — N° d'éditeur : 14520

Imprimé en France